詩經 植物 筆記

古典文學 × 自然科學經典讀本，發現詩經裡的植物之美

韓育生　著
南穀小蓮　繪

遠流出版

詩經植物筆記

目錄

周南

召南

邶風

鄘風

衛風

前言

不讀《詩經》，不知萬物有靈

朋友說：「《詩經》是中國最美的文字，是中國藝術性靈初始的童年。」說這樣的話時，她眼睛裡泛著光，臉上有一種沉湎於純真之美裡的安寧情態。她這樣說，是從文學的角度，出於對華夏文明的家園情懷吧。岡元鳳在《毛詩品物圖考》中說「夫情緣物動，物感情遷」，似乎是讀《詩經》之美，有感於萬物之盛，精靈物語在心裡跳動，遂有此語。

我最初寫《詩經裡的植物》，還遠遠談不上「物動情遷」，僅僅只是機緣巧合中對《詩經》的一種親近。

網路的一角，幾個性情相近、趣味相投的朋友聚在一起，時間久了，就成了即使不曾謀面，偶爾也會在心上記掛的朋友。大家喜歡花花草草，又都經常分享一些亂翻書得來的趣味。寫《詩經裡的植物》的點滴（修訂版改名為《詩經植物筆記》），倒更為貼近寫作的初衷），除了朋友推薦之外，另一個原因是，當時正讀著日本作家川端康成的《古都》、《伊豆的舞孃》、《雪國》……他大學時學的是西方文學，早期寫作的技法借鑑意識流派，但文學上最終獲得世界的認可，卻是在回歸日本的文化傳統後取得的。他在寫作過程中思維視野的轉向影響了我的閱讀習慣，讓我把閱讀的目光投向了中國文學的經典。

中國的現代文學，起始於白話文運動，人們的思維模式和感受世界變化的節奏，鑿穿韻文的螺殼，不管內容還是形式，都更加自由，更貼近生活的語言。經濟全球化對人們生活的影響日益深刻，寫作要呈現的不單是美學的感受、社會的思考、道德的批判，還有揭示人性深處矛盾叢生的深淵。

長久的閱讀涵養了精神的豐饒，同時也讓內心敏感好奇的種子逐漸發芽長大。離開校園，進入博雜的社會，世界的複雜又在眼前呈現出一個多層次立體的生命感受和思考視野。不管生活、工作多麼艱難，總還是囫圇吞棗不成系統地持續閱讀了西方哲學、西方藝術史和世界文學的各種經典著作，西方思辨的邏輯和東方直覺的感受系統之間，那種差異鮮明的矛盾激盪，很有一種酵母的催化與激發。疑惑困擾人越多，反倒更有一種將觸發思考和想像的衝動寫下來的動力。我能堅持寫作，並把寫作變成生命的一種自覺，其中源頭之一就在這裡。

我沒有受過嚴格的文科教育，如果採取經注的路徑閱讀《詩經》，一定會對《詩經》浩如煙海的注釋望而卻步，那樣，《詩經》之美，對我來說，也就僅僅只是虛無縹緲的空谷回音。自我無法主動介入中國詩學的田園故居，也就獲得不了中華文明對一個人在美的觸發和智性愉悅上的震動。還好，有朋友喜歡讀植物裡藏著的故事，我也正好遇到《詩經》，於是，寫作的過程，便成了一種被簇擁、共分享的過程。其間，寫作的很多思緒，都在交流、討論、聊天中形成。所以，寫作《詩經裡的植物》的過程非常愉快。常話說：「和美人相撞會受傷，與美人同行，則正好可以擁有美人。」寫《詩經裡的植物》，正好印證了這句話。讀《詩經》，感受《詩經》和植物世界相互激盪產生的性靈脈動，不是因為《詩經》之美和植物世界的神祕燦爛，僅僅只是為了點點滴滴的歡喜。這和愛一個人一樣，愛她，不是因為她多麼美，不是因為她多麼富有，不是因為她出類拔萃，不是因為她百轉千迴的氣質，僅僅只是因為：相互在一起愉悅，心靈在一起安靜，生命在一起值得。當心裡充滿這樣的喜歡，眼前的那個人，就不再是一個獨立的個體，而成了一個魅力無窮的世界。這個世界為你洞開時，它就具備了讓人追尋探索一輩子的魅力。但凡長久之愛的生成，不正是如此？

文章寫到大半，有出版社來談出版的事，當時未及多想，只是頭腦裡嗡的一響，心頭一熱，感覺有股新的泉水從生命大地上湧出。平靜地辭了工作，回到鄉下，去寫未完成的書稿。那個無聲堅定的選擇，就像一條分割線，將昨日之我和今日之我清晰地區分開來，也將兩種截然不同的人生區別了開來。

鄉下是寧靜的，頭髮花白的父母，安然陪伴小兒子，來完成這個突兀得幾乎讓他們覺得不可思議的決定。兩個兄長一定對讀理科、又在化工行業工作多年的弟弟突然做這樣的選擇感到奇怪，但他們也默默支持了我的選擇。因此，注入寫作的情感氣息是平和的。

安靜的鄉間和植物世界的聯繫更為緊密。寫得累了，會到鄉村的山脊上散步。曠野的風，讓人想起西周、春秋、戰國的風。西北天水正是古代的秦地，十五國風中的《秦風》浸養生長的土地就在這裡。枯草在風裡亂飛，艾蒿、飛蓬、薺菜、旱柳、桑苗、白楊、芍藥、郁李、桃花、古柏……這些在《詩經》裡面目或清晰或朦朧的植物，在家鄉的土地上，我和它們一起，一步步走入詩性和物性的對話。讀《詩經》時，就好像自己化成了一個細胞，由中華文明綿延律動的脈搏推動，順著一條條波瀾壯闊的血管流淌。《詩經》裡的不少詩句，在今日生活中，已經變為俗語和成語，《詩經》語言的生命力已經融入了我們的日常生活，融進了我們流淌的血液裡。這種永不枯竭的生命力，讓我們在滋養自己的文明身上，獲得了自信和自尊。這種文化自信，在閱讀西方作品時，以一面母體文化的鏡子做對照，感受尤其明顯。在西方文明的森林裡跋涉，心裡有母體文化的燈照路，就不會輕易迷失。

認識《詩經》裡的植物，能夠讓人不經意間想像中華文明曾經生成的場所：心裡的一愛一恨、容顏裡的一顰一笑、山風裡的一呼一吸、雪雨中的一飄一落，這些場景雖然相隔已有將近三千年，但伴隨我們先人的心路歷程，對詩意棲居其中的家鄉土地、山川河流，在親切的認知之外，更多了厚重、飄渺與神祕的感應。正是這樣的親切感，讓心中的愛也顯得更加真實。

《詩經裡的植物》最初只是一本連接中國古典文化、自然環境和個人心靈成長史的隨筆集，多年之後，修正為《詩經植物筆記》再版，閱讀《詩經》的歷程，在大自然深處認識植物的生趣，《詩經》本體的豐饒與《詩經》裡名物（不只是植物）的世界，就像日漸深紮的樹根對應日漸豐茂招展的枝葉，無數精彩紛呈的內容不斷充塞，閱讀《詩經》和植物研究的文本，逐漸累積成厚厚的筆記，越是深讀，越是發覺，自己原先閱讀《詩經》的視野是多麼狹窄，曾經理解《詩經》的方式是多麼淺薄。

魚游入海，生命會增加更多可能的機會。雖然啟悟有別，但閱讀經典的歷程，從未知盲童到有知之人的變化，每個人其實都是類似的。

導讀

為每一個閱讀經典的孩子，提供一條參考方法的路徑

編輯溫建斌將《詩經裡的植物》的書名修正為《詩經植物筆記》之後，原來一本單一的個人隨筆集也就一下子朝著五個不同局部共鳴的筆記體文本變化了。

筆記體是中國古代史學記錄的重要文體之一。正史因為受各種力量的平衡和鉗制，樣子周正到無趣。而人類真實的歷史，很顯然充滿了激情與神奇。像野史佐證正史的筆記體文本，以筆記、筆談、雜識、日記、箚禮等方式記錄鬼神仙怪、歷史瑣聞和考據辨正，那種不受羈絆的自由和充滿奇思妙想的活力，都給了筆記體文本更多彰顯個性的機會。

書在結構上五個部分的裂變和重組，是從宋代心學大師陸九淵的一句話演變而成。陸九淵遵從孔夫子「述而不作」的故訓，試圖將一腔心血傾訴到六經的注解中去，因此他為閱讀六經定了一個

行動的綱領：六經注我，我注六經（綱領定出之後，他自己倒沒有行動，後學猜測，陸九淵所說這個「注」字的對象，不是六經典故，而是身體力行）。這兩句話隨著心學的影響日漸深遠，逐漸變為閱讀中國經典文本一種重要的學習法。

《詩經》的文本，自漢以後豎立了牢牢的經典地位，不僅在每一個朝代承擔了道德教化的職責，「詩三百」中的每一個字，每一句話，每一首詩，自《說文解字》始，還成為中國漢語文字源頭的活水。陸九淵的「六經注我，我注六經」便很自然成為《詩經植物筆記》文本修訂的指標。受著建斌的啟發，最終的文本定為「《詩經》原文」、「雜家題解」、「『我』注《詩經》」、「植物筆記」、「《詩經》注我」五個部分。要閱讀經典，基本上經歷這五個部分的支撐，應該能夠將一個經典世界從一個人的內心支撐起來。

「《詩經》原文」映照著閱讀的起點，映照著偉大創作的源初，顯現這閱讀經典世界的根本，很多時候我極力要求自己去背誦原典，背誦這些文學、思想永恆的界碑。要有對經典原文強烈的熱愛，才能為其他幾個局部推陳出新打下堅實的基礎。

「雜家題解」穿插著各個優秀文本的考據辨正，如果說經典的原文是巨河激流的湧動，雜家題解就是巨河落澗濺起的心靈浪花中最具光彩的浪花朵朵。將這些散落的心靈浪花聚集一處的，必須是讀者自己心頭得到感觸的語言。這個「解」字，最是趣味紛呈，可以是邏輯嚴苛的推演，更可以是綜合各家又獨具個性的表達。展開這個「解」字，我常用到自由心性和直透本質的自覺觸發，也經常用到闡釋學上的種種雜家推演。在重寫《詩經植物筆記》「雜家題解」時，正是這個「解」字，給了我重新解讀《詩經》現代性的勇氣。

「『我』注《詩經》」這個局部會打開中國文學史和語言史無限拓展的細節，無數個「我」在吵吵嚷嚷中自說自話，各有辯詞，每一份辨與識裡都藏著一份生命的精進。這個局部，就像夏夜敲打萬物的雨聲，每一滴「我」都從歷史的天空中從天而降，每一份敲打都是一份來自「我」的獨一無二的注解。每個「我」都帶著令人吃驚、讓人迷醉的歷史背景和時代目的。孔夫子在教導學生的時候，在心中遵為「述而不作」的周朝初建充滿了朝氣的世界，在一個又一個朝代精英的接力中，將知識與精神的脈絡不斷梳理，不斷湧現。「『我』注《詩經》」就像熱流將文明精華的膠質熔化，讓《詩經》原典的精華，從滯重化身為輕盈，在新時空的航道裡奔湧流淌。

「植物筆記」自然是我熱愛《詩經》的那個看起來小小的部分，民俗生活的原景，飲食文化的變遷，中醫洞察生死的自然哲學觀，都在一草一木身上湧現，化身為人們血液和生活鏗鏘有聲的內斂平和的原點。每一種植物身上包含的大自然的奇妙，碰撞著詩的朦朧與靈魂的莊嚴，吸引著一個個時代的畫家，把自己筆頭顏色的魂魄印在《詩經》植物的吟唱裡。

「《詩經》注我」是我原先書本的隨性筆記，它不是凝固不動的冰，而是流動不息的水，是物動情牽，有感萬物的循環。期望《詩經》將來會注我於深情，會注我於東西方文化交織的宏闊。這個「注」曾經有過一個看似決定我人生方向的小小開端，這個「注」將來會化形為多元多樣的魂魄，會化身為不可預知的多條路徑。在修改這個根據自由特質的經典「注」我的局部時，很多未知的可能性又朝著我的心頭聚集過來。

閱讀經典，其實既艱難，又簡單。只有讀透經典，才是一個人的精神幼苗長成大樹的基礎。期望每個閱讀經典的孩子，在翻開經典的文本時，能夠毫不慌亂地在心裡印下這樣一條清晰的閱讀路徑，並且經由這樣一條閱讀路徑，重新發現一個比昨天更加光彩照人的自己。

周南

桃

抿嘴一笑

荇菜

水環境的標識物

葛

野馬

黃荊

相遇的路口

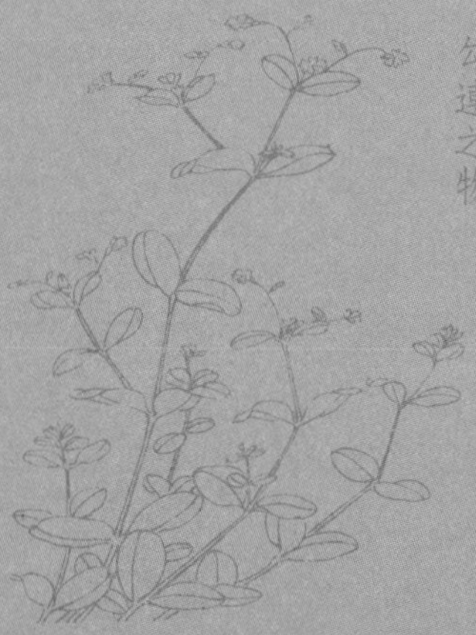

卷耳（蒼耳）

勾連之物

芣苢（車前）

以樂心・度俗世

地理位置

《毛詩序》強調周南的「文王教化」之功，文王原本興於岐周（岐的周原，是周人發祥地，西周故都，廣義周原東起武功、西至鳳翔、北至北山、南到渭河，總面積數百平方公里；狹義的周原遺址指岐山、扶風兩縣接壤處的周原核心區二十多平方公里），其能以德化民，自岐山周原為基點，一直向南傳播，直到江漢（今湖北江漢平原）。王應麟《詩地理考》載：「周、召者，《禹貢》❶『雍州岐山之陽，地名』。今屬右扶風美陽縣❷。地形險峻，而原田肥美。……武王伐紂，定天下，巡守述職，陳誦諸國之詩，以觀民風俗，六州者得二公之德化者尤純，故獨錄之。屬之大師，分而國之，其得聖人（指周公）之化者，謂之《周南》；得賢人（指召公）之化者，謂之《召南》。」周成王時，周公與召公分陝（大概以今河南省三門峽市為邊界）而治，王先謙《詩三家義集疏》述《魯詩》云：「洛陽而謂周南者，自陝以東，皆周南之地也。」周公治理的南方地域即周南，大約是現在河南省西南部洛陽地區到湖北省西北部一帶。

❶《禹貢》，約一千兩百字，由「九州」、「導山」、「導水」和「五服」四個部分組成，為中國現存最早的官方史料集《尚書》中的一章，是中國古代文獻中最古老和最有系統性地理觀念的著作，《史記》和《漢書．地理志》均有全文收錄。《禹貢》託名大禹所作，具體年代各家說法不一，顧頡剛考證《禹貢》作於戰國後期，編撰者為諸侯爭雄的局面統一之後設想了一個宏偉周密的治理國家的方案。

❷在今陝西扶風縣法門鎮。

荇菜

水環境的標識物

《周南・關雎》

關關雎鳩，在河之洲。
窈窕淑女，君子好逑。
參差荇菜，左右流之。
窈窕淑女，寤寐求之。
求之不得，寤寐思服。
悠哉悠哉，輾轉反側。
參差荇菜，左右采之。
窈窕淑女，琴瑟友之。
參差荇菜，左右芼之。
窈窕淑女，鐘鼓樂之。

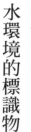

雜家題解

說《關雎》是中國文學史的首篇，並不嚴格。但走入中國文學史的世界，最先所見，必是《詩經》裡迎面走來的《關雎》。中國文學的初聲是如此純粹透明熱烈的一首戀歌，真是好。孔子之前的「詩三百」是個什麼樣子，我們已經無從猜測，只是到孔子重新編詩，《關雎》放到《詩經》的開篇，《關雎》的位置，可能是遵從了古老傳統的認知，也可能是孔子動了腦筋的結果。社會家庭的構成，立在「美好」二字上，這美好，就是「君子」、「淑女」的苛求（因此說，君子概念是儒學的核心概念之一），是「愛情、婚姻、人倫」禮法的規定，這是孔夫子試圖為社會、家庭立下的一個法則。在《論語・八佾》中，孔子評價《關雎》：「樂而不淫，哀而不傷。」如此從容深刻地解讀，幾乎是對整部《詩經》「溫柔敦厚」詩意的理解定下了一個基調。在《論語・泰伯》中，孔子還提到他聽《關雎》的感受：「師摯之始，關雎之亂，洋洋乎盈耳哉！」（注釋：從太師摯開始演奏音樂，到以選《關雎》的合奏作為結束，整個過程中，美妙動聽的音樂自始至終充盈著耳朵。）《關雎》之詞，就像儒家哲學順從大道、敏察物變的「中庸」的一個典範，同時為古代夫婦相處之德定下了一個範本。

詩以一個男子對水邊採摘荇菜的美麗姑娘心懷的戀歌開始，「窈窕淑女，君子好逑」的千古至理，解放著心靈的自由，又為中國社會愛情和婚姻樹立了一個幸福圓滿的標準：順從天地之理（從心），順從道德禮法（從禮）。從《關雎》，我們可以看到中國文學的黎明是如此燦爛多彩，人們追逐生命的意義，是如此緊貼著生活，周正莊嚴。

《毛詩序》：「關雎，后妃之德也。」顯然，在帝王時代，《關雎》立在如此高的位置上，同時試圖將「家和萬事興」的本心貫徹到詭譎動盪的歷史河流裡。這樣的法則，不管現代還是未來，都一樣具有重要的參考價值。

「我」注《詩經》

1\. **關關雎鳩，在河之洲。窈窕淑女，君子好逑。**

關關雎鳩

關關，象聲詞，雌雄二鳥相互應和之聲。此疊字還內含著起興的深意，能夠將讀者的注意力一下子牽引到詩的世界裡。

雎鳩，水鳥名。《集疏》引《禽經》：「雎鳩，魚鷹也。」《本草綱目》四十九卷鶚：「鶚狀可愕，故謂之鶚。其視雎健，故謂之雎。能入穴取食，故謂之下窟烏。翱翔水上，扇魚令出，故曰沸波。」雎鳩，歷代注家說法不一，主流認為是鶚，別名魚鷹，中型猛禽。

洲

中洲，水中間與陸地隔離開的沙灘。

展現了一個俯瞰、凝視的視野，同時也為後面「窈窕淑女，君子好逑」情絲跌宕的兩句做了莊重謹嚴的鋪墊。

窈窕淑女

窈窕，體態優美，容貌姣好，謂之窈窕。此窈窕不僅強調女性身體之美的細節，更強調身心之美的和諧。窈，深邃，指心靈內在的澄澈；窕，優美，指身體線條和諧有韻律。清評注大家儲欣說，「窈窕」二字，千古詩人一起俯首。「窈窕」的重心落在「淑」字上。淑，一是強調品德的賢良，二是指過了成人禮待字閨中的女子。中國社會裡，所謂淑女，說的是一個女子窈窕氣質的自然反應，是她由內而外散發出來吸引人的魅力。

君子好逑

君子，《詩經》中，君王、貴族男子通稱君子。因此，《關雎》往往被認為是記錄周朝王權貴族階層的愛情詩。逑，「仇」的假借，匹配。好逑即佳偶。淑女正是君子的佳偶。宋代以後，「逑」字才逐漸將男子追求女子的普遍人性連通。佳偶匹配的古典意識和兩情相悅的現代意識才在追求生命自由的交匯點上逐漸發生了融合。

2.

參差荇菜，左右流之。窈窕淑女，寤寐求之。

參差荇菜

參差，長短不齊，「參差」二字，不僅包含了眼前搖擺的荇菜，還內含了荇菜隨水流深淺水下葉柄生長長短不一的生長特性。「參差」兩個字，與萬千世界的細微差異對應，體現著自《易經》傳承而來的對萬物生靈高度濃縮的辨識和審美。其中詩意，驚人的細膩，還有專注寧靜的雄壯感，正透過參差不平的視野，投入讀者的眼簾。荇菜，詳釋見「植物筆記」。

左右流之

手足與水接觸，自然會出現左右的分流。「左右」二字有著鮮活動態的畫面感。流之，水流同時內含著心動，隱含著情動之後心意的選擇。詩意的難言之好，就體現在這種多層意義相互疊加的不確定的感受裡。

寤寐

醒和睡，指日夜。寤，醒來。寐，入睡。正是在《關雎》中，引出了「寤寐」二字深沉的思念。葉嘉瑩老師講解「寤寐」二字的深意，和儒家如水的「弱德」聯繫，和傳統含蓄、內斂的本性關聯起來，認為：人們不好直陳胸臆地表達自我，也與這《關雎》裡的「寤寐」二字有關。

3.

求之不得，寤寐思服。悠哉悠哉，輾轉反側。

寤寐思服

思，思念，也是從「寤寐」失眠，思念的波瀾被層層推進。服，語氣助詞。《詩經》裡的語氣助詞，都包含著《樂經》節奏遺失的一些詩意的啟示。

悠哉

悠，徐緩悠長。此處指思念綿綿不絕。悠哉，心意是「真想你啊」！其中內含著吟唱的張力，是千古詩情都隱藏的那種「心言在口，引而不發」的悵然而澄澈的美的體驗。

4. **參差荇菜，左右采之。窈窕淑女，琴瑟友之。**

琴瑟友之

琴瑟，彈琴鼓瑟，此處不僅表達出儀式上的美好，還體現出內在精神上的和諧。琴、瑟，都是中國古代絃樂器。琴面上古為五弦，後增至七弦；瑟，形似琴，有二十五弦或二十三弦，可調音。友，親近。正是有了「琴瑟」互通，這個「友」字才顯得不同尋常。此處可以看到，先秦之前強調的夫妻之情，不僅有愛戀之思，還有朋友之誼，內在的「平等」二字，體現對生命深刻的體認。看似一個平常「友」字，將原本私密的男女之愛，又表現得何等坦然、莊重。明朝陳組綬《詩經副墨》在此「友」字處忍不住注：「何等大雅，友字亦新甚！」

5. **參差荇菜，左右芼之。窈窕淑女，鐘鼓樂之。**

芼

《毛傳》：「芼，擇也。」拔取之意。呂祖謙《呂氏家塾讀詩記》和《詩集傳》：「熟而薦之。」戴震《毛鄭詩考正》解釋，肉謂之羹，菜謂之芼。牟應震《詩問》：「芼之為言冒也，取生菜覆牲上以薦神，亦取潔清之義。」「芼」字同時隱含女子已經婚嫁，主持日常家庭的飲食。「芼」是高度濃縮的引導性的詞，只此一個字，自然引導出了「鐘鼓樂之」的婚姻生活，呈現了一個嫁作他人婦的女人在婚姻裡的自在狀態。

6.

《關雎》以一個「樂」字收尾，體現出人們對圓滿、幸福的家庭生活的期許。「鐘鼓」的簡簡大音與「琴瑟」的靡靡情聲對應，說明兩個相愛的人，已經從情語情話，終於發展成為鐘鼓相慶的婚姻。詩意時刻都有縝密的對心緒、時序、禮法秩序的梳理。

植物筆記

荇菜，別名接余、水鏡草、金蓮兒、水荷、蓮葉荇菜、蓮葉莕菜等。《毛傳》：「荇，接余也。」

《陸疏》：「一名接余，白莖，葉紫赤色，正圓，徑寸餘，浮在水上，根在水底，與水深淺等，大如釵股，上青下白。鬻（賣）其白莖，以苦酒（指醋）浸之，脆美可案酒。」

《爾雅．釋草》：莕，接余，其葉苻。《爾雅注》：叢生水中，葉圓，在莖端，長短隨水深淺，江東食之，亦呼莕。

《康熙字典》：「池州（今安徽池州）人稱荇為莕公鬚，蓋細莖亂生，有若鬚然。」

從「接余」這個古名推知，荇菜作為一種野菜，很早就是中國先民飲食的補充和災年的救荒植物。隨水的深淺不同，水下葉柄長得長短不一。由此理解「參差荇菜」，既是靜態的生長習性的白描，又是蕩漾在水波漣漪中間的動態記錄。「參差荇菜」展現出一個物動與心動相互交織的多層次世界，由此理解，物性、人心最本真的流露。詩的本質正是物動與心跳的共鳴。

莕菜，《中國植物志》中文學名為荇菜，龍膽科荇菜屬多年生水生草本，荇菜的根狀莖匍匐地下，橫生於水底泥中越冬。莖細長，圓柱形，多分枝，沉沒水中，具不定根，葉浮於水面，對生或互生，卵圓形，正面綠色光滑，背面帶紫紅色，傘形花序，簇生於葉腋，花梗伸出水面，長三至七公分，花冠鮮黃花，花萼、花瓣各五片。花果期四至十月。

生於池沼湖泊不甚流動的水面上。雖然每朵花的開放時間較短，一般在早上九點到十二點之間，但全株花朵次第開放，花期長達四個月。花朵雖然不比荷花、睡蓮，也算得上是一種美麗的水生觀賞植物。荇菜在中國南北均有分布，自古嫩葉做菜蔬食用，先秦時還是祭祀供奉用的野蔬。還可做綠肥、飼料和魚餌料。

《詩經》注我

《關雎》小時候每個人都熟讀過，在老師的威嚴之下，字句不差背誦的時候，還難以做到字斟句酌去體會中國文學的一座寶山裡藏著怎樣豐富的礦脈。幼小無知，背過一首詩，完成了一項學習任務，詩的趣味也就拋之腦後了。年長重讀，忙碌世事裡蕪雜愚鈍的內心，千載之下，水靈撲閃的句子又一次驚醒，才重新覺得，所謂《詩經》，不單單是幾十頁紙裡隔章斷句的枯燥文字，更是透過時間的通道，我們苦難深重的文明裡藏著的幾束召喚生機的新枝和心花，這些花葉，都是值得一次次細加品讀的。

見著美麗姑娘，心生讚美，生出與之結伴同行的願望，這是再自然不過的人之常情。泛娛樂時代到處充斥著「媚目」、「妖身」、「柳肩」、「玉容」，這些伴隨物欲橫流的嘈雜聲音，遮蔽了我們對人精神時空的開拓和探索。這樣的聲音裡，人們所思的，多的是佔有、焚毀，缺少的是欣賞、關愛。

商周先人，行在路上，見著心動的人，說「窈窕淑女，君子好逑」，不遮不掩，坦坦蕩蕩，「參差」、「寤寐」，這樣的詞讀起來，覺得其中大有深意，有豐饒甘美的味道，是歡喜的心引得人念想不絕，思慮如煙。其中更有相融和諧的潮聲一陣陣泛起。詩意背後的話，是要一個人不僅懂得自己，還要敏悟萬物，順著自然的情勢，去愛憐心裡歡喜的人。

最好的詩，往往都是和諧簡練的大白話，等到它說出的那一刻，你覺得它聽起來就像是古來就有，此刻只是我們代替古人重說一遍，它原本就在歷史的一個角落裡假瞑，終於等到了合適的時機，遇到合適的人，被一顆相知感應的心靈從歷史的塵埃裡喚醒。這種相遇，應該是會心一笑的。

荇菜是水環境的標識物。荇菜所居，清水繚繞。汙穢之地，荇菜無痕。《關雎》裡那個在緩緩水流中間採摘荇菜的女孩子，遠遠的，投入眼簾，打動人心的，不僅是她的勤勞與善良，不僅是妖嬈秀美的身姿，她採摘到荇菜時展現出來的生命，還帶著我們關於愛情的高潔的光輝。

荇菜作為普通萬物裡的一種，真是有幸，正是透過長在秀水邊上的荇菜，一個人才遇到了撬動心房的愛情。撬動了愛情，不正等於撬動了一個新世界？

《顏氏家訓》說「今荇菜是水悉有之，黃華似蓴」，是借著《關雎》的精神傳承，訓導自己的族人，行世要保有一顆清澈之心。這正是採摘荇菜的那個美妙人兒的內心投影到愛情世界裡生成的生命期許。

荇菜，在嫩芽初上、新葉正憨時，可以採來當作蔬菜食用，自《詩經》時代，這已經是中國飲食裡的一個傳統。在古人眼裡，握在窈窕淑女手裡的荇菜，不僅是自然田園的美味，不僅是表達心意的裝飾，更是心靈道德聚焦而成的一個中心，仿佛在荇菜鮮豔杏黃的花上，有我們理解生命的心意正在展翅飛翔。

荇菜

參差荇菜
左右流之

葛

野馬

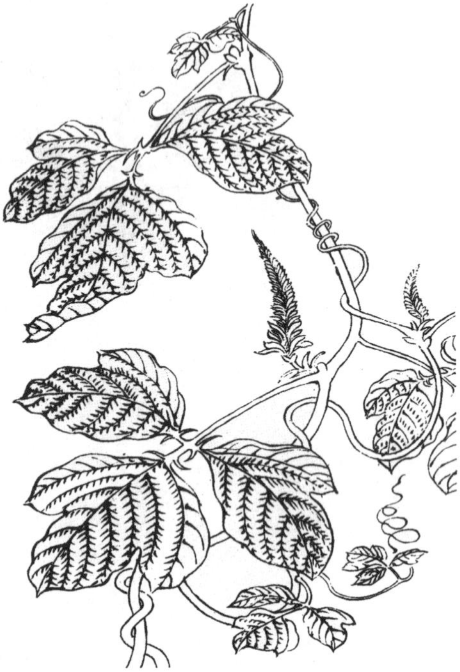

《周南・葛覃》

葛之覃兮，施于中谷，維葉萋萋。
黃鳥于飛，集于灌木，其鳴喈喈。
葛之覃兮，施于中谷，維葉莫莫。
是刈是濩，為絺為綌，服之無斁。
言告師氏，言告言歸。
薄汙我私，薄澣我衣。
害澣害否，歸寧父母。

※「斁」音同「意」；「澣」音同「緩」。

雜家題解

《毛詩序》：「《葛覃》，后妃之本也。」強調恭儉勤家的婦德。古代貴族婦女的婦德教育，勤勞方顯尊貴本色，簡樸之風造就富足的基石，長存孝心，家庭、長幼的根基才能穩固。詩的本意，描述了女人采葛製衣學習女功的工作過程，這樣的工作令她愉悅，詩結束的時間選得很有深意，忙碌的工作結束後，她希望父母為自己擔憂的心能夠得到安寧。勤儉持家，仁厚孝心，這也是古代女德的根本。《葛覃》以采葛寫起，牛運震說，詩意看似平實，勤勉仁孝的胸懷，卻顯出國母氣象。以經學家的眼光，如此解釋，與《葛覃》在《周南》裡所處的位置有關。對解讀《葛覃》最深刻的還是孔子，《孔子詩論》中說：「吾以《葛覃》得是初之詩，民性固然，見其美，必欲反其本，夫葛之見歌也，則以絺綌之故也。後稷之見貴也，則以文、武之德也。」（注釋：我從《葛覃》中得到崇敬本初的深意，人的本性就是這樣，看到織物的華美，一定會去瞭解製造織物的原料。葛之所以被歌詠，是因為用來做織物的緣故。後稷之所以被人尊重，是因為他的後人周文王和周武王的德行。）

「我」注《詩經》

1. 葛之覃兮，施于中穀，維葉萋萋。黃鳥于飛，集於灌木，其鳴喈喈。

葛之覃兮

葛，詳釋見「植物筆記」。覃，延長，此指蔓生之藤。形容葛長延廣被、纏繞不斷的樣子。

施

蔓延。《正義》：「施，移也，言引蔓移去其根也。」指山谷中，長滿蔓延纏繞的葛藤。從這個「施」字推測，谷中之葛，可能不是野生，而是人工栽培。

維葉萋萋維，語氣助詞。此處「維」字，《毛詩》皆作「維」，《論語》皆作「唯」，古文《尚書》皆作「惟」。郝懿行《爾雅義疏》：「三者皆語詞也。凡語詞之字，多非本義，但取其聲。」萋萋，《毛傳》釋為「茂盛貌」。

上述三句，分別寫葛的藤長、枝盛、葉茂。

黃鳥于飛

黃鳥，《毛傳》：「黃鳥，摶黍也。」此處黃鳥，釋為黃雀最準確，也可能是黃鸝、金翅雀。黃雀為鳥綱雀形目雀科金翅雀屬的小型鳴禽。黃雀有集群、遷徙和「集木啄黍」的習性。于，馬瑞辰《通釋》：「《爾雅》，『於，曰也』。曰古讀若聿。」於、曰、聿，皆為語氣語助。飛，直指飛鳥的物動。將物象從靜態世界引入動態時空。對詩意來說，是感覺的變遷。

喈喈

眾鳥和鳴之聲，稱為喈喈。金翅雀屬一族都是鳥類的歌唱家。

這一章所寫，人心舒適，鳥聲娟美。看似寫眼前葛藤物盛、鳥飛鳴幽，其實襯托的都是人心的變化。

2.

葛之覃兮，施于中谷，維葉莫莫。是刈是濩，為絺為綌，服之無斁。

莫莫

《毛傳》：「成就之貌。」何楷《詩經世本古義》：「莫本古文暮字，今曰莫莫者，蓋取稠密陰暗之意。」「萋萋」所言強調茂盛生長，「莫莫」所言成熟之貌，即葛藤成熟，到了收割的時節。

是刈是濩

刈，本為割草的工具。《說文》：「乂，芟草也，或從刀做刈。」割取。濩，《毛詩》將「濩」解釋為一個煮的動作。後世則將「濩」認為是鑊的通假，為鍋一類的炊具。《淮南子．說山訓》：「有足曰鼎，無足曰濩。」《正義》：「煮葛以為絺綌，以煮之於濩，故曰濩煮，非訓濩為煮。」將濩看作處理葛藤的一道工序。

為絺為綌

精製布料曰絺，粗糙布料曰綌。《史記．五帝本紀》言堯賜舜絺衣，可見細葛在古代的珍貴。從製作工序上，這一句與上一句緊密銜接。

服之無斁

服，《鄭箋》對服有兩種解釋，一種是用葛布製作衣服，一種是治理，對葛布製衣，覺得煩躁，這種情緒要改變。斁，《毛傳》：「斁，厭也。」厭倦、厭煩、厭惡之情。周時女子出嫁前學習治葛（採葛藤，煮葛製葛布，裁葛布製衣）是一項基本的女功。

3.

言告師氏，言告言歸。薄汙我私，薄澣我衣。害澣害否，歸寧父母。

言告師氏

言，《毛傳》：「我也。」一說作語氣助詞。告，請教，請求。意在老師處接受教誨。師氏，《毛傳》：「女師也。」古代貴族家庭有專門的女師，教未出嫁女子婦德、婦言、婦容、婦功。何人能做女師？《昏禮》云：「姆，婦人五十無子，出而不復嫁，能以婦道教人者，若今時乳母矣。」女師有子師、慈母、保母三種，鄭玄注：

「子師，教示以善道者；慈母，知其嗜欲者；保母，安其居處者。」

言告言歸

此句意義因對「歸」的釋意不同，讓整首詩有了兩個不同的意義。「歸」解釋為出嫁，則詩意變為出嫁女請教女師，教給自己為婦之道；「歸」解釋為「往，回」，則詩意為向女師告假回娘家。兩句都可說通，覺得出嫁之意更為貼切。

薄汙我私

薄，《集傳》：「少也。」一說為語氣助詞。《鄭箋》：「煩，煩撋之，用功深。」撋，用手指揉搓。羅典《凝園讀詩管見》云：「澣以潔水，不治，故用汙，汙謂今灰水、堿水之屬。」草木灰去渣，即得汙。現在民間依舊用此法去油漬汙垢。私，《毛傳》：「私，燕服也。」認為是便服。王先謙《集疏》：「私，近身衣。」認為是內衣。

薄澣我衣

澣，《鄭箋》：「澣，謂濯之耳。」濯，洗滌之意。用清水清潔。現代人多用浣代替澣，表達清潔之意，澣字基本不再使用了。衣，上曰衣，下曰裳。

害澣害否

害，《毛傳》：「害，何也。」害通曷，盍，何，疑問詞。否，段玉裁說，凡經典然否字，古只作「不」，後人加「口」字。

劉毓慶《詩經匯通》猜測，《詩經》時代的紡織物不比現在絲綢化纖的堅固，物力維艱之時，一個待嫁女子必須知道，哪些衣物可以勤洗，哪些衣物要少洗，才能真正做到勤儉持家。如此理解「害澣害否」，才能瞭解它內在的深意。

4. 歸寧父母

《毛傳》：「父母在，則有時歸寧耳。」《毛詩》以出嫁女從夫家到娘家探視父母來解《葛覃》，這一說法，後來者多有批判。《說文》中此句的引文為「以晏（安心）父母」，段玉裁認為此為「歸寧父母」之異文，「寧父母」三字當連讀，女子出嫁，以安父母之心。馬瑞辰《通釋》據《序》云：「后妃在父母家，則志在於女功之事，躬儉節用，服澣濯之衣，尊敬師傅，則可以歸安父母，化天下以婦道也。」

《葛覃》詩意，以「女子教成，可以出嫁，以安父母之心」來理解最為通暢。

葛藤
葛之覃兮施于中谷

葛，別名雞齊、鹿藿、綌、葛藤、野藤等。《毛傳》：「葛，所以為絺綌也。」古代，用葛藤纖維織成的細葛布，稱為絺；用葛藤纖維織成的粗葛布，稱為綌。葛布古又稱夏布，是百姓和佃戶用來製作夏裝的衣料。《毛傳》：「葛屨（鞋），服之賤者。」、「夏葛屨，冬皮屨，葛屨非所以履霜。」《越絕書》：「勾踐罷吳，種葛，使越女織治葛布，獻於吳王夫差。」可見周朝，葛已經是普遍栽種的經濟作物。在棉花普遍引進之前，葛一直都是重要的夏布製作材料。

葛在《詩經》裡多處出現，均代表百姓發聲。《周南．葛覃》中的「葛之覃兮，施于中谷，維葉萋萋」，鋪展開先人采葛的生活場景；《王風．采葛》中的「彼采葛兮，一日不見，如三月兮」，為中國詩詞裡的相思定了一個時空陡轉的基調；《魏風．葛屨》中的「糾糾葛屨，可以履霜」，一個女奴，走在寒霜鋪就的路上，依然穿著夏天的葛鞋，那種備受欺淩壓榨的憤怒，是中國政治詩批判現實的先聲；《唐風．葛生》中的「葛生蒙楚，蘞蔓於野」，葛藤蔓生的世界，誕生了中國千古悼亡詩融悲痛與摯情為一體的首作。

葛為普通的草木一物，透過詩境的小孔，卻將自然的微物之神，鍾情的生命之主，表達得淋漓盡致，熠熠生輝。後世言葛的話語，基本不脫《詩經》言說的氛圍。《鄭箋》釋葛：「土氣緩，則葛生闊節。」這個「闊」字，真是妙。葛作為攀緣藤本，對環境有很好的適應性，生命力又非常旺盛，葛的肆意生長，常將它歸結為民間草莽的野性，這種野性，鄭玄用了一個「闊」字來解讀，意義由淩厲轉為平緩，到真正將狂野葛藤內在質樸忠厚的一面牽引出來，倒更合乎詩的深意。

葛，古今名稱一致，豆科葛屬多年生藤本，地下部分是圓柱狀肥厚塊根，藤莖基部粗壯，木質，上部分枝，莖可達八公尺。纏繞他物而長。葉互生，複葉由三片小葉組成，葉片全緣或三淺裂。總狀花序，腋生，花密集，花冠蝶形，紫色，基部有二耳及一黃色硬痂。花期九至十月，果期十至十一月。多生於海拔一千七百公尺以下較溫暖濕潤的丘陵、山坡、谷地，中國除新疆、西藏、青海外，其他各處均有分布。

葛的纖維可用來造紙，製作繩子，編織鞋子。葛的塊莖製作澱粉，稱為葛粉，可釀酒。蒸熟的葛粉，能解酒。葛的嫩葉可當作蔬菜食用，葛根味甘可生食，退熱解渴。葛全株均可入藥。

《詩經》注我

有一種今譯的《葛覃》版本，讀起來既有童音的純淨，又有新雨的清澈：

葛藤枝葉長又長，漫山遍野都生長，嫩綠葉子水汪汪。
小鳥展翅來回飛，紛紛停落灌木上，唧唧啾啾把歌唱。
葛藤枝葉長又長，漫山遍野都生長，嫩綠葉子多又壯。
收割水煮活兒忙，細布粗布分兩樣，做成新衣常年穿。

這個從遠古的詩情裡取下來的場景，是人在自然裡，像鳥又像風的樣子。讀這樣的詩，並感覺到一種貼近心靈的鬆弛情緒，這種情緒的影響物，就是讓讀者流淌在心裡的流水變得清澈了、安然了、平靜了。好詩都有同樣的一種力量——心靈的返璞歸真，讓現實中為利益為欲望搏鬥的生命，進入詩的世界，讓緊繃的神經鬆弛下來，由此感受活著與靈魂相關的另外一層深意。

葛，是豆科葛屬多年生藤本植物，山林坡地，城市公園裡的無人區，路邊的沙土地裡，惡風沙石的縫隙間，葛總能找到它生長的縫隙。葛的性情，既不溫柔，也不剛勁，它把看不見的爆發力藏在生命深處，就像植物世界裡一個不定性的壞孩子。只有瞭解了葛的性情，知道它的妙處，才能品嘗到葛根煲出的靚湯，葛粉炒出來的飄著清香的雞蛋，飲到滋味苦而甜的葛酒。

二十世紀七〇年代，葛引種到美國，在沒有任何天敵的情況下，瘋狂蔓長的葛迅速佔領了美國喬治亞、密西西比、阿拉巴馬等州的萬頃土地，將當地的原生植物成片地擠到滅絕。葛的生命力就像脫韁的野馬，東方土地上被馴得溫順的葛，在西方土地裡，滋生出如此災難性的力量，令人驚訝。

我的青春少年，也有過葛一般肆意瘋長的日子，那樣的日子，就像夏日裡白天黑夜不會消散的雨幕，不管節奏，不懂愛恨，任意侵入生活的各個角落，直到挫折、痛楚來臨，才懂得收斂。當理性逐漸掌握了內心思考世界的節奏，肆意瘋長，狂野散漫，不再是任意綻放在陽光下，而是在心靈的原野上有所選擇地耕耘。愛的天空，生的世界，像臺階一樣在眼前變化，就像葛的花兒一瓣一瓣交疊而起的塔式形狀。

葛蘊涵著勤勞質樸的深意，我是在漫漫人生路上，理解著生活，理解著自己身體裡來自古典精神河流的滋養，理解著生與死之間的情意，才逐漸知道葛一般的生，葛一般的長，都與生命的一次次鑄就緊密關聯著。

卷耳（蒼耳）

勾連之物

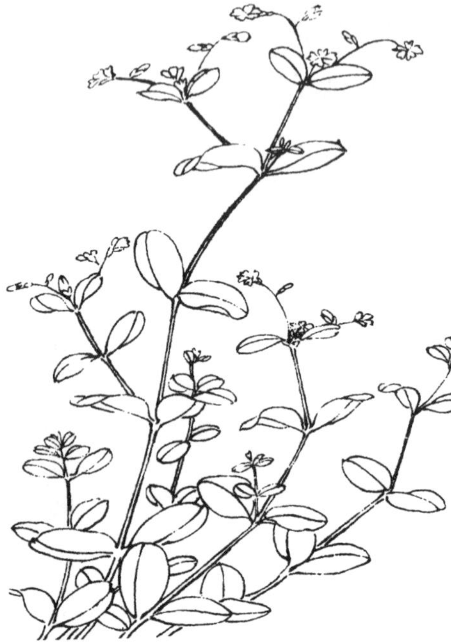

《周南．卷耳》

采采卷耳，不盈頃筐。
嗟我懷人，寘彼周行。
陟彼崔嵬，我馬虺隤。
我姑酌彼金罍，維以不永懷。
陟彼高崗，我馬玄黃。
我姑酌彼兕觥，維以不永傷。
陟彼砠矣，我馬瘏矣。
我僕痡矣，云何吁矣！

※「寘」、「陟」音同「置」；「虺隤」音同「灰頹」。

雜家題解

《卷耳》，《毛詩序》：「后妃之志也。」以后妃思文王行役而作。詩本意寫女子思念丈夫，滿含溫柔敦厚之意，以「嗟我懷人」的歎息，寫盡了千古相思，歷來注家好評如潮，是中國思念詩中的一首不朽之作。詩中「不盈頃筐」的刻骨相思，出神入化地描述了物象與心念之間的恍惚。南朝有民歌唱：「朝發桂蘭渚，晝息桑榆下。與君同拔蒲，竟日不成把。」《卷耳》詩意由此擴張，關於愛情最美的深情，在這樣的歌裡得到了活力綿延的承續。戴君恩《詩風臆評》評《卷耳》：「情中之景，景中之情，宛轉關生，摹寫曲至，故是古今閨思之祖。」《卷耳》的不朽，總是與詩意中展現的無限種可闡釋性緊密關聯。無限的可闡釋之處，也正是無限種相思，無限種深情。詩中欲與丈夫共涉人生艱險的赤誠，時時刻刻都有一份不帶任何雜念的甘願，世人期盼的那份愛情，正是在「甘願」二字裡，從兩顆原本獨立的靈魂，生成了「生死一體」的時空。有誰能知，寄託如此相思之情的，會是漫山遍野毫不起眼的蒼耳？

「我」注《詩經》

1.

采采卷耳，不盈頃筐。嗟我懷人，寘彼周行。

采采卷耳

采采，本是採摘勞作中再簡單不過的一個動作，動作的重複，包含著歌調韻律的反復，同時也呼應著人心的起伏和情絲的漣漪。「采采」是一個富含舞蹈韻律的動作。相思的序曲，正根植於深厚生活的土壤。正因內心澄澈，才將強烈的相思，含蓄內斂地封存在日常負重的勞作裡。這「采采卷耳」的一件事，因身後拖曳著一顆相思成災的心靈，物象的簡潔輕靈，便在心上變得沉甸甸起來。卷耳，究竟為何種植物，說法不一，普遍看法是菊科蒼耳屬蒼耳。詳釋見「植物筆記」。

不盈頃筐

《說文》解釋：「頃，頭不正也。」頃筐即為前高後低的斜口筐。這種「易盈之器」，現在南方還有人在用，用竹編成，背在背上。采采蒼耳的嫩葉，卻為何連如此淺淺的筐子都裝不滿？相思的神經便在這不盈的歎息中慢慢升起，再難填滿胸口的空缺。

嗟

語氣助詞。心意難平，方有嗟音，這個嗟的歎息，正與「不盈」二字絕好對應。《詩經》的純粹，就是要打通人心與天地的勾連，只有心聲和物動的感應毫無阻隔，才能做到這一點。

「嗟我懷人」的動情，就在歎息的一刻發生。「這一刻」對中國詩的世界自然也是不同尋常的一刻。這一刻展現了一種純粹深透內斂溫厚的要求，也是為中國相思詩立下一個感念「不忘之思」（段玉裁語）的至高標準。

寘彼周行

寘，《鄭箋》：「寘，置也。」此處不用「放」而用「寘」，雖然看來都是將斜口筐放到某處的小小動作，連接的卻是勞作者心神的煩亂、身心的疲憊。把這個不滿的頃筐，不是輕放，而是置於地上，內含著思念之情對心靈的衝擊。周行，朱熹《集傳》：「大道也。」這大道，既有實指思念的人，又有虛指遠行的親人身上肩負的為國為民為天下的責任。此處隱含後妃思念文王的對應。孫作雲解釋「周行」，是通向周京的大道，和今天的國道一樣，倒能讓人更具體地想像詩意發生的場景。

此章思念的畫面清晰簡潔，一個婦女，一邊採摘卷耳，不時朝大道上瞭望，她心神不寧，以至影響了手裡的活計，頃筐遲遲都不能採滿。

2. 陟彼崔嵬，我馬虺隤。我姑酌彼金罍，維以不永懷。

陟彼崔嵬

陟，登高。彼，指示代詞。詩之所以能夠展現心靈之音與審美的靈動，與這看似不顯眼的代詞關係緊密，這樣的代詞隱含著心靈意志的指向，表達著一種生命的姿態，導通了動詞連接名詞的神經。此處「彼」，可譯為「那」，隱含思念難言的惆悵和欣悅。崔嵬，《毛傳》：「崔嵬，土山之戴石者。」《爾雅．釋山》的意義與此相似，指出「石戴土謂之崔巍」。崔嵬所說的是山峰形狀，因石頭在上，顯出高峻奇險。崔嵬可理解為險峻山崗。

我馬虺隤

我馬，騎馬尋夫的情景，隱含這個相思之女的赤誠和豪邁。虺隤，《毛傳》：「虺隤，病也。」《詩經音義》：「虺，《說文》作瘣，隤，《說文》作頹。」馬生病之狀，疲憊不振，腿軟倒下。

我姑酌彼金罍

姑，姑且之意。罍，器名，周代盛酒的器皿。馮複京《六家詩名物疏》：「疏云：罍，尊之大者。注：罍形似壺，大者受一斛（古時計量單位，十鬥為一斛）。《韓詩》云：金罍，大夫器也。天子以玉飾，諸侯、大夫皆以黃金飾，士以梓。」近代考古挖掘所得銅罍甚多，形狀腹部呈圓形，頸細口小，左右有耳，上有雲雷蟠螭（古代傳說沒角的龍）的圖紋。此金罍應該是青銅罍。能做金罍之酌，可以算是豪飲。

維以不永懷

維以，真希望，只求。心意波瀾，在「維以」二字裡，就如同峽谷回音，讀者自會體會其中的深意。永懷，兩字雖然寫的是長久的思念，意義其實說得再簡明不過，永懷與相思，正形成共鳴與對應。這種欲拒還迎的寫法，將一個「不」字，表達得外剛內柔，雖然想不，又怎能不。永懷之人，不正是相思之人。思之彌遠，心海跌宕。看似平常敘述，內在卻波瀾起伏。《詩經》狀物，隱含著複雜多變的寫作元素。

3.

陟彼高岡，我馬玄黃。我姑酌彼兕觥，維以不永傷。

高岡

《爾雅．釋山》：「山脊，岡。」山脊為山的主幹，脊樑形長，地理學上指的是長山之脊。山之高處，稱為脊。崔嵬與高岡之間有著一種山勢變化的遞進。此處高岡，指山嶺、山梁。

玄黃

《毛傳》：「玄馬病則黃。」陶弘景《真誥．運象二》：「面者，神之庭；發者，腦之華。心悲則面焦，腦減則發素。」古代，玄為黑色，玄黃即黃中帶黑，為焦黃色。《牛馬經》：「牛馬病時，其毛少色澤，多焦黃枯落。」玄黃，即指馬因疲勞，毛色焦枯。

兕觥

《毛傳》：「兕觥，角爵也。」《集傳》：「兕，野牛。一角，青色，重千斤。」此說顯然是從老子所騎青牛的傳說中得來。《本草綱目》卷五十一，則將其歸於犀類，認為犀牛分山犀、水犀、兕犀三類，兕犀又稱沙犀、獨角犀。觥，孔穎達《正義》：「觥大七升，以兕角為之。」可見為古代飲酒的大器。到唐朝，這樣的飲酒器物已不存在，可能是犀牛已經滅絕了。

不永傷

此三字從「不永懷」脫意而來，寫得淒切動人，幾乎有秋景殘花、冬水枯荷的悲壯。相思之深，而不言相思，上一句勸慰「不永懷」的悲，還能在心頭忍住，「不永傷」的悲，一瞬間會化成淚珠，從眼角滾落。相思的無言之悲，正是一種自找的甘願身負的傷。相思無盡，酣醉裡更覺山河中間透出的無望，這無望又能走往哪裡去？這種心意澎湃之勢聚起，便正有了後一章四個「矣」字狂濤卷起的難以釋懷。說《卷耳》為千古相思詩之祖，確實是看到最深處，走到最痛處，醉到最酣處，悲到傷心處。看起來平實輕淡，實質鳴動山河。

4.

陟彼砠矣，我馬瘏矣。我僕痡矣，云何吁矣！

砠

《說文》：「砠」做「岨」，石戴土也（石頭上覆蓋著土，山勢開闊趨緩）。正好與崔嵬之山（土上積壓著石頭，山勢險峻陡峭）相反。

瘏

《毛傳》：「瘏，病也。」現代人說病，連帶著先關照病理上的解釋，範圍比較窄。中國古人說病，範圍很廣，像患病、勞苦、貧困、疲憊、艱辛、饑餓、憂傷、相思，都用「病」來概括。此處主要指馬匹疲勞，倒地不起，停止不前。

我僕痡矣

僕，《鄭箋》：「僕，將車者也。」也就是車夫。痡，《正義》：「痡，人疲不能行之病。」也就是累倒了。

吁

《毛詩》：「吁，憂也。」吁，通假籲。《說文》解釋了兩字的不同：籲，驚也；吁，張目也。可見「吁」之相思，驚動心神的深度不只是驚詫。云何吁矣，無可奈何之語，憂傷的歎氣聲，正表達出哀痛慘切，無限深情。日本學者龜井昭陽《毛詩考》，就「云何吁矣」的歎息，說《卷耳》之相思，「此何等苦毒哉！」

5.

牛運震評《卷耳》：登高豈能望人，飲酒豈能解憂？憂思之極，聊作寓言，故應如是。唐詩《春閨思》：「嫋嫋邊城柳，青青陌上桑；提籠忘采葉，昨夜夢漁陽。」如此相思詩，也是從《卷耳》的意象空間裡借的力。

植物筆記

卷耳究竟為哪一種植物，歷來說法不一。現代植物分類學中，卷耳和蒼耳是不同科不同屬的兩種植物。卷耳為石竹科卷耳屬，蒼耳為菊科蒼耳屬。

詩經中《卷耳》一節，「采采卷耳，不盈頃筐」，描述的是採摘卷耳的情景。先秦時期，處在農耕時代的早期，蔬菜的種植栽培極少，將卷耳當作野菜是很正常的一件事情。

對《詩經》中卷耳的異名注釋，現有古籍記錄可查，開始於東漢《毛詩故訓傳》（簡稱《毛傳》）注：卷耳，苓耳也。

《毛傳》對卷耳的注釋來源於漢初成書的《爾雅．釋草》。《爾雅》是由漢初學者整理先秦舊文集成的中國第一部名物百科詞典。

三國時期，吳國學者陸璣《陸疏》注：「卷耳，一名枲耳，一名胡枲，一名苓耳。葉青白色，似胡荽，白華，細莖蔓生。可煮為茹，滑而少味。四月中生子，正如婦人耳中璫，今或謂之耳璫草，鄭康成謂是白胡荽，幽州人呼為爵耳。」

西晉末年，郭璞《廣雅》注：「枲耳也，亦云胡枲，江東呼為常枲，或曰苓耳。」

東晉張華在中國第一部博物學著作《博物志》中描述了胡枲的形態和來源：洛中有人驅羊入蜀，胡枲子多刺，粘綴羊毛，遂至中國。

到東晉，卷耳從形態上就可確定為蒼耳。之後，《說文解字》、《康熙字典》、《楚辭章句》對卷耳的解釋，都從《爾雅》、《廣雅》、《陸疏》、《博物志》。

北宋蘇頌《本草圖經》云：「《詩》人謂之卷耳，《爾雅》謂之苓耳，《廣雅》謂之枲耳，皆以實得名也。」可見，卷耳得名不在花，而在果實。但《爾雅》中，卷耳的注釋為苓耳，並非蒼耳。因為這個原因，後人推測，蒼耳可能為苓耳在抄寫過程中的筆誤，從而有蒼耳之名，卷耳和蒼耳說的應該是同一種植物。此說只是推測，並無根據。

蒼耳含貝殼杉烯毒苷，有微毒，莖葉不可生食。古人以「神農嘗百草」的精神，應該知道蒼耳必須經過熱煎、熱燙，方可食用。古代並無食蒼耳中毒的記錄。明代《救荒本草》中描述了蒼耳的食用方法：嫩苗在油中炸熟，開水浸燙，可做蔬菜救荒。種子炒熟去皮，碾為粉末，可做燒餅。種子還可以榨油。

蒼耳農曆四月發芽，七至八月開花，九至十月結果。為直立莖，並非蔓生。這是與《陸疏》記錄中矛盾的地方。

杜甫曾做《驅豎子摘蒼耳》：

江上秋已分，林中瘴猶劇。
畦丁告勞苦，無以供日夕。
蓬莠獨不焦，野蔬暗泉石。
卷耳況療風，童兒且時摘。
侵星驅之去，爛熳任遠適。
放筐亭午際，洗剝相蒙冪。
登床半生熟，下箸還小益。
加點瓜薤間，依稀橘奴跡。
亂世誅求急，黎民糠籺窄。
飽食複何心，荒哉膏粱客。
富家廚肉臭，戰地骸骨白。

寄語惡少年，黃金且休擲。

頃筐摘野菜中的上古遺風裡，可見蒼耳與卷耳並行，指的是同一物種。

《詩經》注我

思念是恆久的光，它從心裡透出來，落到眼前的蒼耳上，就思念的人來說，那一刻，她變得柔軟了；就蒼耳來說，它物化成魂，進入人心思慮的海洋裡，不再僅僅是自然裡的蒼耳。自然和人，在這樣心魂互換的時刻，同時產生了雙重的意義，愛戀和寄託，物性和幻念，融匯一體，天地與人統一在了同一種悲喜交集的感受裡。

從詩的美學意義來說，吟讀《卷耳》，可以讓我們看到一個心柔似水的婦人，在愛的光影的誘導下，如何由生活裡的一個活潑形象化作柔情繚繞的一縷輕煙，輕輕渺渺地飄落到自然裡的一種植物——蒼耳身上。蒼耳，則在這樣的靜默時分，不再是單純的一株植物，它被一股神祕之力開啟了時間相連人心的通道，讓一雙癡迷的眼睛穿越地域阻隔，看到夢幻般的鏡子裡，日思夜想的那個人，如何艱難行走在征途大道上。

就歲月所形成的席捲，我們現在身處的時代，極少將女子如水的形象看作生命裡可以綻放的豔麗花朵，女人們多是不得不讓自己從水的柔順化作冰的堅固，挺著剛勁鋒芒，在社會舞臺上衝擊。但是讀這樣的詩，內心裡飄然浮現的女子，依然讓人覺得，愛的柔韌，愛的堅持，如何塑造著我們心中的愛情。

蒼耳子上倒刺勾連，體現的不是獨立個體的個性，而是男女之間和諧關係所要體現的一種普遍聯繫，這種聯繫不僅是外在利益形式上，還是內在相互牽掛思念的共振。愛的永恆與人類文明的永恆，兩者之間有著不可分離的統一價值。

《卷耳》的似水柔情裡，深藏著一股強勁的力量，一種「采采卷耳」的勤勞，一種「我馬虺隤」的疲憊，日常生活裡的這些辛勞，千轉百回，不管怎樣惆悵，不管生活裡如何掙扎，並沒有讓我忘記對你的思念。

《卷耳》的世界裡，天地獨靜，唯你我獨在。這份詩意的美好，現代社會裡，已經變得珍貴稀少。

《卷耳》裡，青草茫茫的山路邊，站立著一個神情憂傷的女子，蒼耳的倒刺劃破她的皮膚，肉體上的一點隱痛和她心裡思念的隱痛相比，又算得了什麼。這蒼耳一時如拉滿的弓弦，朝著無垠的天邊射出她的思念之箭，箭頭所指的，不是一瞬的深情，而是被時間阻隔的愛的永恆。

若有哪位大師能作一畫，名之《蒼耳之思》，將中國文化的寄託，在一個女子、一分愛戀、一株蒼耳的別離之思裡展開為摯愛的永恆，千年時間積聚下來的那種獨屬於東方文明的神祕心性，一定會別有一番感受。

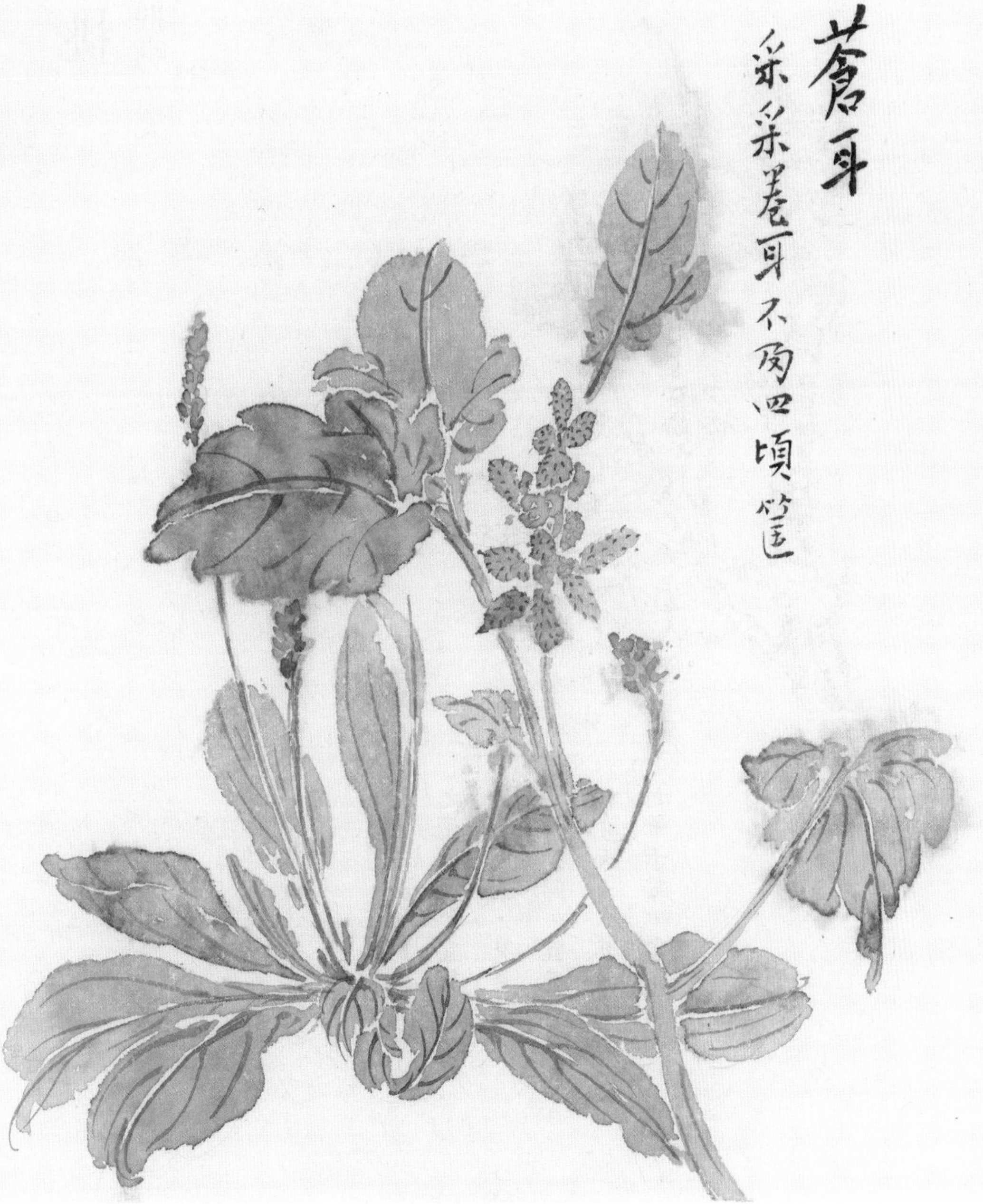
蒼耳
采采卷耳不盈頃筐

桃

抿嘴一笑

《周南・桃夭》

桃之夭夭，灼灼其華。
之子于歸，宜其室家。
桃之夭夭，有蕡其實。
之子于歸，宜其家室。
桃之夭夭，其葉蓁蓁。
之子于歸，宜其家人。

雜家題解

《桃夭》是祝賀女子出嫁的詩，完全可以當一首女子婚嫁典禮上的祝福歌來吟唱。《流沙河講詩經》一書裡，流沙河先生說，他還記得自己的童年時代（也就是二十世紀三〇年代），在結婚儀式上，有「禮生」（類似現代的婚禮主持人）吟誦這首詩，配合著演奏的音樂，非常專業。

《毛詩序》：「《桃夭》，后妃之所致也。不妒忌，則男女以正，婚姻以時，國無鰥民也。」一致，指王公貴族之女適時而嫁之意。所謂適時而嫁，《周禮》載：「仲春之月，令會男女。」周朝，桃花盛開的仲春季節，正是姑娘出嫁的最好時節。詩的氣氛歡快活潑，欣喜中充滿著對幸福家庭的嚮往。《毛傳》：「夭夭，其少壯也。」若以仲春少女的出嫁，理解《桃夭》為寫實之事，最貼合詩境。若只以少女初嫁，少而色盛，氣壯而容豔，將《桃夭》看做寫意之詩，也可。姚際恆評《桃夭》：「桃花色最豔，故以取喻女子，開千古詞賦詠美人之祖。」應該說的是《桃夭》的寫意，

《詩經》裡詠美人的寫實詩最佳的另有《碩人》一篇。

《桃夭》最佳之處，是對愛情、婚姻和家室都滿懷愉悅的那種欣喜。詩的氣象，更高遠處，體現著周室初建國家興盛的徵兆。中國文化藝術裡創新之力的初聲，也鮮明地體現在「桃之夭夭」豔麗躍動的青春朝氣裡。

「我」注《詩經》

1.
桃之夭夭，灼灼其華。之子于歸，宜其室家。

桃之夭夭

桃，薔薇科桃屬落葉喬木，詳釋見「植物筆記」。幸福婚姻的隱喻，可從「桃之」二字的自得中得以體現。夭夭，花朵怒放，桃花的怒放之美，透過「夭夭」之態，將物動之美寫到了盡頭，也將少女容顏身姿的美豔寫到了極致。《毛傳》云：「夭夭，其少壯也。」詩意寫的卻是美態。王育《說文引詩辨證》說：「女，女子笑貌。，蓟也，蓟首下傾，女子善笑，則傾屈其首以作態。桃之華似之，故以為比。夭，首右傾也。其傾首則同，而未若女子之如花為美妙也。」錢鍾書《管錐編》：「『夭夭』乃是比喻之詞，亦形容花之嬌好，非指桃樹之『少壯』。李商隱《即目》『夭桃唯是笑，舞蝶不空飛』，『夭』即是『笑』，正如『舞』即是『飛』。」

《桃夭》第一句，便可見有無限光明的笑顏逐開。

灼灼其華

灼灼，實指花朵色彩鮮豔如火。少女的笑聲，其夭夭之威力如何，對生命之魅惑，之形成的觸動，如同火舌之灼燒。灼灼，《毛傳》：「華之盛也。」生命之灼灼，赤而如火貌。通過適時的婚姻讓生命獲得新生，正如火焰給予生命以盛景。古時，人們對火焰抱有神祕的崇拜，「灼灼其華」裡便有這種神祕湧動的氣息，先人的想像與物盛的憧憬，同商周時期流傳下來的巫祝崇拜是相互關聯的。之所以是桃，而不是其他之木，也與桃在遠古時代的神話屬性相關。華，古時「花」的通假都由「華」代替。「華」之意，不僅包含盛開之像，還內含有盛開之勢。

之子于歸

之子，古時男女，都可通稱之子，此處專指新婚初嫁的姑娘。之與子皆隱含有古代敬語系統的表達形式。後世人為子女在《詩經》裡取名，凡含「之」字「子」字，都隱含了尊貴與莊重之義。從「之子」可知，這是王公貴族女兒的出嫁。又認為「之子」二字，包含了一種輕快與親切的情緒，表達出婚嫁時的氣氛。於歸，歸，對這個字的理解，總要根據具體的情境來說。歸向父母，便是女子回娘家。若歸向夫家，便是女子出嫁。此處之「歸」，與後句「室家」（夫家）對應，理解為出嫁為宜。

宜其室家

宜，《鄭箋》：「宜者，謂男女年時俱當。」從婚嫁角度，出嫁女子的為婦之道，但求相安。相安的物件便是「室家」。據《左傳》，「女有家，男有室」。室家，當指夫家。就是和夫家的人安樂和順相處的意義。從大的國家的角度理解這句話，《大學》云：「宜其家人，而後可以教國人。」便是要家和國順，才能有興盛發展。

此一章，只「夭夭」、「灼灼」四字，便寫盡了桃花撲面的豔麗，為中國千古詠春詩作了絕好的詩引。唐人崔護《題都城南莊》：「去年今日此門中，人面桃花相映紅。人面不知何處去，桃花依舊笑春風。」詩意就像是遮在一個「夭」的影子裡生成的。

2. 桃之夭夭，有蕡其實。之子于歸，宜其家室。

蕡

第二章的「夭夭」二字，指桃子果實顏色之豔麗，果肉之飽滿滋潤。桃為生命飽滿之形，其潤澤甘美，亦與「夭夭」二字同輝。

《毛傳》：「實貌。」鮮熟桃子的狀態，碩大、繁盛、紅白粉潤、圓而有致。一個「蕡」字都可包容。《詩經》裡，形容詞前加「有」，意同疊字，「有蕡其實」意即「蕡蕡其實」。《易經》卦象「賁，山下有火賁。心上有火燃，為「憤」；草木生命旺盛，為「蕡」。

第二章「於歸」，與「家室」對應，可以理解女子回到娘家。此處有與娘家人相處安樂和順之意。《詩經》時代，文學之意與後世做文章的意義並不相同。它是對國政、道德、禮法、生活的一種綜合文字表述。其文字所求的標準，除了天地的感應，意義的概括，濃縮情感的表達，並不專求文采辭章生趣的變化。從後世詩學的觀點來看，這種原始質樸的詩學觀念，真正達到了詩的純粹性，也就是體現了現代詩裡所謂「純詩」的本質。表面上「之子于歸」字義不動，只是將「室家」變為「家室」，事件和意義的指向已經截然不同了。從婚嫁之歌的角度來考慮，這第二章應該是唱給娘家人聽的。

3. 桃之夭夭，其葉蓁蓁。之子于歸，宜其家人。

第三章的「桃之夭夭」，不再單獨言花之夭夭，果之夭夭。「其葉蓁蓁」，《毛傳》：「蓁蓁，至盛貌。」此處言葉，學術上多有紛爭，因為桃樹花、葉、果在一年裡次第出現的順序不同，有一派學者將第三章的詩序與第二章做了調換，認為這才是合理的《桃夭》原章。倒是杜牧的兩句詩理解「其葉蓁蓁」，別有生趣，更能幫助我們理解詩容詩貌，杜牧詩言「狂風落盡深紅色，綠葉成陰子滿枝」。此葉非單獨指桃葉，而是看到眼前一棵完整的碩果累累的桃樹而言，說的是花、果、葉合在一起的整體。由此理解「之子于歸」，又與前兩句的「之子于歸」不同，這裡強調的「歸」字，是眾人回到婚嫁的現場，夫家和娘家的親戚此刻共聚一處。原本的兩家人，從現在開始，以後就要以一家人相待，大家要盡力交成一個「宜」字。一場婚禮，以「桃之夭夭」為開始的欣喜，以「宜其家人」為最終目的，如此婚姻，才算圓滿。

桃
桃之夭夭灼灼其華

桃，薔薇科桃屬，落葉喬木。桃子營養豐富，味道鮮美，是人們最喜歡的水果之一。桃古今名稱一直未變，自古即為廣泛栽培的果木，栽培歷史超過三千年。《本草綱目》解釋：桃性早花，易植而子繁，故字從木、兆。十億曰兆，言其多也。或云從兆，諧聲也。桃品種極多，有以花色命名，如紅桃、碧桃、白桃、絳桃等（多從明朝王象晉編著《群芳譜》）；有以形狀命名，如綿桃、油桃、方桃等；有以時令命名，如五月早桃、十月冬桃、秋桃、霜桃等。果實均可食。

桃樹一般高三至八公尺，樹皮暗紅褐色，單葉互生。花先於葉前開放，花單生，無柄，花瓣五片，通常為粉紅色，因此又稱桃紅色。花色還有深紅和白色。桃花繁盛豔麗，常與美人互喻。核果卵球形，黃白色，有紅暈，有明顯腹溝，果表迷生短柔毛，果肉多汁，芳香甘甜。果仁味苦。

桃原產中國西北地方，除《詩經》、《尚書》等古籍有記載之外，浙江河姆渡、河南二裡崗等新石器時代遺址都有桃核發現。漢武帝時，經「絲綢之路」傳到波斯與印度，之後傳入歐洲，古代希臘植物學家以為此果產自波斯，將桃稱為波斯果，這便是拉丁學名波斯桃的由來（載胡先驌《經濟植物學》）。桃向東傳入朝鮮和日本，清朝初年傳入美洲。

《山海經》裡，夸父追日，渴死在半路上，插木成林的鄧林，便是桃林。民間傳說中桃木為仙木，能辟邪驅鬼，因此民間有用桃木製作春聯、仙桃、壽桃的傳統。東晉陶淵明作《桃花源記》，被稱為人們心中避世紛爭的理想國和烏托邦。

桃在文學裡的形象幾經起伏，《詩經》裡的桃，為少女初婚的笑貌，顧盼與羞澀，妖嬈與嫵媚，乃指女子身處生命的春天之好。桃在《詩經》裡有「夭夭」二字擔當，其茂盛、其身健、其美姿，色舞與心動，都達到了一個高潮。先秦至漢唐，桃一直都被稱頌為吉祥美好的植物。中國文化到宋代有過一個極高峰，物質高度富裕，文思又朝向內質的細密柔媚，精神上便生了一種熟爛的腐態，宋詩裡的桃，隨之變化，常有「妖客」的稱謂。明清之時，桃已經逐漸成了「不堪牡丹做清奴」的娼妓的代稱。中國文化裡，桃的身分經歷了如此的動盪和扭曲。現代人，重新理解「桃之夭夭」的桃具有的那種遠古的少壯之美，重新理解桃對一個文化帶來的多元與祝福，正是必要的新開始。

《詩經》注我

四月，浮雲聚散，被嗡吟之聲逗弄的粉色桃花，在山間不言而笑。花自飄零果初生，滿山便是綠色浸染的桃林，枝頭盈滿著蜜汁，將熟未落的果實，等著人來摘取。

童年就印在腦海裡的這幅桃林圖，伴隨自然裡的歡笑，成長中，惆悵漸生，在那雙困惑好奇的眼睛裡，一直都保留著關於「灼灼其華」的人生裡最初獲得的純淨陽光。

桃由野地進入家園，並和不同時代的人們和諧相處，這種天賜的佳果，多像天帝的蟠桃園裡某棵調皮的桃樹，因犯了天庭戒律，遭罰落入了苦樂交匯的人間。在香氣繚繞的皇廳供桌上，或者在面黃肌瘦的山民們粗糲的手裡，或者在文人騷客悲情牽眷的文字中，桃一直陪伴並見證著生命枯榮的史詩。這部糾葛史裡，桃的妖嬈的欲望的禁果，美的「灼灼」的青春的誘惑，誘惑力是如此驚人，讓無數癡情男女墜入萬劫不復的愛河，於是生命的花園裡，澎湃的湧動的活力，便如桃花一樣盛開起來。

桃子，既是天界的聖品，又是凡間的佳果。桃木還是神話裡的仙器。《詩經》裡的桃，盛開時豔麗端莊，結子時果實累累，那是美滿婚姻中，男子有室，女子有家的引導物。安寧平靜的家庭氣息裡，桃的清甜，桃的包容，以及日積月累對愛的滋養，在《桃夭》一詩裡，都被定名為一個字「宜」。古人取桃為詩，是期望著天地也是一片果實飄香的桃林。

有影響嶺南文化第一人之稱的秦朝名將，南越國的創建者趙佗，有《菊逸說》云：「草之晶在花，桃花於春，菊花於秋，蓮花於夏，梅花於冬。四時之花，臭色高下不齊，其配於人也亦然。潘岳似桃，陶元亮似菊，周元公似蓮，林和靖似梅……」可見，桃也是寄予我們心性的四時花，從花裡，可以讀到一個人胸襟裡充斥的激情和勇氣，懂得人之為人，物欲之外，還有心神的安寧和意趣的舒展。每個人一生裡最為珍貴的，不正是「人面桃花」的季節，不正是「四月芳菲」的思念嗎！

芣苢（車前）

以樂心，度俗世

《周南・芣苢》

采采芣苢，薄言采之。
采采芣苢，薄言有之。
采采芣苢，薄言掇之。
采采芣苢，薄言捋之。
采采芣苢，薄言袺之。
采采芣苢，薄言襭之。

※「芣苢」音「ㄈㄡˊ ㄧˇ」；掇音同「奪」；「捋」音同「樂」。

雜家題解

在以抽象概括著稱的中國詩裡，《芣苢》也算是詩意最簡、詩音最繁的篇章之一。詩情隨車前一物而生，詩意隨採摘萬物中一個生靈的六個動詞而舞。一事一物一心的簡妙，詩的韻律裡就自然表現出一種天、地、人共聚一處的專一。詩音深處，感應到浮現出來的靈魂，是如此清澈透明。詩意的簡白，如空谷幽蘭一般，充滿了呼喊應答的回音。這回音活力非凡，散發著馨香，就好像一個生命活著的意義也應該有如此氣息。正因為詩最簡，才會意闌珊，《芣苢》的意義因此引發了多種多樣的解讀和猜測，不同的人讀到詩句深處，總會感應到獨立的自我豎立在天地間。

《毛詩序》：「《芣苢》，后妃之美也。」後又增添了「和平則婦人樂有子矣」的說法。周人認為車前草能夠治療婦人難產，使其樂於得子。吟唱芣苢之歌，祈禱多子多福，中國的傳統觀念裡，上至帝王將相，下至販夫走卒，人生終極的幸福便是如此。

《芣苢》本是周朝先民採摘車前時吟唱的歌謠。讀者吟誦詩言，很容易被詩中歡快熱烈的情緒感染，「生雖艱難，卻也有許多快樂在這份艱難中」的樂觀精神，自會在人心中滋養出一股蓬勃的朝氣。即使是現代人，春草豐茂時節，郊野踏青，也可以大人小孩一起，吟唱《芣苢》，邊唱邊舞，呼應古人意趣，感受春天復活在自己的身體裡。

《芣苢》的詩意裡滲透出來的，是對生命的熱切，那種勃勃生機，與車前草的堅韌生命力是相互呼應的。《芣苢》各家評注極多，極簡之詞，文采不顯，反而成了最顯文采的詩，陸深《詩微》評《芣苢》：「天下之至文也。」詩中躍動著勤勞，顯現著和平，梳理著自然，昭顯著東方文化超然物外又深陷其中的生命觀念。

「我」注《詩經》

1. 采采芣苢，薄言采之。采采芣苢，薄言有之。

采采芣苢

采采，《毛傳》：「采采，非一辭也。」所謂「眾口一詞」，在這裡，「采采」說明採車前的不是一個人，而是一群人。芣苢，為車前科車前屬中的車前，詳釋見「植物筆記」。

薄言采之

薄言，語氣助詞，無實際意義。薄即少，「薄言」可直接理解為「少言」。說明採摘車前的過程中，婦女們保持著靜默的狀態。楊簡《慈湖詩傳》認為「薄猶 也，言語助之辭也，薄言有優悠不迫之意」。王夫之《詩經稗疏》認為，周朝生活艱苦，「薄言」有採集者相互勸勉之意。采，「採」，習慣上想到與之關聯的動作是摘，摘這個動作裡會伸出一雙勞作者的手。在歷史投影中，有千千萬萬雙這樣勞作的手，幾千年來，不管經歷多少艱難波折，從未有過一刻懈怠。因此這個「采」字，在《芣苢》

裡，彰顯著華夏民族的勤勞本性。

有

取也。《毛傳》：「有，藏之也。」《詩集傳》：「有，既得之也。」、「采」之取，正是因為「有」之源。「有」中自帶一種到處都有任君取的繁盛。正是我們生活在一片「有」的土地上，才得以繁衍生息，代代相傳。「有」中展現出的是一張眉眼舒展的歡顏，嘴上玄月一樣的微笑，帶出的是一種明快的節奏。《芣苢》自帶一種恭敬的節奏，內裡則是不著痕跡的安穩恬靜的歡顏。

2. 采采芣苢，薄言掇之。采采芣苢，薄言捋之。

掇

《說文》：「拾取也。」俗言雙手拾取謂之掇。常言說拾掇，就是把採集到的車前子歸攏。蕪雜繁盛的採集，透出忙碌的身影，我們可以想像女子們彎腰的樣子。那既是美的投入，也是在向大地祈禱。

捋

《說文》：「捋，取易也。」捋，用五指攫取。捋是手掌握物脫取。這個動作可以看出，婦女們採摘的不僅是車前子的嫩葉，還在採摘車前草的草籽。車前草的草籽可以入藥，中醫裡，車前草利尿明目。巫術通行的年代，車前草的草籽甚至還能醫治婦女難產，有益懷孕生子。「捋」字裡，透出《芣苢》的歌聲還包含著祈子的心願。

3. 采采芣苢，薄言袺之。采采芣苢，薄言襭之。

袺

《說文》：「執衽謂之袺。」袺，衣襟，上衣兩旁形如燕尾的掩裳邊際處，用手提起衣襟以兜物，叫作袺。用衣襟兜住東西的情狀，滿懷著豐收的喜悅，一個身穿葛布粗衣的婦女，一張紅撲撲汗津津的笑臉，透過久遠時間的鏡面，就出現在我們眼前。

襭

《毛傳》：「扱衽曰襭。」翻轉衣襟插到腰帶上，這樣衣襟前就自動形成了一個衣兜，這個動作將一雙手騰了出來。那雙手重新又去採摘，投入下一輪勞作的循環裡。

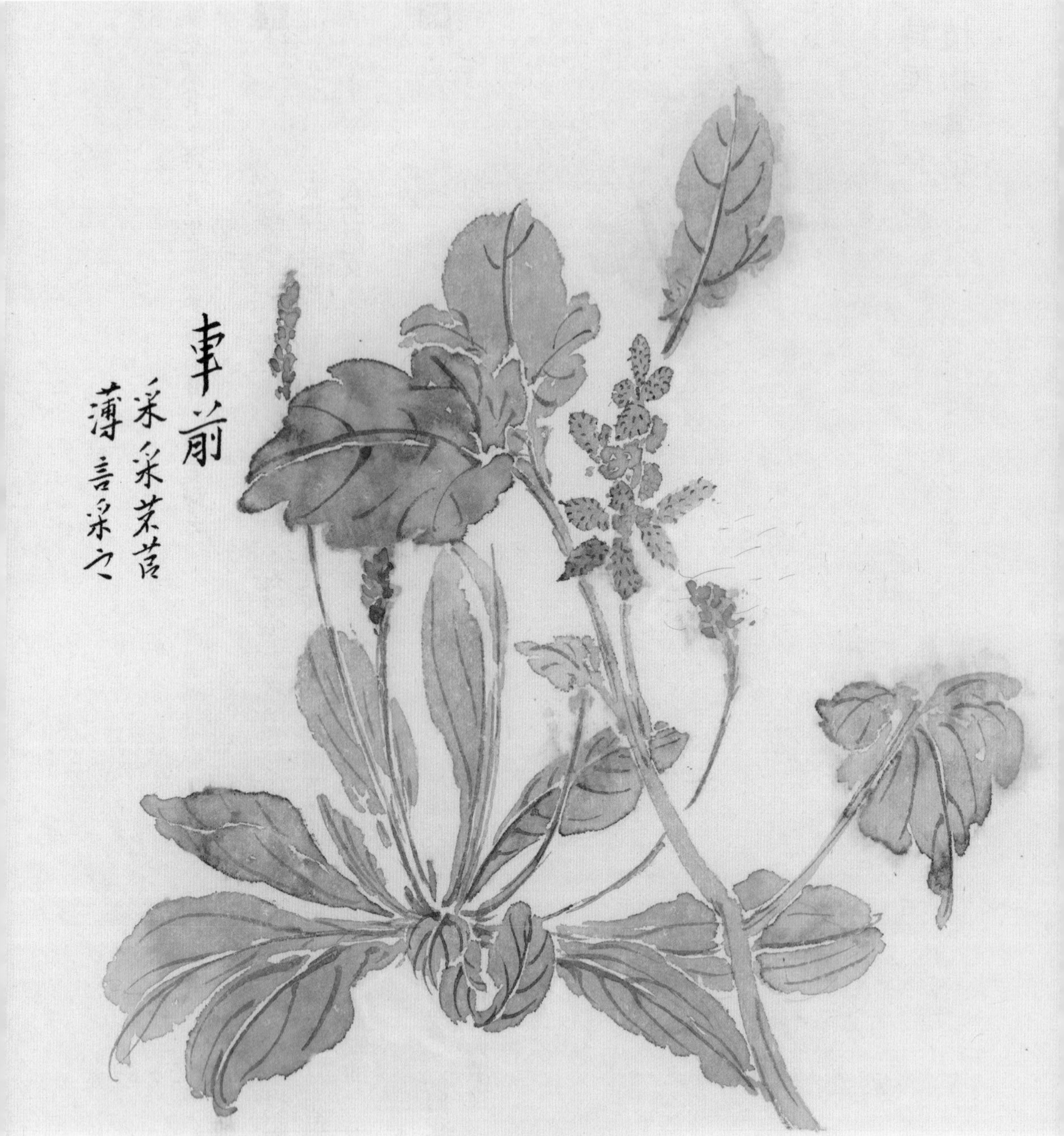
車前
采采芣苢
薄言采之

芣苢，《爾雅》：「芣苢，馬舄；馬舄，車前。」舄，古時指鞋子。舄履，足下之意。陸璣《陸疏》：「芣苢，一名馬舄，一名車前，一名當道；喜在牛跡中生，故曰車前、當道也。今藥中車前子是也，幽州人謂之牛舌草。可鬻作茹，大滑，其子治婦人難產。」蘇頌《本草圖經》：「今江湖、淮甸、近汴、北地處處有之。春初生苗，葉布地如匙面，累年者長及尺餘；中抽數莖，作長 如鼠尾；花甚細密，青色微赤；結實如葶藶，赤黑色。今人五月采苗，七月八月采實……陸璣言『嫩苗作茹，大滑』，今人不復啖之。」聞一多《詩經通義》：「『芣苢』之音近『胚胎』，故古人根據類似律（聲音類近）之魔術觀念，以為食芣苢即能受胎而生子。」車前還有牛舌草、蛤蟆衣、車輪草、錢貫草、田菠菜等別名。車前在周朝是蔬菜，春天採集嫩葉，用開水燙洗，煮成菜粥，味道鮮美。這種習俗在今日中國已經少見，但在朝鮮還有保留。

《芣苢》是寫車前最古老的詩，詩中將車前寫得虛實莫辨，充滿了神祕。後人做車前詩，總與行旅、壯游關聯，再難有《芣苢》的高古神妙。《芣苢》的簡妙，幾乎將車前詩的意蘊囊括殆盡，後人要模仿，真是難上加難。

車前，車前科車前屬多年生草本，高二十至六十公分，葉光滑或略有短毛，根莖短而肥厚，無莖，葉從根生，單葉，卵形至闊卵形，弧形葉脈五至七條，葉柄和葉片幾乎等長，穗狀花序，花綠白色，果內含四至八粒種子，種子細小有棱，淡棕色或黑棕色。花期四至八月，果期六至九月，廣布全國，全草種子可入藥，有利尿、明目、清熱、祛痰的功效。

常說的車前草，是平鋪在大道上最為常見的平車前。

《詩經》注我

《芣苢》之好，清人方玉潤《詩經原始》云：「讀者試平心靜氣，涵泳此詩，恍聽田家婦女，三三五五，於平原繡野、風和日麗中群歌互答，餘音嫋嫋，若遠若近，忽斷忽續，不知其情之何以移而神之何以曠，則此詩可不必細繹而自得其妙焉。」這首簡短的詩，不僅有音韻、節奏的自然轉合，更白描出一幅女子細緻勤樸歡快的動感畫面，完全是一首動態的田園詩。

山野裡，溝埂渠窪上遍地生長的車前子，在農耕時代傳給我們的畫面裡，是一種歡快舒暢的歌韻，在它淡綠的葉面上，跳動著先人樂天知命的世界觀。不管《芣苢》是農家女勞作時自作的農事歌，還是婚嫁女在田間唱的祈子曲，人和自然純真熱烈的對唱，那種輕靈粗獷的音韻，都有淘洗心靈的感覺，表達著人民與自己生存土地之間的深情。

走入靜幽蔥綠的自然，讓人禁不住感到清新和舒暢，這不是屬於哪個時代人們的專利，而應該是人的基因裡，深藏著的自身演進變化的隱祕，以及得自歲月源頭和天地共鳴的天性。親近自然，受它恩養，農耕時代裡，人和自然之間的關係結合得如此緊密。

今天，現代化固然生機勃發，卻將人與自然共生的面目塗抹得模糊難辨。我們逐漸失去了人與自然共生一體的歡暢，清澈的自然逐漸變得面目猙獰。僅僅是人這樣一種動物，在展示自己欲望的過程中，不斷在毀滅著生養自己最後的家園。

生命演進的節奏，總在追尋著與自然的平衡與共存，和諧與紛亂交替的人類歷史裡，貪婪的根性裡，總埋藏有悲劇命運的特質。平衡人與自然以及人與欲望之間的關係，一直都是人類面臨的最重要的課題。我們的先人，在田間採車前子時唱著勞動的歌謠，把自身的存在融進大自然的枯榮洪流裡。現代人呢？在丟失了這種輕盈樂觀的傳承後，我們認為的絢爛和不受任何束縛的自由，究竟讓我們得到更多，還是失去更多？

車前，鄉下也叫豬耳朵草，小時候，下午放學後，去打豬草，掇到竹籃子裡的植物中，它是最普遍的一種。它踏踏實實地長在田間地頭，樣子和善到稀鬆平常，總讓人漠視。不規則的粗厚小圓葉，竹籤棒般地搖在風裡的小碎花，暗紅色硬邦邦的碎種子，從《芣苢》的周朝走到今天，它的深情和簡妙，它的樂觀和敦厚，走過它的人卻是不懂，不知，不明白。

黃荊

相遇的路口

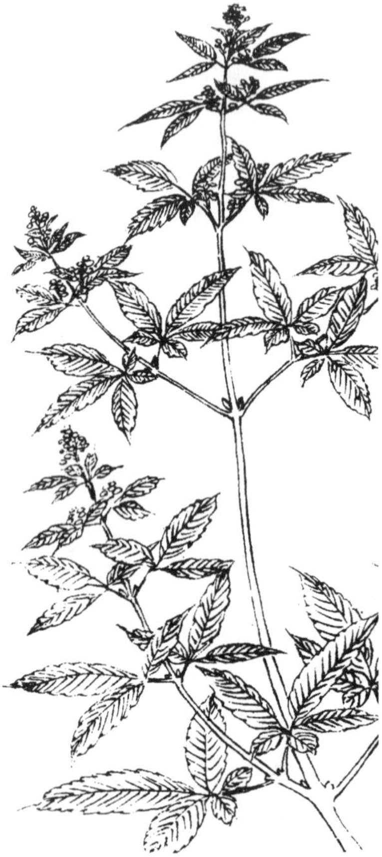

《周南．漢廣》

南有喬木，不可休思。
漢有遊女，不可求思。
漢之廣矣，不可泳思。
江之永矣，不可方思。
翹翹錯薪，言刈其楚。
之子于歸，言秣其馬。
漢之廣矣，不可泳思。
江之永矣，不可方思。
翹翹錯薪，言刈其蔞。
之子于歸，言秣其駒。
漢之廣矣，不可泳思。
江之永矣，不可方思。

※「蔞」音同「樓」。

雜家題解

《詩經》裡，一首詩總是在不同層次裡展現出多樣的世界。從詩的層次展開，便會從藝術創造的方向上，將詩意推向精練簡潔和神祕莫測的內在；從經學層次展開，則會從歷史、社會、道德的層面將人類的繁複紛雜朝著無限廣闊打開。《詩經》裡渴慕詩的傑作，《蒹葭》之外，就要算這篇《漢廣》。《蒹葭》對愛情的描寫，勝在「縹緲」二字，《漢廣》的特別，則在「迷思」二字。它們分別可做中國文學裡書寫愛之惆悵的範本。陳啟源《毛詩稽古編》把《漢廣》的詩境概括為「可見而不可求」，重在一個「幻」字。愛情文學裡有一個永生的主題，咫尺相遇，永別天涯。

《漢廣》可算「咫尺天涯」四字的別解。方玉潤《詩經原始》將《漢廣》做樵歌來解，詩的主人公是位青年樵夫。他鍾情一位美麗的姑娘，卻始終難遂心願，情思纏繞，無以解脫，面對浩渺江水，唱出了這首動人的情歌，以傾吐心中滿懷的惆悵。

《毛詩序》說：「德廣所及也。文王之道被於南國，美化行乎江漢之域，無思犯禮，求而不可得也。」由此角度，《漢廣》又體現出「發乎情，止乎禮」的德性。《詩序》解釋：「發乎情，民之性也；止乎禮義，先王之澤也。」《漢廣》每章結尾「不可方思」的詠歎，顯現著幾千年來維繫和影響中國傳統社會「禮」的觀念。這種觀念，不管古代，還是現代，直到未來，都是影響中國社會，讓中國文化得以保持連續性的重要因素之一。

齊魯韓三家認為詩中漢女是漢水女神。此說影響到《文選》，《文選·琴賦》云：「遊女，漢神也。」

「我」注《詩經》

1.
南有喬木，不可休思。漢有遊女，不可求思。漢之廣矣，不可泳思。江之永矣，不可方思。

南有喬木

南，此南字與漢水呼應，指南方地域。喬木，《毛傳》：「喬，上竦也。」《詩集傳》：「上竦無枝曰喬。」此處「無枝」指樹之主幹。與現代植物學定義喬木相近。喬木即指高大的樹木。詩首句即言喬木，隱含有「難以企及」之意。從經學觀點解釋，文王之德，南方地域有「難以高攀」的意思。

休思

此處《毛傳》做休息。孔穎達《毛詩正義》從用韻推敲，認為該為休思。休本身包含了休息之意。此句指高木無蔭，無處休憩乘涼，是對南方盛夏酷熱狀態的描述。思，語氣助詞。思字在《漢廣》整首詩意裡隱含著無限的惆悵。若從歌調吟唱的角度考慮，詩中八個思字應該有不同的變調，對應思慕愛戀的激蕩和波瀾。裴學海《古書虛字集釋》認為，此思字，猶兮字也。

漢有游女

漢，漢水，長江支流之一，源出陝西省西南寧強縣，東流至湖北省武漢市漢陽入長江。游女，出遊渡過漢水的女郎。聞一多《詩經通義》：「游女既為水神，則遊女之義當為浮行水上，如《洛神賦》云『淩波微步，羅襪生塵』之類。」

求思

求，追求，求取。此處思，為語氣助詞。

廣矣

慨歎漢水流經的地域之廣闊。此處已經說到與遊女分別之後心頭滋生的思念。

不可泳思

《毛傳》：「潛行為泳。」此「泳」字非為實寫，表達的是心頭湧動的迷戀。「不可」二字指的是失去了方向感，不知該從何處去尋找失散的女郎。

江之永矣

鄭玄認為江水和漢水為兩條河流。朱熹說：「江水出永康軍岷山，東流與漢水合。」多數學者認為，江漢合流之處在武昌和漢陽之間。詩的場景發生在江漢合流的地方。古時，漢水也稱江漢之水。永，《毛傳》：「長也。」指水流綿延蕩漾。正與內心之情絲對影和鳴。

不可方思

《毛傳》：「方，泭也。」泭，竹木筏子。《爾雅》做「舫」。此處作動詞，意為坐木筏渡江。詩意越言「不可」，如浪拍崖岸，情深之人越是陷入迷思。詩的空間裡，高樹、煙波、水闊與迷情、淒婉、絕望的呼喚交織在一起，思而不得的深情一次又一次交織盤旋在詩的天際裡。

2.

翹翹錯薪，言刈其楚。之子于歸，言秣其馬。漢之廣矣，不可泳思。江之永矣，不可方思。

翹翹錯薪

翹翹，《說文》指鳥尾上的長羽，喻指雜草叢生，在眾草中高出。錯薪，叢雜的柴草。古代嫁娶必以燎炬為燭，故《詩經》嫁娶多以折薪、刈楚為興。《周禮》甸師注：「大木曰薪。」後引申為一切柴草。詩意此處表明詩中主人公的身分，想像遊女終於嫁了過來，操持家務，忙碌於日常。

言刈其楚

刈，割。楚，牡荊，也可以認為是黃荊。詳釋見「植物筆記」。

之子于歸

無限深情之語。《詩經》裡，「之子」所言物件都是心中至為重要的珍惜之人。歸，嫁也。此處顯示男子迷情的深度，深陷入一種幻想裡。《詩經》的寫法由此可見，文字的層次是立體的，有實寫，有虛指，有深情呼喚，又有幻念狂思。而這些情感，投入天地之間，又表現得安靜澄明。

《說文》：「秣，食馬穀也。」指用禾草和穀物餵馬。《鄭箋》認為此處與婚禮有關，是新娘對新郎的一種許諾。因為意義虛幻不確定，後世對此句有各種解讀，牛運震說：「猶言為之執鞭，所欣慕也，寫得情款繾綣之至。」所謂「之子于歸，言秣其馬」，正與「窈窕淑女，君子好逑」同義。

3.

翹翹錯薪，言刈其蔞。之子于歸，言秣其駒。漢之廣矣，不可泳思。江之永矣，不可方思。

蔞

陸璣《陸疏》：「蔞，蔞蒿也。其葉似艾，白色，長數寸，高丈餘，好生水邊及澤中，正月根芽生，旁莖正白。生食之，香而脆美，其葉又可蒸為茹。」蔞蒿為菊科蒿屬多年生草本。采蔞蒿，在周朝是婦女日常的一項工作。

駒

《毛傳》：「五尺以上曰駒。」《說文》：「馬二歲曰駒。」與「言秣其馬」相對照，應該有老馬、小馬的差異。也可以理解為，先是餵養老馬，之後餵養誕下的馬駒。

4.

《漢廣》最引人注目的寫作方法在於，三章疊韻中，每一章後四句都不改一字，將對愛情百轉千迴的迷思，寫得愁腸百結。催動這種感情不斷發生變化的，是相遇、離別，還有輾轉反側中腦海裡翻騰的那種終成眷屬的想像，而那種「執手相看，共度人生」的憧憬，卻只是「不可」的幻境。詩中交錯著悲涼與欣悅，似乎是絕望，又似乎湧動著情致無窮的追逐心中愛情的強大動力。而這種動力，正是在漢水邊「情動」一刻時發生。

楚為何物，清多隆阿《毛詩多識》講述得較為詳細：「楚，小木。……《說文》云：楚，叢木也，一曰荊。蓋楚即荊，荊有數種。惟牡荊名楚，亦名黃荊，無大木，惟叢生長條耳。李氏《本草》（即李時珍《本草綱目》）云：古者刑杖用荊，故荊從刑。其生成，叢而疏爽，故又謂之楚。從林以叢生，從疋以疏爽，疋即疏字。蘇氏《本草》（即蘇頌《本草圖經》）云：荊有青、赤二種，青者為荊，赤者為楛，嫩條皆可為筐筥。古者貧婦以荊為釵，即此二物也。荊為薪木，闞左有二種，俱長條，高者七八尺。其一葉微圓，花紫色，枝條柔細，皮色赤黃，可編盛物器具者，俗名紫條。其一皮黑葉碧，葉有岐杈，花紫實黑者，俗名鐵荊條。紫條為楛類。鐵荊條即楚類。」

《漢書．郊祀志》載，牡荊可為幡竿。陶隱居《登真隱訣》云「荊木之華葉，通神見鬼精」。可知牡荊也是古代祭祀活動中的一種通靈之木。《史記》所載廉頗「負荊請罪」的荊，為古時荊杖一類的刑具，來做個人的責罰。裴淵《廣州記》載「荊有三種：金荊可作枕，紫荊可作床，白荊可作履」。可見荊的種類多樣。

由此可見，楚即為牡荊，牡荊又名黃荊。現代植物分類學中，將牡荊當作黃荊的變種。中國古代的植物鑑別分類不可能做到像今天這樣精細。古人所謂牡荊，可能也是黃荊。

黃荊為馬鞭草科牡荊屬落葉灌木或小喬木。高可達六公尺，多分枝，枝葉有香氣，小枝四棱形，灰白色，枝條密披細絨毛。葉對生，掌狀複葉。花序圓錐形，頂生，花淡紫色，花冠小，花萼鐘形。花期四至六月，果期七至十月，常生於向陽山坡、原野和路旁，形成灌叢。主要分布在長江以南，北到秦嶺。黃荊細枝可編製器具，老枝可做柴薪，莖皮纖維可造紙和製作人造棉，開花時是優良的蜜源植物。整株均可入藥，枝條、乾葉可熏煙驅蚊。古代貧家女子去枝製作髮釵，因此常用荊釵指髮妻。

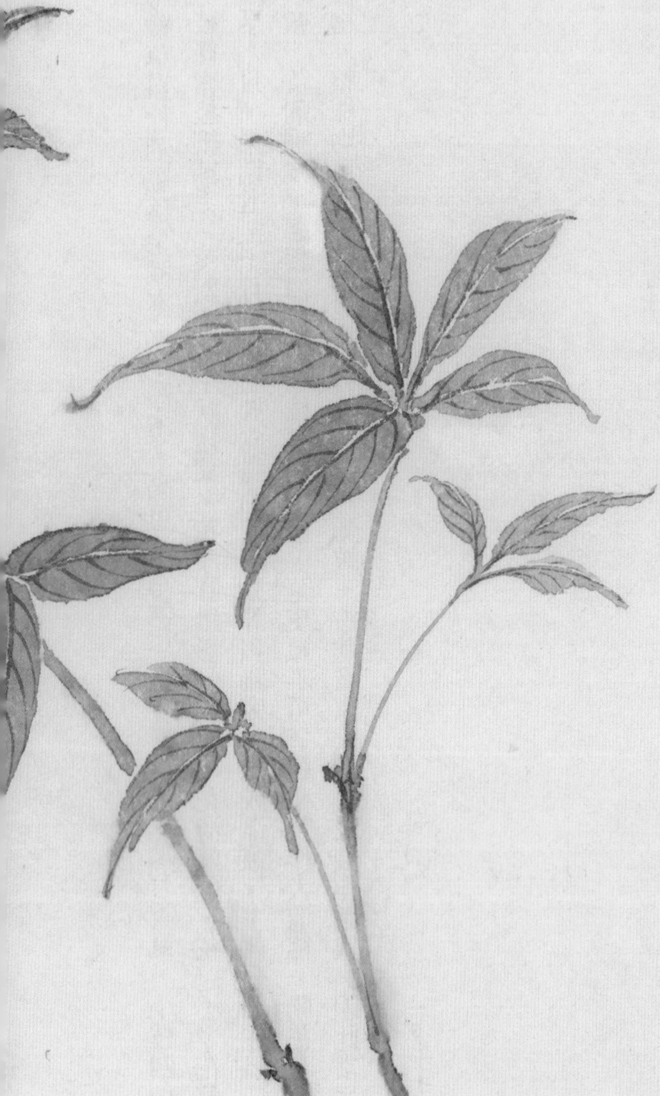

黃荊

翹翹錯薪 言刈其楚

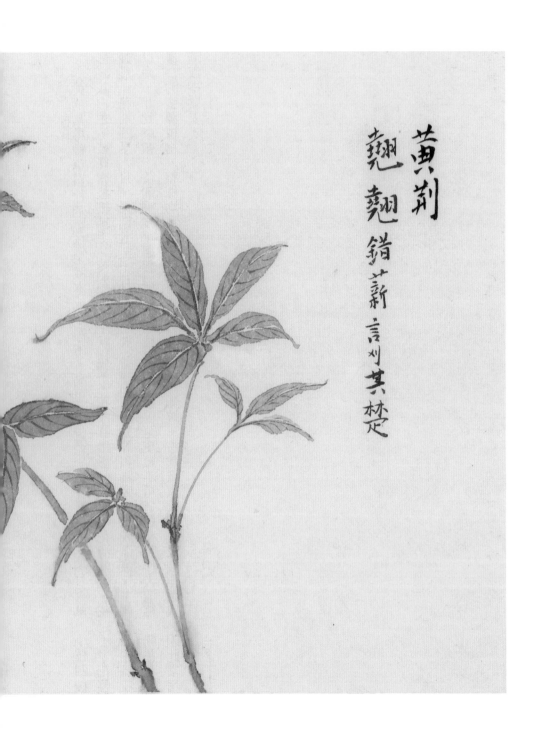

周南
黃荊・相遇的路口

《詩經》注我

曾經有過命運般的相遇，後來又分別了。與那個愛慕的人，相隔了千山萬水，想像與思念的煎熬便開始撕扯人心。尋找摯愛的路上，艱難險阻，鋪滿荊棘，又能怎麼辦呢？

不管怎樣的荊棘都不能阻擋，滔滔的江水也無法隔開，有過她影子的地方，有個她聲音的對岸，都在日夜中召喚。

真愛的相遇究竟是什麼樣子？不管時間、地點怎麼變，愛情故事拉開的序幕都是相同的。愛之一字，其中動人處，都有琴瑟之音的糾纏，兩顆心靈琴弦的顫抖裡，恍惚、徘徊、思念、痛苦如照澈時光的明鏡，鏡面上照出的總是愛的艱難，與心底嚮往的幸福總有差異。

「翹翹錯薪，言刈其楚」的敘事裡，可見周時農耕文明裡人們生活的場景，其中的「楚」，指的是江漢荊楚之地最為常見的黃荊。那黃荊的枝條，從大自然的時空裡跳出來，此刻是愛的見證人。

渴慕的情景，讓眼睛所見和心裡所思，在一個男子的心上掀起滔天巨浪，他不再是一個完全憑著蠻力和莽撞做事的人，他被一個女子的影子化成的醇酒飲得沉醉。此刻，他心頭的火焰灼燒著心房，他要把時空遠山河流深處遮擋幻影的幕布一把撕下。他明明知道，一時燃起的激情，「不可泳思」，可心靈深處卻有另一個聲音在說，「不可方思」。

真希望世界永遠都是一片廣闊無際的平原，山巒起伏無際，波瀾動盪不息，天地江湖總會生成阻隔。遍布山野的荊條，阻隔人心抵達愛意，就像社會關係中的血弩、死靈、權謀、欲望的糾纏與紛擾，也正是這樣的荊棘之路，刺激了人心，磨礪著意志。

命運的紋理是怎樣的，沒人知道。一旦愛的不捨駐紮在心裡，腳步的追趕，戀與愛的追求，便形成了對不可見的命運的抗爭。誰能知道，這抗爭的努力，是在掙脫命運的枷鎖，還是順從於命運的安排？

還會有下一個剛剛好的十字路口嗎？還會再有一次正當其時的相遇嗎？

《漢廣》似乎給出了答案，又似乎沒有給出答案。

召南

杜梨
盡公與慈愛

梅
愛如烈火

水鱉
澗溪少女

蕨
入口嚼碎明琉璃

地理位置

召最初是召公姬奭的采邑，在岐山之南。武王滅商後，封召公於北燕（今北京），嫡長子授實封，而召公留在都城輔佐年幼的成王。《史記・燕召公世家》記載：「其在成王時，召王為三公：自陝以西，召公主之；自陝以東，周公主之。」此處「陝」指陝縣（今河南三門峽市陝州區）。召公管理的地域大概包括了陝南、豫西和鄂西北以西的地域。周族剛剛崛起時，西北和北方有戎狄阻擋，東面有強大的殷商壓制，因此向南方發展更為順暢。屈萬里《詩經詮釋》認為，武王建周後，周朝的中心地帶由王族管理，中心地帶的南方，即周南為周公管理。周南的南方（依然是周朝重要的勢力範圍）諸侯國，即召南，由召公管理。這個地理方位與陝南、豫西和鄂西北以西的地域相吻合。

蕨

入口嚼碎明琉璃

《召南．草蟲》

喓喓草蟲，趯趯阜螽。
未見君子，憂心忡忡。
亦既見止，亦既覯止，我心則降。
陟彼南山，言采其蕨。
未見君子，憂心惙惙。
亦既見止，亦既覯止，我心則說。
陟彼南山，言采其薇。
未見君子，我心傷悲。
亦既見止，亦既覯止，我心則夷。

※「喓」音同「腰」；「趯」音同「替」。

雜家題解

董仲舒言「詩無達詁」，就是理解《詩經》一首詩的意義，並無一個標準答案。

《草蟲》一詩的多義，被經學家表現得淋漓盡致。現代人將《詩經》中的理解路徑，分為順從詩本意的「詩說」和延伸道德經學的「經說」。「詩說」緊貼詩本義，擴展詩的情感和內心的文學表達；「經說」則是《詩經》社會歷史厚重紛繁地演繹。這兩者就像《詩經》學研究向前推進的兩個車輪，都是不能偏廢的。

就《草蟲》詩直呈字面的詩意，可算一首夫妻之間的傷別詩。《草蟲》「興」的手法，以極簡的文字，囊括了思想（社會）、情感（個體）、精神（文化）的精華，巧妙之處，可說是傳神。《草蟲》以對蟲鳴物動之間微物之神的洞察，喚起女子在與君分別後內心情緒的起伏。一個女子對鍾愛男子的深情厚意，擺脫時空羈絆，觸發五官七竅的通感，躍然如在眼前。詩意雖是傷別，但總體情緒平靜和悅，顯然這離別不是極致悲傷的生離死別，更像是熱戀男女（婚前婚後倒並無分別）的短暫別離，別離之苦的相思，哀婉也是甜蜜，悲傷也是幸福。

《毛詩序》說：「《草蟲》，大夫妻能以禮自防也。」是說古代女子出嫁到大夫之家，若不守婦道，有男女不當之禮，就會被夫家見棄，遣送回娘家。這種說法和《周禮》有關。宋朝出現了第二種說法，歐陽修《詩本義》說是「閨婦思夫詩」。朱熹《詩集傳》概括《草蟲》詩意：「南國被文王之化，諸侯大夫行役在外，其妻子獨居，感時物之變，而思其君子如此。亦若《周南》之《卷耳》。」大夫的妻子在丈夫遠出行役時，自己如何獨守空房，守好貞操，詩裡並沒有一句明寫。也可能，詩中那份愛的深情，便是一個女子對愛的忠貞最好的證明。

明朝以後出現了「南國見召公」的說法，還有君王思賢之說。近代學者有野合感受說。

《草蟲》的精彩之處，在於用詞結構形式上的周正圓滿，與《關雎》一詩結構形式有些類似。詩意寫得動情，筆力寫透了悲喜，詩中的愁思彷彿凝固住了時空。詩意以平靜欣然作結，保有了作者對愛情的強大信心。

「我」注《詩經》

1.

喓喓草蟲，趯趯阜螽。未見君子，憂心忡忡。亦既見止，亦既覯止，我心則降。

喓喓草蟲

喓喓，蟲鳴之聲，言聲音疾利；又說喓喓同呦呦，指聲音之小。草蟲，泛指草間活動的昆蟲，《陸疏》云：「大小長短如蝗也，奇音，青色，好在茅草中。」與蟋蟀、蟈蟈等鳴蟲最相近。

趯趯阜螽

趯趯，《說文》：「趯，躍也。」趯趯，即昆蟲的跳躍之狀。阜螽，《本草綱目》：「此有數種，阜螽總名也。江東呼為蚱蜢，謂其瘦長善跳，窄而猛也。」

未見君子

「未見」二字總覽詩意的情境，別離、傷悲之意自「未見」的心意中生出。「君子」為尊稱，古代有德君王、賢臣稱為君子，妻子專稱丈夫為君子。

憂心忡忡 心跳的樣子。憂傷心動，稱為忡忡。由此心緒不寧，引出「憂心忡忡」這個成語。「忡忡」心緒不寧的樣子，可見詞語最初表達的不是因膽怯而心跳，而是因為深深的思念關愛之情，產生了心的指向和寄託。

亦既見止 亦、止，都是語氣助詞。既見表示見到，丈夫已經歸來。奇妙之處在，語氣助詞置於句子首尾，特別強調音韻，從而讓「既見」的情緒從詩句中強烈凸顯。

亦既覯止 《毛傳》：「覯，遇也。」《鄭箋》認為是婚媾之媾。《易經》：「男女覯精，萬物化生。」認為是男女精氣相媾遇。重在強調男女相遇時身心相欣的歡喜之情。

降 《毛傳》：「降，下也。」甲骨文作像腳趾由高處下行之態，意思是放心。

2\.

陟彼南山，言采其蕨。未見君子，憂心惙惙。亦既見止，亦既覯止，我心則說。

陟彼南山 陟，登高。此南山，有多種說法，但詩意並不求一個固定的地點，詩意表達的總是心神的姿態。

言采其蕨 言字，有民歌吟唱的意味。采字，正好是詩人呈現當時生成詩意的現場。蕨，作為

《詩經》時代有名的野菜，采蕨的廣泛，與詩意的生成，是相互對應的。蕨，其嫩芽如初生小兒的拳頭，說的正是蕨菜，到葉子如同鳳尾一般展開，就不再能夠食用了。李白作「不知舊行徑，初拳幾枝蕨」可推知，蕨菜在唐朝也是盛行的山珍野菜。謝靈運作「山桃發紅萼，野蕨漸紫苞」，寫得更為動人。但所強調的都是物性，不像《草蟲》帶起的世界那麼廣闊深遠。蕨，後人以為紫萁。

憂心惙惙

惙惙，《毛傳》：「憂也。」理解「惙」為何憂，要與第二章開頭「陟彼南山」的登高，以及末尾一句「我心則說」的欣悅對應。惙惙的憂慮，顯然要比忡忡的憂慮更進一步，更迫近那個相遇到來的時刻。惙惙，心思綴連不絕。《漢書》：「綴，言不絕也。」因此，「憂心惙惙」，即指心似小鹿亂撞。

我心則說

說，通悅。心結打開，緊張的時刻終於過了，心情舒暢。字面意思簡單，但就詩意而言，這是詩意掀起的一個高點，牽動著詩言內在的神經，承載著詩變化的重心。也有一種說法，出嫁之女，要嫁作他人婦，那種幸福圓滿的心情，常用「我心則說」來表達。

3\.
陟彼南山，言采其薇。未見君子，我心傷悲。亦既見止，亦既覯止，我心則夷。

薇

陸璣《陸疏》：「山菜也，莖葉皆似小豆，蔓生，其味亦如小豆，藿（葉子）可作羹，亦可生食。」為豆科越年生草本的大巢菜，野豌豆。薇和蕨一樣，都是先秦常食的一種野菜。曹植有「毛褐不掩形，薇藿常不充」的詩句。

我心傷悲

由最終一章的此句推知，第一章和第二章與丈夫「亦既見止，亦既覯止」的相遇，依託的殷殷相思，只是心中的想像。

我心則夷

夷，《毛傳》：「平也。」《爾雅・釋言》：「夷，悅也。」如此心緒怡然、內心平和的心態，正是和心中掛懷思念的人在一起，才能擁有。

4.

《草蟲》的特別之處，不僅是「我心則降」、「我心則說」、「我心則夷」的安撫，更是「亦既見止，亦既覯止」的反復迴圈。這個迴圈，牽動著人心的出口，牽動著愛戀的真摯，牽動著心跳和物動的共振。詩在周時寫得非常熱烈，肉體的本能，情感的自然，都如湧動的江河，充滿在詩行裡。正因為一個生命如此盈滿的生命力，才讓一首詩一直都是生長之詩，不是枯竭之詩。《草蟲》詩中的女子，對自己的生命和情感理解得如此深透，這份理解，也給了她內心的從容，她既知道心上波瀾和肉體的騷動，又知道這些動盪之波最終平靜下來的歸宿。

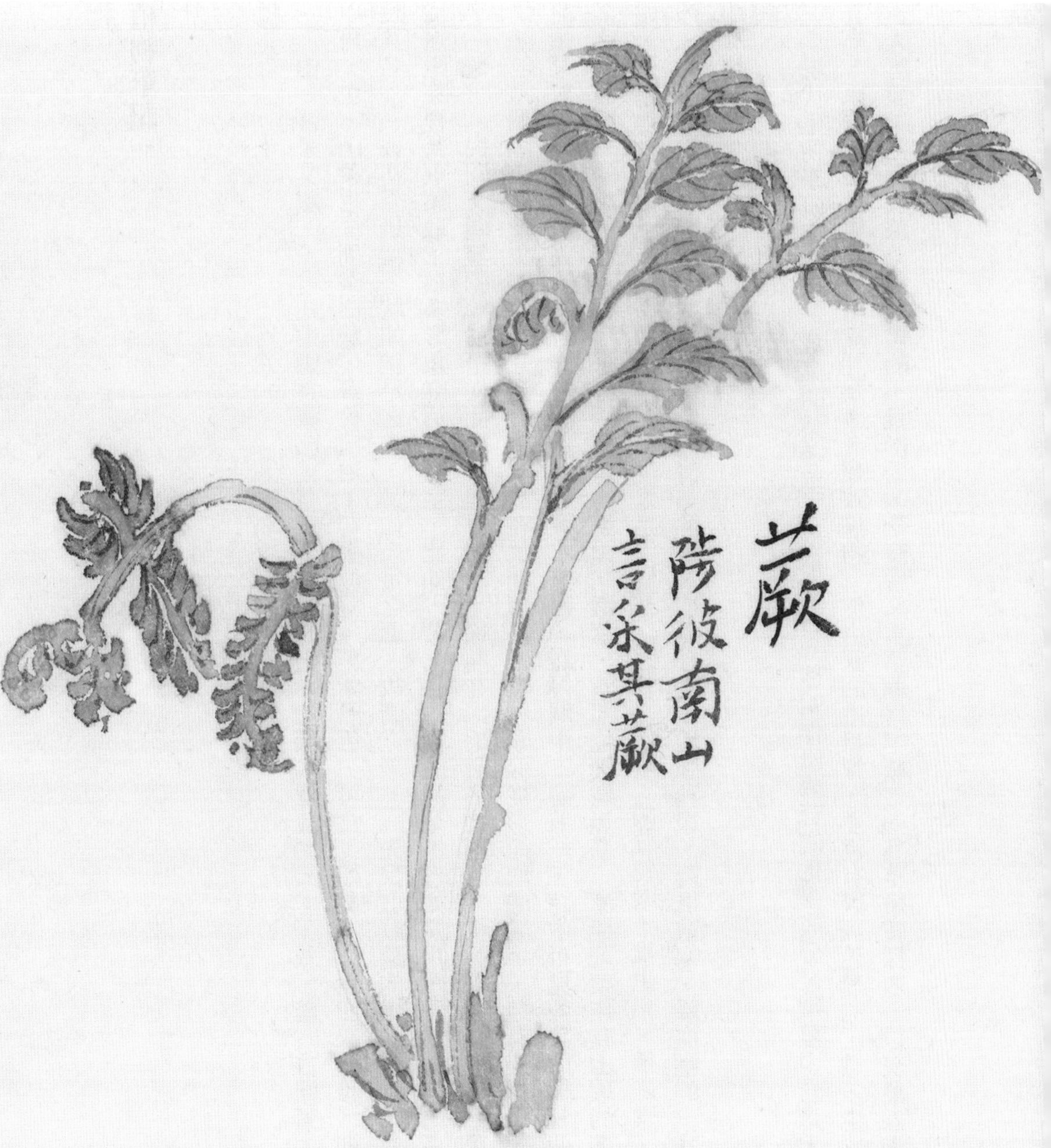
蕨
陟彼南山
言采其蕨

由「言采其蕨」，可知中國食蕨已經有三千年的歷史。陸璣《陸疏》云：「蕨，鼈（古同鱉，甲魚）也，山菜也。周秦曰蕨，齊魯曰鼈；初生似蒜，莖紫黑色，可食，如葵。」陸佃《埤雅》細說其名：「蕨初生無葉，狀如雀足之拳，又如人足之蹶，故謂之蕨。」先民取蕨菜的嫩芽來食，便從這嫩芽裡為蕨菜取了很多形象鮮活的名字，比如，蕨初生的捲曲嫩芽，形如鱉爪，蕨最古老的名字「鼈」（民間又叫鱉腳）就是從此形象裡得來的。徐鼎在《毛詩名物圖說》中說蕨菜又有鱉腳菜之名，這個名字雖形象神似，立意有損，故在民間傳播不廣。類似從形而取的名字，還有貓爪子、龍頭菜、拳頭菜。清人查慎行作詩「春山筍蕨本來甜，難得城中二者兼」，詩中可見蕨菜的另一個名字「甜蕨」的來歷。春天，野外採摘蕨的拳頭狀嫩莖，該部位細嫩無筋，涼拌蕨菜作為山珍的名頭，便是得自脆滑爽口的口感。蕨菜還富含蛋白質、脂肪、糖類、胡蘿蔔素、維生素、纖維素、鈣、磷、鐵等，中醫常把蕨菜做驅蟲、清熱解毒、補氣升陽、消腫利尿、驅風散寒、降血壓的一味中藥來用。

現代生物學研究發現，蕨菜的葉、莖、根都含有一種叫作原蕨苷的化學成分，嫩莖中含量尤其高，原蕨苷被世界衛生組織評為2B類致癌物。但中國的古籍裡，並沒有談蕨色變的記載，中國古人應該早已發現蕨菜對人體的不良影響，李時珍《本草綱目》載：「其莖嫩時採取，以灰湯煮去涎滑，曬乾作蔬，味甘滑，亦可醋食。」現代人從商場購買的蕨菜都是經過加工處理的合格蔬菜，若是從山野採摘來的蕨菜，都要經過汆燙，並用小蘇打水浸泡，才可放心食用。古人的「灰湯涎煮」，與小蘇打水浸泡，都是同樣解除原蕨苷的工序。

蕨菜是春蔬野菜中的至品。在中國，蕨菜的分布十分廣泛，從東北直到黔東南，蕨菜都是自古以來的野蔬佳品。蕨菜的紫色根，去皮，搗碎，製成白色蕨粉，是小吃「蕨根粉」的原料。蕨粉還可釀酒，滋味深甜。

蕨，古今名稱一致，是蕨科蕨屬中的蕨。蕨是歐洲蕨的一個變種，蕨的嫩莖不高，長高的植株卻可高達一公尺。根狀莖長而橫走，密被鏽黃色柔毛，以後逐漸脫落。

幼葉自古被稱為「山珍之王」的蕨，《中國植物志》將其列為有較強致癌活性的有毒植物，讓人想起我們的祖先「神農嘗百草」的事，人們與大自然的相處方式，包含了無盡的探索和無畏的勇氣，同時也包含著化於草木的生存智慧。

《詩經》注我

隨季節流轉，寒雪的氣息漸漸消盡，春風送暖的氣息鑽入山林野地裡黑油油的泥土中，這個時候，正是蕨菜生髮的時節。春意同時也催動著人間情事的發生。

喬木成蔭，蕨的新芽鑽出地層，世界一片寂靜。蟲鳴神幽，愛的心思在心裡堆得額外煩亂。思念一個人，攪動的悲喜，連同世間的祕密都看得通透了。等到相見，相擁，心靈又平靜如水，天地一齊安然平靜下來。

天地的坦蕩，物動的神奇，對應著愛意的坦蕩和思念的神奇。關於詩的世界裡，愛情詩總是最多的。

蕨，在春天的詩裡，代表著一個永恆的季節，代表著愛情繁衍生息的地方，代表著愛的祕密允許被窺探的一道縫隙。自然的祕密和人心上的祕密，一時之間，相互庇護著，相互認同著，達成了一種不需言說的和諧。

蕨在植物的演化史中，處在低等植物向著高等植物進化的邊界上，它和人們日常生活的親密關係由來已久，我們的先人在周朝時就已經將它們引為一種蔬菜，直到今天，依然是人們餐桌上的上品。蕨菜入口清脆細嫩、滑潤無筋、味道馨香，微微帶點苦味。明人羅永恭說蕨菜：「堆盤炊熟紫瑪瑙，入口嚼碎明琉璃。溶溶漾漾甘如飴，但覺餒腹回春熙。」蕨菜味覺上如此迷人的光彩，緊貼著口腹之欲的一極。「言采其蕨」身處在更大的一個世界裡，它的深意以愛的思念與回想為引，卻將我們渾濁蕪雜的生命在精神上淘洗得乾淨清澈。在心靈與味覺的邊界上，感念蕨菜和生命的聯繫是如此緊密，當我們咀嚼它時，心頭的意味自然會和平常有些不同了。

水鱉

澗溪少女

《召南・采蘋》

于以采蘋？南澗之濱。
于以采藻？于彼行潦。
于以盛之？維筐及筥。
于以湘之？維錡及釜。
于以奠之？宗室牖下。
誰其尸之？有齊季女。

※「牖」音同「有」。

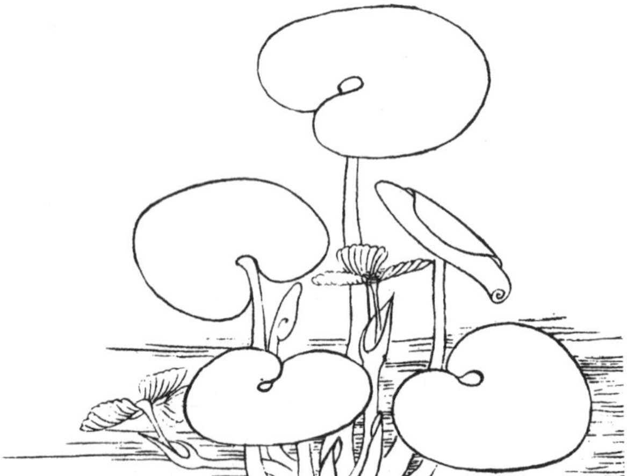

雜家題解

古代祭祀，為什麼要采蘋，王質《詩總聞》說：「祭祀之菹（酸菜、醃菜），少用陸菜，多用水蔬。陸菜非糞壤不能腴茂，而水草則托根於水至潔。故饋食（獻熟食）多用陸，祭食多用水。」《采蘋》，說的便是女子參與祭祀的事。「采蘋」之事可看作與周朝女子成年禮關聯儀式的一部分。華夏文化自「六經」（指《詩》、《書》、《樂》、《禮》、《易》、《春秋》，秦漢後，《樂》的傳播禁絕，只剩「五經」）為綱要，一直以來遵從著禮、儀文化的訓導和約束，同時也便以禮樂文化自居。《禮記》載：「夫禮，始於冠」，「男子二十，冠而字」，說的是少年男子，到了二十歲就要舉行冠禮，束髮，戴冠，獲得名號，才算擁有進入成人社會的標記和符號。華夏禮儀文化的起點，便是《禮記》所規定的成人禮（此禮儀自周朝一直持續到明朝，清朝入關後廢止，現代社會隱隱有重新恢復的趨勢）。女孩同樣也有自己的成人禮，少女的成年禮稱為笄（簪子）禮，少女到十五歲，家長將女孩的頭髮盤起，髮型用髮簪固定。笄禮之後，一個女孩從此結束長髮飄飄的少女時代，跨入人生的青年階段，可以待字閨中，嫁作他人婦了。可以嫁人的女子，按照《禮記》，還有很多功課要學（嫁得遲的，婦女的功課會學得圓滿；嫁得早的，初婚之女還要繼續婦教的課程，直到婦教的四門功課全部完成，才算一個合格的婦人）。鄭玄說：「古者，婦人先嫁三月，祖廟未毀，教於公宮；祖廟既毀，教於宗室。教以婦德、婦言、婦容、婦功。教成之祭，牲用魚，芼用蘋藻，所以成婦順也。此祭女所出祖也。法度莫大於四教，是又祭以成之，故舉以言焉。蘋之言賓也，藻之言澡也，婦人之行尚柔順，自潔清，故取名以為戒。」此處可見，周時接受婦教的女子，每一門功課完成，都有一個重要的儀式，稱為「教成之祭」，《采蘋》便是記錄周朝女子通過舉行祭祀儀式，表明學會了一項婦教，類似現代社會的畢業典禮，顯然比現代的畢業典禮更肅穆、更隆重、更嚴格。《采蘋》的中心人物在詩的末尾明言是齊家「季女」，「季女」二字，《毛傳》解釋為少女。明確人物、時間、地點、事宜，總會容易將人帶入詩曾經發生的現場。當然，詩更重大的意義還是它在我們內心如何發生。

「我」注《詩經》

1\. 于以采蘋？南澗之濱。于以采藻？于彼行潦。

于以采蘋

在什麼地方采蘋？這種探究問詢的語氣，隱含著純真專注的心思，與之後的應答對應，一問一答，統攝了整首詩的演繹。蘋為周時的一種祭祀貢品，也是周朝供應王公貴族的蔬菜。蘋應該為一種當時常見的長於溪澗湖河中的水菜。古籍中記錄有蘋（俗名田字草），也有芣菜（也就是水鱉）的說法。從記錄的特徵推測，更近於水鱉。

南澗之濱

這個簡潔的「向南溪澗的水邊」，其中包含的祭祀儀式上的神祕感悟與哲學上的山水之思，之後融入了對山川河流之美與自身存在的感悟裡。中國山水詩，都映現澗濱采蘋的影響。

藻

《毛傳》：「藻，聚藻也。」陸璣《陸疏》：「藻，水草也，生水底；有二種：其一種葉如雞蘇，莖大如箸，長四五尺；其一種莖大如釵股，葉如蓬蒿，謂之聚藻，扶風人謂之藻，聚為發聲也。此二藻皆可食煮，挼（揉搓）去腥氣，米麵糝蒸為茹嘉美。揚州人饑荒可以當穀食，饑時蒸而食之。」藻，穗狀狐尾藻或狐尾藻，為小二仙草科狐尾藻屬的多年生沉水草本。

于彼行潦

《毛傳》：「行潦，流潦也。」《鄭箋》：「流潦，水之薄者也。」孔穎達《正義》：「行者，道也。《說文》：『潦，雨水也。』然則行潦，道路之上流行之水。」然而藻不可能在道路淺水坑裡生長。潦，本意指水花四濺，為一動詞。一個彼字，大概指明了依舊在「南澗之濱」。行潦，應該是當時采藻忙碌狀態的描述。第一章寫的是採菜。

2. **于以盛之？維筐及筥。于以湘之？維錡及釜。**

于以盛之

採來的蘋藻，用什麼來盛裝？這樣的句子，既來自於生活，又高於生活，其緣由，便是詩問中對應包含的儀式感。現代詩缺少儀式感，詩深沉廣闊的神祕屬性便不自覺地消散了。

維筐及筥

維，語氣助詞，看似無意，詩的起承轉合正由這樣的「維」字帶起。《詩經》研究中對語氣助詞、發語詞、語音詞一類並無實指的詞語研究還比較匱乏，這一類詞語解讀其深意的失傳，是《詩經》音韻祕密的缺失。《詩經》音與樂的特徵，應該包含在這些發語詞裡。《毛傳》：「方曰筐，圓曰筥。」周朝裝東西的籃子，方的稱筐，圓的稱筥。這種方與圓的差異，也有《周禮》所包含的祭祀儀式上的符號化差異。

于以湘之

湘，《毛傳》：「湘，亨也。」、「亨」即「烹」，烹煮之意。這個「湘」字烹煮的意義只在《詩經》裡使用過，後世極少看到這麼使用。《韓詩》此處作「鬺」，但並無其他歷史典籍的佐證。

維錡及釜

《毛傳》：「錡，釜屬。有足曰錡，無足曰釜。」《毛詩音義》：「錡，三足釜也。」錡和釜都是周朝烹煮的金屬器皿。

第二章寫的是製菜。詩的敘事，遵從事物嚴格的秩序。對祭祀物品，從采之、盛之到湘之，可見女子為準備祭祀貢品，是如何忙碌。同時又隱含著誠敬之意。

3.

于以奠之？宗室牖下。誰其尸之？有齊季女。

宗室牖下

《毛傳》：「宗室，大宗之廟也。大夫、士祭於宗廟，奠於牖下。」周代宗法社會實行嫡長子繼承制，嫡長子繼承父親的宗主地位，成為「大宗」。說明大宗之家女子的祭祀之禮，是在宗廟裡。牖下，《鄭箋》：「牖下，戶牖間之前。祭不於室中者，凡昏（通婚）事，於女禮設幾筵於戶外，此其義也與？」這裡的戶牖之下，為一般房屋的窗戶，代指普通百姓舉行「教成之祭」儀式的地方。

誰其尸之

《毛傳》：「尸，主。」古人祭祀用人充當神，稱尸。這句話裡我們可以看到《采蘋》儀式上的主角要出場了。這個預示成年的少女，雖然容貌形態模糊，卻能夠溝通天地神靈。她當執行的婦教之功，對於一個國家、一個家庭的意義，將會非同凡響。

有齊季女

有，揚之水先生說，《詩經》裡的「有」字是開啟漢賦的姿態。雖然是一語首助詞，卻包含著中國文學深遠、莊重、自信的回聲。齊，《毛傳》：「齊，敬。」美好而恭敬。《韓詩》此處引為「齋」，「齋」為「齋」字的假借。馬瑞辰《通釋》引《左傳．襄公二十八年》：「濟澤之阿，行潦之蘋藻，置諸宗室，季蘭尸之，敬也。」由此可知，此處「齊」當為齊國。季，《毛傳》：「季，少。」指的是正在接受婦教的少女。

田字草

於以采蘋
南澗之濱

蘋究竟是田字草還是水鱉，頗有爭議。現代通行的字典、志錄裡也有紛爭（《辭海》、《詩經學大辭典》認為是田字草，但在植物學領域，如《中國植物志》偏向水鱉）。《呂氏春秋》對蘋甚為推崇：「菜之美者，崑崙（即昆侖）之蘋。」「菜之美者」的角度，會引人對蘋之一草更多實物的探索和幻念上的激發，但這裡以昆侖做對照，顯然還是更偏向祭祀、巫祝的神性一面。

《左傳》載：「蘋蘩蘊藻之菜，可薦於鬼神，可羞於王公。」可見蘋在周朝地位並不普通，祭祀貢品中用它，王公貴族特別的食材中用它。陸璣《陸疏》對蘋的解釋雖然泛泛，但也開始見出具體分類上的差異：「今水上浮萍（這裡並不是現代植物分類中的浮萍，只是對植物生長姿態的形象描述）是也。其粗大者謂之蘋，小者曰萍。」羅願《爾雅翼》解釋：「萍，蓱。其大者蘋，葉正四方，中折如十字，根生水底，葉敷水上，不若小浮萍之無根而漂浮也。」李時珍在《本草綱目》卷十九蘋詳細描述：「蘋，芣菜、四葉菜、田字草。蘋本作薲……薲有賓之義，故字從賓。其草四葉相合，中折十字，故俗呼為四葉菜、田字草、破銅錢，皆象形也。諸家本草皆以蘋注『水萍』，蓋由蘋、萍二字，音相近也。……《本草集解》：『水萍一名水廉，生池澤水上。葉圓小，一莖一葉，根入水底，五月花白。三月採，日乾之。』……時珍曰：『蘋乃四葉菜也。葉浮水面，根連水底。其莖細於蓴、莕。其葉大如指頂，面青背紫，有細紋，頗似馬蹄決明之葉，四葉合成，中折十字。夏秋開小白花，故稱白蘋。其葉攢簇如萍，故《爾雅》謂『大者為蘋也』。……又項氏言：『白蘋生水中，青蘋生陸地』，按今之田字草，有水陸二種。陸生者多在稻田沮洳（指低濕的地方）之處，其葉四片合一，與白蘋一樣。但莖生地上，高三四寸，不可食。」李時珍在《本草綱目》裡對蘋的描述多有矛盾之處，五月開白花的田字草是不是我們現在所說的田字草，也是所指不明。陳藏器《本草拾遺》載：「水萍有三種，大者如蘋，葉圓，闊寸許；小萍子是溝澗者。……蘋葉圓，闊寸許。葉下有一點，如水沫。一名芣菜。」《本草拾遺》描述的特徵更像現代水鱉。耿煊在《詩經中的經濟植物》一書中指出：「『于以采蘋』的蘋，無法確定是否為田字草，田字草的葉子過薄，不太適合食用。」這些描述與現代分類學裡的蘋差別就逐漸拉大了。

古籍記錄中，蘋一個鮮明的特徵，夏天開白花。《中國植物志》中田字草的中文學名為蘋，屬於蕨類植物的一種，並不具有被子植物開花的特徵。南方，俗名芣菜、馬尿花的水生植物，指的是水鱉科水鱉屬的水鱉。除了葉子的特徵不是「四葉相合，中折十字」之外，其他特徵基本符合歷史中大蘋的描述。

《漢典》、《辭海》中，認為蘋為大萍、田字草，這種文字學的考證，偏重並不在具體的植物分類上。在《中國植物志》裡，水鱉的俗名為馬尿花（此名取自吳其濬《植物名實圖考》）和芣菜。但是否為《詩經》中之蘋，並未明指。

田字草為蘋的俗名，蘋是蘋科蘋屬的蕨類植物。古代先民艱苦自然環境下的飲食習慣，現代人立足自身是很難猜測的。況且周秦時代，北方中原的氣候環境遠比現代溫潤、潮濕，蘋的生長姿態與今天也有大小形態上的差異。

植物性狀，幾千年間，如果保持相對比較穩定的話，蘋為水鱉的可能性更大一些。水鱉為單子葉植物水鱉科水鱉屬浮水植物。鬚根長可達三十公分。匍匐莖發達，節間長三至十五公分，直徑約四毫米，頂端生芽，並可產生越冬芽。葉簇生，多漂浮，有時伸出水面；葉片心形或圓形。雄花序腋生；花序梗長〇．五至三．五公分；佛焰苞兩枚，膜質，透明，具紅紫色條紋，苞內雄花五至六朵，每次僅一朵開放；花瓣三片，黃色；雌佛焰苞小，苞內雌花一朵；花瓣三片，白色，基部黃色，廣倒卵形至圓形。

水鱉科裡像海菜、龍爪菜都是有名的天然野生水菜，南方人將水鱉的嫩莖當作美味的野菜，水鱉作為周朝野蔬，應該沒有問題。但《詩經》時代，採摘的野菜一般都做成乾菜或醃菜，來作為供奉祭品，與現代人崇尚的天然綠色菜品還是有所不同。

《詩經》注我

川端康成[3]的小說《古都》，其中寫到小說主人公千重子兒時的玩伴真一，在祇園祭[4]上，畫眉毛，塗口紅，裝扮成古代王朝的裝束，被綁在彩車上，參與祈神遊園的活動。我的記憶中，那是將孩子假扮成神來參與祭祀最為深刻的形象。讀《古都》的時候，我還沒有讀到《詩經》，沒有讀到《采蘋》中神聖的「有齊季女」的形象。

古代，一個剛剛完成自己成年儀式的少女，需要通過一個特別的祭祀儀式，來證明自己成了一個合格的青年女子。她的內心經歷這種莊嚴又神祕力量的薰陶與洗禮，在嫁為他人婦之前，對一個女孩子，這算得上是她所能參加的最為重要的生命儀式之一。

[3] 川端康成（一八九九－一九七二），日本小說家，一九六八年獲諾貝爾文學獎。代表作有《伊豆的舞孃》、《雪國》、《千羽鶴》。

[4] 祇園祭，每年七月十六日到二十九日由日本京都的八阪神社主辦，是京都的三大祭典之一，最精彩的部分是花車巡遊。

第一次，她莫名站在了連接天與地的中間位置上，看到了人心上的割裂與游離，也看到映射在眾人身上的那個被塗抹得面目全非的自己。她一動都不敢動，只是詫異地看著，慢慢在心上生出一絲獨屬於自己的辨別。

祭祀儀式的神聖化，同時也將站在祭臺上緊張到失神的少女神聖化。一道道具體、嚴格的祭祀程式，將正遊戲在天地間的爛漫青春，被一股肅穆虔敬的力量喚醒，這個女孩的身體裡正在覺醒一種更廣闊更深厚的母性。

到朝南溪澗的清澈水邊，一邊採摘蘋菜，一邊又忙忙碌碌採摘狐尾藻。不同的野菜用方形或圓形的不同筐子盛裝。蒸煎的魚肉，盛裝在三足錡和釜的不同器具裡。王公貴族家的女孩，在自己的宗廟裡祭祀女孩完成的婦教之禮。普通百姓家的女孩，在自家的窗戶下面祭祀家中女孩完成的婦教禮儀。

《采蘋》一詩裡有《召南》典型的敘事特徵，它看重的不是審美和靈魂的感發，而是社會價值觀的梳理。尊貴，卑賤，祭祀中呈現出一種不可動搖的天與地設定一個人命運的軌跡。按照「出身」、「待遇」、「地位」嚴格地劃分，一個人被鑲嵌進牢不可破的身分位置裡。

詩的最後一句令人讚歎，那個祭祀儀式上的主角，那個內心惴惴不安的正扮作神靈之像的少女，詩中並沒有指出她在宗廟上做怎樣的裝扮。那個神聖少女，在人世和天地之間好像被某種神祕力量撕開，她的生命一時間無限地擴展延伸開來，正帶領她去辨別，天地間是否真有女人與男人生而不同的差異。

那顆水靈靈的少女之心裡，漸漸湧出一股博愛、虔誠和包容，這樣的包容逐漸轉換為對萬物的憐憫。在祭祀的儀式中，一種廣博、豐饒、自由的愛意，在一個神聖少女身上冉冉發生著昇華。

明白了一點從遠古滲透到今天的詩意，自己好像讀懂了一點詩中天賜少女的心意。她的眉宇間流露出來未曾褪去的天真，神情裡突然因為多了一份負擔，眼神深處逐漸變得凝重。這個看似柔弱的少女，竟然讓人怦然生出一絲想去觸碰她的愛憐和感動。這個少女，此後，當她嫁作他人婦，她將要負重而行。她要給予這個世界的，和醉心於征戰激變的男人們，將會有巨大的不同。她帶給世界的，是要將無數掙扎在垂死、絕望邊界上的生命複生。

只是，此刻，青春昭然的她，美得不可方物——她將抬頭，也將低眉。

她不只是水。

杜梨

盡公與慈愛

《召南・甘棠》

蔽芾甘棠，勿翦勿伐，召伯所茇。
蔽芾甘棠，勿翦勿敗，召伯所憩。
蔽芾甘棠，勿翦勿拜，召伯所說。

※「芾」音同「費」。

雜家題解

周朝由文、武奠基，成、康繁盛，史稱「刑措不用者四十年」，這段時期可稱為周朝的黃金時期，也是孔子念叨「鬱鬱乎文哉」，一直試圖回歸的天堂。在這樣的黃金時期，主政地方的官員與百姓之間的關係如何？《甘棠》描寫的，就是官員召伯與百姓之間魚水相親的景況。《甘棠》「思其人愛其樹」的核心，這是不管經學家、史學家還是文學家都確定的詩意。詩在漢代以來，都認為召伯為周朝初年的召公奭，近代史學界疑古派，結合周朝金文的研究，認為詩中紀念的人應該是周宣王時期的大臣召穆公虎，這一觀點還需要更多出土文物的佐證。《甘棠》一詩的召伯，不管歷史上紀念的人物是誰，並不影響對詩意內涵的解讀。

「我」注《詩經》

1. **蔽芾甘棠，勿翦勿伐，召伯所茇。**

蔽芾甘棠

《毛傳》：「蔽芾，小貌。」孔穎達《正義》：「此比於大木為小，故其下可息。」蔽，本指繁密茂盛之狀。歐陽修《詩本義》從此意出發，「蔽芾，乃大樹之茂盛者也」。朱熹《詩集傳》承續這個意義，影響到後世，多認為是大木濃蔭之盛。甘棠，為薔薇科梨屬杜梨，詳釋見「植物筆記」。

勿翦勿伐

《毛傳》：「翦，去。」翦，通剪。胡文英《詩疑義釋》解釋甚詳，「翦，以刀剪其枝葉也；伐，以鑱削其根之土也。二者具有傷於甘棠」。不要剪枝，不要砍伐。

召伯所茇

茇，《鄭箋》：「茇，草舍也。」《周禮．大司馬》載「中夏教茇舍」，指在野外建的帳房。不管這杜梨樹下的房子用途如何，都是召伯為百姓建起的房子。「召伯所茇」的意思裡，有百姓對召伯的理解與顧念。

2. **蔽芾甘棠，勿翦勿敗，召伯所憩。**

勿翦勿敗

《說文》：「敗，毀也。」《詩集傳》：「敗，折也。」折為殘害之意。此處「敗」字與上一章「伐」字，意義略有不同。對一棵樹，伐倒，是毀滅，折枝算是傷害。

召伯所憩

《毛傳》：「憩，息也。」詩意深處的畫面裡，可見召伯在杜梨樹下的陰涼裡短暫休息的身影。「召伯所憩」，內含百姓對召伯忙於公務，為百姓操勞的憐惜。

3. **蔽芾甘棠，勿翦勿拜，召伯所說。**

勿翦勿拜

拜，《鄭箋》：「拜之言拔也。」拔，同扒。《詩集傳》認為「如人之拜小低屈」。可理解為將枝條壓彎之狀。拜對樹枝的損傷程度，又比敗輕微。

召伯所說

《毛傳》：「說，舍也。」郭璞《爾雅》注引詩，「說」為「稅」。「稅」即停馬解車而歇之意。「召伯所說」，此處是召伯曾經停下馬車休息的地方，詩意內含著無限的懷念和崇敬之情。

4. 聞一多《詩經通義》：「古者立社必依林木……蓋斷獄必折中於神明，社木為神明所憑依，故聽獄必於社。」、「甘棠者，蓋即南國之社木，故召伯舍焉以聽斷其下。」一寫成《甘棠》一詩的歷史成因，此說從《毛詩序》和《鄭箋》的觀點推衍得來，可為一種有價值的參考。

5. 《甘棠》立定一個好官的四個標準：一心為民，不無事擾民，公正，同時又有良好的政治大局觀和處事決斷力。正因為有召伯這樣的官員，才會有《甘棠》這樣的政治紀念詩誕生，詩情直陳胸臆，結構簡潔，句義清晰，真情流露，從心而發，睹物思人，沒有絲毫馬屁詩的嫌疑。不管《甘棠》作於盛世，還是作於衰世，這樣的好官都彌足珍貴，為百姓所期盼。

杜梨
蔽芾甘棠 勿翦勿伐 召伯所茇

《毛詩》：「甘棠，杜也。」甘棠的名字從現存最早的《詩經》注釋，就說得明白了。《爾雅·釋木》和《說文》都依從此說。到陸璣《陸疏》出現了分化，《陸疏》說：「甘棠，今棠藜，一名杜藜，赤棠也，與白棠同耳，但子有赤白美惡。子白色為白棠，甘棠也，少酢，滑美。赤棠子澀而酢，無味，俗語云『澀如杜』是也。赤棠木理，韌亦可以作弓幹。」陸璣在這裡還是把甘棠看作同一種植物。但此說法同《爾雅》「杜赤棠，白者棠」有異，似乎說的是兩種植物。後世研究者便在甘棠究竟是杜梨還是棠梨之間出現了分歧。《方言》：「杜，蹻澀也。趙曰杜。」

《本草綱目》載：「棠梨，野梨也。處處山林有之。樹似梨而小。葉似蒼術葉，亦有團者，三叉者，葉邊皆有鋸齒，色頗黲（淺青黑色）白。二月開白花，結實如小楝子大，霜後可食。其樹接梨甚嘉。有甘、酢，赤、白二種。」在這裡，棠梨說的還是杜梨。

杜在甲骨文中的字形為一個門洞用樹枝塞住。杜梨生有強韌不易脫落的小枝，小枝如刺，足以刺傷獸皮。商周時期，夜晚，抱一捆杜梨樹枝堵住門洞，防止野獸侵擾，應該是百姓人家的普遍現象。《周禮·大司馬》有「犯令陵政則杜之」的說法，就是如果有人犯了法，就要通過法令、刑罰杜絕、阻斷它。這裡「杜」的意義從阻擋動物進一步引申為阻斷犯罪，讓杜字有了社會意義。杜字的阻塞之意，後世還衍生出「杜門謝客」的成語。《毛傳》：「甘棠，杜有。」這樣解釋，在周朝，應該是常識。《鄭箋》解釋：「召伯聽男女之訟，不重煩勞百姓，止舍小棠之下而聽斷焉。」詩中，栽杜梨成社，在社中，依託鬼神斷理訴訟案件，應該是周朝的一個傳統。

杜梨同百姓生活的緊密程度，在《救荒本草》中進一步體現出來：「其葉味微苦，嫩時炸熟，水浸淘淨，油、鹽調食，或蒸曬代茶。其花亦可炸食，或曬乾磨面作燒餅食以濟饑。」

至於杜梨種子的白色和黑色，可能同種皮形成前後的對比有關，果肉的甜美和酸澀也是相對而言。現代植物學上，古時的杜梨和棠梨，都歸屬到杜梨這一個種下。

杜梨屬於薔薇科梨屬落葉喬木，高可達十公尺，樹冠開展，枝常具刺；小枝嫩時密被灰白色絨毛，二年生枝條具稀疏絨毛或近於無毛，紫褐色。葉片菱狀卵形至長圓卵形，傘形總狀花序，有花十至十五朵，總花梗和花梗均被灰白色絨毛，花梗長二至二．五公分；花瓣白色。果實近球形，直徑五至十毫米，二至三室，褐色，有淡色斑點。花期四月，果期八至九月。

杜梨的俗名有野梨、土梨、灰梨。杜梨並不是平常作為水果的果梨。但杜梨的梨花，春天開時，同樣配得上蘇東坡說的「梨花淡白柳深青，柳絮飛時花滿城」的盛景。

《詩經》注我

《詩經》裡的甘棠，指的是山野梨，又叫棠梨，大拇指和食指圈在一起，就是一個棠梨的大小。長在山坡土窪上的棠梨，早春二月開放雪白的花朵，夏末，果子剛成熟時，一簇簇掛在枝頭，黃褐色，看著誘人，摘下來，放嘴裡，滋味酸甜，核大肉少，吃起來有沙的感覺。小時候，摘來野生的棠梨，和剛剛成熟的蘋果混一起，煮上一鍋。等到梨子蘋果煮熟了，香味從鍋裡飄出，滿屋子便會被酸酸甜甜的滋味充滿。水果的汁水放冷了，喝起來最是宜人，小棠梨煮得酥軟，吃起來蜜一樣甘甜。「甘棠」的甘，應該是指熟透之後果肉的味道。

大海邊上工作的時候，租住在漁家的簡陋小房子裡。永無停息的海濤聲伴著夜晚的如煙亂夢，不知不覺就會上火。做過廚師的同事教我做「冰糖雪梨蓮子羹」。先準備一個大雪梨，去皮削成小薄片，準備無子小蜜棗，還有一把蓮子，加半鍋水，將雪梨、蜜棗、蓮子、冰糖一起放入，小火慢熬，一直煲到棗和梨的清香混著一點蓮子的苦味飄滿一屋子。夜晚的燈下，閱讀大江健三郎的作品，《個人的體驗》和《萬延元年的足球隊》的怪誕情節裡，生命的澀苦滋味，與迷茫困頓的未知相遇，吃著自己調弄出來的雪梨湯，無奈與安然的氣息便在屋子裡彌漫。梨的滋味與傷悲的滋味一齊被此刻的人生品嘗到。

最喜歡吃的梨還是家鄉的香蕉梨。九十月間，手掌般大小、葫蘆般形狀的香蕉梨正好長到皮青肉硬，外婆將鄰居送來的一小筐香蕉梨放到鋪了棉花的木櫃裡，一層梨子一層棉被地放半櫃子，然後用厚棉絮蓋實，箱子再加上青銅鎖。放到春節將近，便能聞到香蕉梨清香的香味從箱子縫隙中散發出來。實在饞得受不了，就會圍著外婆：「婆，開了櫃子看看吧，開了櫃子看看吧！」一時候終於到了。外婆把又軟又甜的香蕉梨從櫃子裡取出來，皮質金黃的表皮，手指輕輕一按，果皮裂開，就會有瓊漿一般的汁水流出來。香蕉梨拿出後，洗乾淨，先要放到上房的桌上供奉先人，先人聞過果香，領了後人的情，接下來才輪到饞蟲們像吃人生果一樣享用。酥軟的果子，果肉完全糖化，白皙如凝脂，入口即化，滿嘴餘香，那美味的香甜和愛的彌漫，是經得住歲月的懷想和回味的。

《甘棠》的世界裡是一幅更加廣闊祥和的圖畫。個體的生命體驗融入社會國家的氛圍裡，繁雜的生活同時也縈繞著艱難和苦澀，那個盡職盡責的召伯，一次次疏解了百姓生活的亂麻。自從他離開後，百姓對召伯的思念，千頭萬緒，一時間無從說起，但每當甘棠的果實掛滿枝頭，人們總會懷念那個為公從不懈怠的人，他對百姓的好，百姓從來都沒有忘記過。

梅

愛如烈火

《召南．摽有梅》

摽有梅，其實七兮。
求我庶士，迨其吉兮。
摽有梅，其實三兮。
求我庶士，迨其今兮。
摽有梅，頃筐塈之。
求我庶士，迨其謂之。

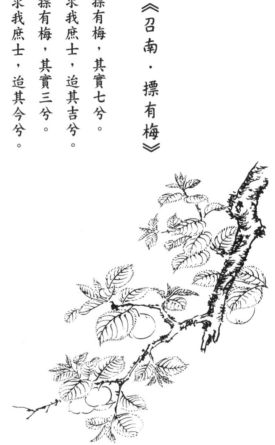

雜家題解

《摽有梅》原是一首採梅歌，就像勞動人民唱的那一類勞動者之歌。但那個採梅姑娘的心思顯然不在採梅上。托梅而發的歌聲在積極呼喚著聽歌的人。《摽有梅》由此又變成了一首單曲迴圈的情歌。

一切詩，說的其實都是勾魂奪魄的心事。詩中心事，有激憤的，多化為了箴言；有幸福的，自生出永誓之念；有快活的，將浪花、鳥鳴做成無邊的宮殿；有憂傷的，身載天地的穩壓，受了傷的心總是浮在雲端；有惆悵的，時空的針眼裡穿過數不盡的絲線。《摽有梅》的心事，因晚婚恨嫁的哀怨而生，那份焦慮，就像天地萬物都欠了你的。歐陽修《詩本義》解讀的《摽有梅》比較全面，朱熹也認同此說，解釋說：「梅之盛時，其實落者少而在者七，已而落者多而在者三，已而遂盡落矣。詩人引此以興物之盛時不可久，以言召南之人，顧其男女方盛之年，懼其過時而至衰落，乃其求庶士以相婚姻也。所以然者，召南之俗被文王之化，變其先時先奔犯禮之淫俗，男女各得待其嫁娶之年而始求婚姻，故惜其盛年難久，而懼過時也。」詩中內含著晚婚之人內心的焦慮，這焦慮，即是個人年齡增長的逼迫，又是家庭和社會目光語言的擠壓。

將《摽有梅》從婚戀詩理解為政治詩，《詩經》時代詩的用途本身其實就包含著強烈的道德教化功能，後世經學家更是前仆後繼，將《摽有梅》的道德內涵、社會意義演繹得多元多義。梅子熟了與男女的盛年，感發起興的是中國古老的天人一體觀。生命的脈搏與自然的枯榮共感，是《詩經》思想紮根於《易經》內蘊的哲學土壤。正是在這個高度上，《摽有梅》從勞動者的情感，到君王求賢的說法，才顯得自然而然，如同手掌手心的一體兩面。

從歷史的現場來回想詩意，還有另一種看法。《周禮．地官．媒氏》載，先秦時期，三月三的上巳節，正是男女幽會的節日，《摽有梅》也有可能是參加上巳節時，恨嫁心急的女子傾吐心事的歌謠。

「我」注《詩經》

1.

摽有梅，其實七兮。求我庶士，迨其吉兮。

摽有梅

摽只從字形來說，有出手的意思。在詩中的姿態，隨著梅子在枝頭成熟的程度不同，摽表達的摘梅子的方式會有細微的不同。七成梅子在枝頭時，摘梅子顯然需要擊打，摽在第一章的意思是擊落；三成梅子在枝頭時，跌落的梅子如同拋來，第二章的摽，可以理解為拋或投；當熟透的梅子紛紛從枝頭落下，滿地都是梅子時，摽在第三章的意思，可理解為零落。有，作為語氣助詞，全詩的恨嫁之情全依託這個「有」字而生。就詩情而言，「有」字深處包含著無盡的焦慮。讀者正是透過「有」，察覺到了詩心的所在。就詩的結構而言，「有」字是骨架，撐起了詩句伸展的三重脈絡。梅，薔薇科杏屬小喬木，從品種上有果梅和花梅的區別，這裡說的梅應該是果梅中的一種。詳釋見「植物筆記」。

其實七兮 「七」說的是虛數、概數，可理解為七成。第二章「其實三兮」，「三」的意義同樣如此。《鄭箋》：「梅實尚餘七未落，喻始衰也。謂女二十，春盛而不嫁，至夏則衰。」

求我庶士 女子婚嫁中最怕的便是「求」嫁。一個「求」字的卑微，需要多少力量才能重新把一份眷戀生活的自信支撐起來。但這個「求」字裡，也同樣有對愛與婚姻的承諾。詩言三章，每章都有這個求字，層層進逼，看似求別人，其實是女子在逼自己。

迨其吉兮 《鄭箋》：「迨，及也。」趁著。指明要盯准好時機。什麼是好時機？第一章說吉，吉日，指好日子。

2.
摽有梅，其實三兮。求我庶士，迨其今兮。

今 今時今日快樂的時光。

3.
摽有梅，頃筐塈之。求我庶士，迨其謂之。

頃筐塈之

頃筐，斜口筐，應是今之簸箕的雛形。塈，《毛傳》：「取也。」這樣一個簡潔的動作，包含著恨嫁的淒切。因為梅子盡落，物象將衰。「頃筐塈之」的狀態，有著一種難言的悲切。《詩經》的成詩，取一個動作立在詩意的中心，便將整個生命的姿態從詩中映現出來。現代詩極少做到詩意如此高度的濃縮，是因為缺少了樂的緣故。

4. **謂**

讓媒人來告訴婚約之事。

中唐無名氏作《金縷衣》，經杜秋娘傳唱，成為經典不絕的歌聲：勸君莫惜金縷衣，勸君惜取少年時。花開堪折直須折，莫待無花空折枝。詩情正從《摽有梅》的詩境繼承而來，而且從四言推進到七言世界裡，承載著惜愛、恨嫁、莫負時光的心意，更顯豔麗。清人鄧翔《詩經繹參》引古詩：「傷彼蕙蘭花，含英揚光輝。過時而不采，將隨秋草萎。」《摽有梅》的詩意，又被解讀為一個「傷」字。

梅子

摽有梅　其實七兮
求我庶士　迨其吉兮

植物筆記

《詩經》裡的梅就像深埋在人們精神土壤裡的一枚種子，它正等待著日後逐步化身為精神意志冷冽怒放的一種表達。梅，本字當作某，《說文》：「梅，枏（通楠）也。可食。從木每聲。莫杯切，或從某。」、「某，酸果也。」段玉裁注《說文》：「《召南》之梅，今之酸果也；《秦》、《陳》之梅，今之楠樹也。」陸璣《陸疏》說得清楚：「梅，杏類也；樹及葉皆如杏而黑耳，曝乾為臘，置羹臛（肉羹）齏（搗碎的薑、蒜或韭菜的細末）中，又可含，以香口。」《詩集傳》：「梅，木名，華（通花）白，實似杏而酢。」《本草綱目》卷二十九梅：「梅，古文㮊作，象子在木上之形。梅乃杏類，故反杏而。書家訛為甘木。後作梅，從每，諧聲也。或云：梅者媒也，媒合眾味。」

范成大《梅譜》載：「江梅，野生者，不經栽接，花小而香，子小而硬。消梅，實圓鬆脆，多液無滓，惟可生啖，不入煎造。綠萼梅，枝跗皆綠。重葉梅，花葉重疊，結實多雙。紅梅，花色如杏。杏梅，色淡紅，實扁而斑，味全似杏。鴛鴦梅，即多葉紅梅也，一蒂雙實。」

梅，為薔薇科杏屬小喬木或稀灌木，高四至十公尺；樹皮淺灰色或帶綠色，平滑；小枝綠色，光滑無毛。葉片卵形或橢圓形，長四至八公分，寬二．五至五公分，先端尾尖，基部寬楔形至圓形，葉邊常具小銳鋸齒，灰綠色。花單生或有時兩朵同生於一芽內，直徑二至二．五公分，香味濃，先於葉開放；花萼通常紅褐色，但有些品種的花萼為綠色或綠紫色；花瓣倒卵形，白色至粉紅色；果實近球形，直徑二至三公分，黃色或綠白色，被柔毛，味酸；果肉與核粘貼；核橢圓形，頂端圓形而有小突尖頭，基部漸狹成楔形，兩側微扁，腹棱稍鈍，腹面和背棱上均有明顯縱溝，表面具蜂窩狀孔穴。花期冬春季，果期五至六月（在華北果期延至七至八月）。

中國各地均有栽培，以長江流域以南各省最多，江蘇北部和河南南部也有少數品種，某些品種已在華北引種成功。日本和朝鮮也有栽種。

梅原產中國南方，已有三千多年栽培歷史，無論作觀賞或果樹均品種多樣。許多類型不但露地栽培供觀賞，還可以栽為盆花，製作梅樁。鮮花可提取香精，花、葉、根和種仁均可入藥。果實可食、鹽漬或乾製，或薰製成烏梅入藥，有止咳、止瀉、生津、止渴之效。梅又能抗根線蟲危害，可作核果類果樹的砧木。

梅的品種分果梅和花梅兩大類。果梅的栽培品種，據曾勉教授研究，簡略分為如下三類。

①白梅品種群，果實黃白色，質粗，味苦，核大肉少，供製梅乾用。例如大白頭、太公種等。

成熟期在四月上中旬。

②青梅品種群，果實青色或青黃色，味酸或稍帶苦澀，品質中等，多數供製蜜餞用。例如四月梅、五月梅、白水梅等。成熟期為四月中下旬。

③花梅品種群，果實紅色或紫紅色，質細脆而味稍酸，品質優良，供製陳皮梅、話梅等用。例如軟條梅、紫蒂梅、大葉豬肝、胭脂梅等。成熟期在五月上中旬至六月。

花梅是深受人們喜歡的觀賞植物，千百年來一直都是文人雅士吟詩作畫的對象。又因梅為冬季後最早開放的花木之一，常與蘭、竹、菊一起譽為花間四君子，松、竹、梅被稱為歲寒三友。

《詩經》注我

《詩經》裡的梅，從當時的情形看，指的該是梅花結成的果實。梅在漢語裡的發音為去聲，輕聲吟讀，溫軟含骨，有著一種剛柔相濟的意味。自然裡屬於薔薇科杏屬的梅，沿長江而居，早寒春上，雪影茫茫中，星花初現，粉白嫣紅，是長冬漸暖時，四季最先露出笑顏的花朵。

梅果的長成自然是從梅花的盛放裡得來，想到傲雪紛飛中梅花花瓣上的一脈脈緋紅，幾乎能夠點染出心靈最具力量的色澤。於是又想起每個人心上的梅花。

「六瓣梅影染霜色，引得新雪鬥芳菲。」這是以前某一個冷雨夜裡，讀《召南．摽有梅》時，突然從記憶裡飄出來的詩。《召南．摽有梅》裡浸透著一個寂寞女子深情期盼的孤獨身影，讓我想到《詩經》另一首《周南．漢廣》篇裡的癡情漢子，他正試圖踏開荊棘，躍過江河，去追求河流對岸漸行漸遠的女子。這兩個人相會在一起，該是多麼美好的一件事情。

寂寞，深深的寂寞，更多的不是地域阻隔而成，而是人心上的樊籬，道德架構當中順應世態而生的失落，那種刺入心房的機緣錯失，那些深藏不露的人間遺憾，造成了孤獨生命蔓草瘋長的寂寞。這寂寞似乎是人心在看不見的時間裡必然要去承受的一種命運。因為這個原因，在時間的河流裡，那些吟詠關於愛的寂寞的歌辭文粹，不斷地湧現，表達著個體在一個個獨立空間裡，渴望擁抱愛，又渴望被愛擁抱的真相。不是沒有人愛，而是你快快來吧，你在何方？這樣真切告白裡，等著那個真正值得去愛的人來到身旁。兩千五百多年前愛的寂寞，和今天黯然孤落身影裡的那份寂寞、悵然，心情都是一樣的。

然而，對於梅呢？紅梅染雪，染出的是一份純潔、冷豔、孤傲，而在火熱的內心，其實跳動著一顆奔放的狂野的愛心。「梅女長伴是知音」指的是理想中的紅顏知己。梅生於寒時，冷峭時節弄冬色，滿身飄逸出的是絲絲溫暖，是一種靜寂中含藏的活力，是一陣抖得翹枝細雪紛紛落的脆生生的笑。梅盛開而不鬧，豔麗而不媚，冰雪連天裡不做羞澀，予人以從容、剛直、端莊的美。國畫裡，歲寒三友「松、竹、梅」，梅常以筋骨現身，一種柔中含剛的風骨，繚繞在蒼樸虬枝的氣息中間的，是一抹嫣紅的笑。灰燼裡凝成的露，總看得人啞然、靜默。

有梅花盛開的路，應當稱作望梅路吧，去探梅花的腳印下面，花瓣的暗香滲透進心田的，有白梅的深情和紅梅的顧念。

今夜，寫關於梅的事，想起高君宇和石評梅的淒美愛情，眼角一時潮濕起來。

白茅

風羽之物

《召南．野有死麕》

野有死麕，白茅包之。
有女懷春，吉士誘之。
林有樸樕，野有死鹿。
白茅純束，有女如玉。
「舒而脫脫兮！
無感我帨兮！
無使尨也吠！」

※「麕」音同「均」；「樸樕」音同「樸素」；「帨」音同「稅」；「尨」音同「龐」。

雜家題解

《野有死麕》在《詩經》裡是結構非常別致的一篇。詩意原本寫了一對男女從熱戀到結合的相愛過程，詩意巨大的波瀾，有愛與戀的星辰般的撞擊，有在天地間奔走，為相約遇合的一刻付出無盡努力的奔波，有隱與霧中身心盡情地相悅。畫面如同拉開了周朝一場無悔愛情的舞臺劇的幕布。一個懷春之女，一個風情起士，正當好的年紀，真正好的機緣，他們相遇了。在眼神深處閃過驚詫的一瞬，內心的火熱被點燃起來。邁過相愛的門檻原本就是難的，正因為有那樣的艱難，迷戀與愛慕的激情才會得到實實在在的考驗，正因為有這樣的考驗，情到深處才會打下真實不欺的根基。

《毛詩序》認為，此詩寫於亂世，天下大亂，強暴欺淩，遂成淫風。以詩風觀世風，《野有死麕》的時代似乎並不壞，但以春秋時期周王衰微，諸侯間連綿不絕的殺伐奪取，《毛詩序》流露出來的強烈的刺與諷的動機，也就難怪。詩意的光明映照著人內心的善與美，等拉上幕布，詩心點亮人性的火苗便顯得昏暗曖昧起來。人類原始樸素的愛情觀與現代人所追求的自由、平等、真誠的愛情觀本質上都是為了人生幸福而付出的努力。詩中「有女懷春」、「有女如玉」的概括，濃縮出了中國文學中愛如烈火的源動力，這源動力是如此人性，如此純粹，如此向美，驟如烈火、狀如彩虹的愛情，在如此坦誠的世界裡，更像飛羽，更像夢境。

詩的首章如同男女合唱，呈現了男女相遇時情意的萌動和內心的企圖。第二章取的是男子的視野，山林野莽，刀箭獵取，終於攢夠了約會玉女的條件。第三章取的是女子視角，寫男女的情動，如同火山噴發的一刻，在整個《詩經》裡，甚至在整個中國文學史裡，這第三章都可算是描寫男女情難自禁又不失人性之誠和道德之美的範本。愛欲原本是如此美的，而不是如道德斥責，是骯髒的。

「我」注《詩經》

1. 野有死麕，白茅包之。有女懷春，吉士誘之。

野有死麕

野，城郊謂之野。《詩集傳》：「麕，獐也。鹿屬，無角。」為鹿科獐屬的小型動物，別名牙獐、獐子。外形似麝而略高大，比鹿小。因善游泳，又稱河麂。

白茅包之

陸璣《陸疏》：「茅之白者，古用包裹禮物以充祭祀縮酒用之。」詳釋見「植物筆記」。

有女懷春

「有女」二字很妙，女主角出場，只用一個「有」字，不寫衣裝，不寫容貌，卻給人無盡的想像，每個男子心頭憧憬的女子模樣，自會以千萬種面目浮現。「懷春」二字，流沙河先生解釋，女子到了婚嫁年齡，想要找物件，想要談戀愛，就是懷春。《毛傳》：「春，不暇待秋也。」古時秋冬為婚姻正期，這個姑娘，想要戀愛的急迫心情，已經等不到秋天到來，因此謂之思春。古時有「春女感陽則思，秋士見陰而悲」的說法。《白虎通》解釋，「春者，天地交通，萬物始生，陰陽交接之時也」。因此，春為想和心儀男子談戀愛的意思。

起士誘之

《正義》：「起士，善士也。」朱熹《詩集傳》：「起士，猶美士也。」起士應該是頗有風情的男子。誘，追求是其本義。流沙河先生說，他小時候的私塾先生將這個「誘」字讀「透」，解釋為挑逗。可見，為引起喜歡的女子注意自己，千百個男子會有千百種辦法。一個「誘」字，充滿了故事性。

2.

林有樸樕，野有死鹿。白茅純束，有女如玉。

林有樸樕，野有死鹿

《毛傳》：「樸樕，小木也。」灌木叢。此處並無確指何種樹木。此兩節包含男子為愛的努力。可以想像一個熱烈、勇敢、赤誠的男子，威猛剛健，意氣風發，穿越林海，追逐著獵物。

白茅純束，有女如玉

這兩句，既是敘事，將獵物用白茅包裹捆綁，獻給如玉的美女；又包含著深沉的抒情，白茅與玉的對應，讓心中珍愛的女子充滿了聖潔、端莊、賢德的美態。《詩經》裡句子的寫法，具有雙重敘事的魔力，往往敘事性和詩性共存。「有女如玉」就這一句的濃縮，讓《野有死麕》在整個中國文學史裡光彩照人，永難磨滅。

3.「舒而脫脫兮！無感我帨兮！無使尨也吠！」

舒而脫脫兮

寫衣而不寫人，如靈附體。《毛傳》：「舒，徐也。」脫脫，這兩字是這首詩被誤解最多的地方，這裡說的不是寬衣解帶。此處並非男子視角，而是女子在說話，自然也不是形容女子容貌的姣好。《說文》：「脫，娧。」好貌。女子看起來對男子提出警告，你的舉止最好得體一點，動作最好舒緩禮貌一點。其實詩意難掩心中的竊喜。

無感我帨兮

感，通撼，動搖，觸碰。帨，流沙河講，《周禮》中記載，周時的成年女子要帶「帨巾」，就是掛在左胸前的一塊手帕。舊時堂倌左肩搭著一張帕子，隨手擦桌子，叫作「隨手」，「隨手」就是這個「帨」。不要動我的帨巾，就是男子的手碰到女子的左胸了，女子不好意思直說，只能說「不要動我的帨巾」。

無使尨有吠

尨，《說文》：「犬之多毛者。」古音同龐，指高大之物。尨，此處指多毛的大狗。使，讓，驚擾。最後一句將男女調皮、活潑又情竇初開的畫面突然引入了一個微妙的

戲劇性的衝突，那隻隱藏在詩言背後正要躍出的大狗，讓靜態的詩意充滿了蕩漾的動感。女子正在警告男子，再對我動手動腳，我家的狗可要咬人啦。此情此景，讓人想到沈從文的小說《邊城》裡圍繞在翠翠身邊跳來跑去的那隻黃狗。

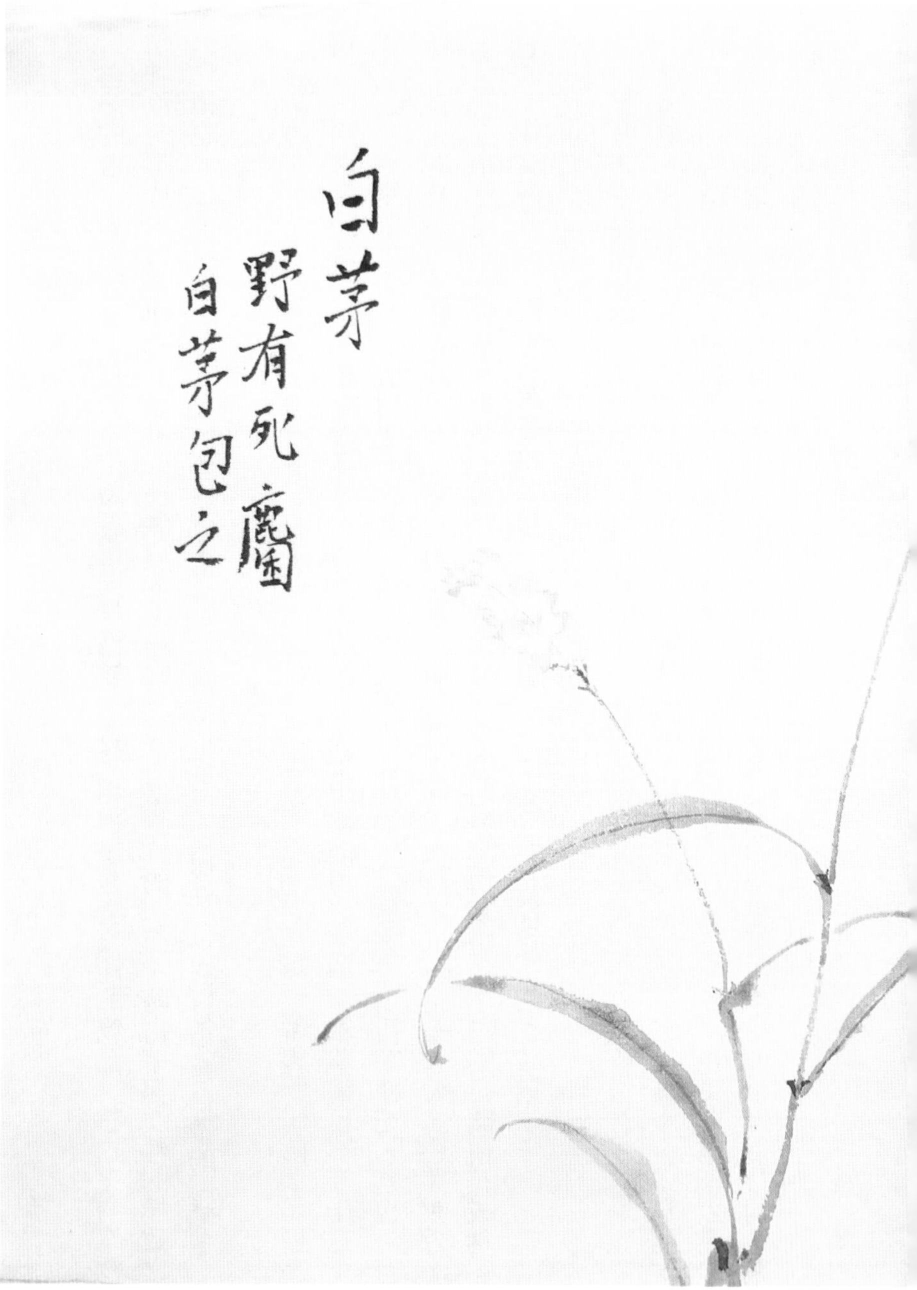
白茅
野有死麕
白茅包之

植物筆記

白茅的古今名稱同一，它的詩情詩意也同樣沒變，古代用白茅包裹祭祀的物品，讓白茅有了物性和神性的潔清，白茅便有了象徵人性潔白、柔順的一面。這獨特的一面，將白茅與女性的極致之美緊緊相連。它可以是少女，可以是女德，可以是女體，也可以是母性。這都是白茅自帶的隱喻。

白茅與女子之美的關聯，《衛風．碩人》一首裡說「手如荑荑」，這「荑荑」說的便是白茅的花絮。陸璣《陸疏》：「茅之白者，古用包裹禮物以充祭祀縮酒用之。」《本草綱目》卷十三：「茅葉如矛，故謂之茅。其根相連，故謂之茹（相互牽連之貌），《易》曰，拔茅連茹，是也。有數種：夏花者為茅，秋花者為菅。二物功用相近，而名謂不同。《詩》云，白華菅兮，白茅束兮，是也。……茅有白茅、菅茅、黃茅、香茅、芭茅數種，葉皆類似。白茅短小，三四月開白花成穗，結細實。其根甚長，白軟如筋而有節，味甘，俗呼絲茅，可以苫蓋，及供祭祀苞苴之用……」

白茅為禾本科白茅屬多年生草本。具粗壯的長根狀莖。稈直立，高三十至八十公分，具一至三節，節無毛。稈生葉片長一至三公分，窄線形，通常內卷，頂端漸尖呈刺狀，下部漸窄，或具柄，質硬，被有白粉，基部上面具柔毛。圓錐花序稠密，長二十公分，寬達三公分。花果期四至六月。產於遼寧、河北、山西、山東、陝西、新疆等北方地區；生於低山帶平原河岸草地、沙質草甸、荒漠與海濱。

白茅屬，《中國植物志》載四種植物：黃穗茅、寬葉白茅、絲茅和白茅。絲茅和白茅特徵相近，古人所說的白茅，也可能同時包括這兩種。

《詩經》注我

《野有死麕》可算古今中外描寫情動時刻最動人的詩篇之一，詩裡那種打了馬賽克的身心相悅的鏡頭，既是擴展的，又是動態的，人的怦怦心跳，會隨詩律而動。

獵人用白茅包起獵殺的獐子，對自然的饋贈，這個男子保持了虔敬，我們也能從中看到他討好女子的小心思，是多麼細密。那個懷春女子，臉上放光，腮成胭紅，在吸引男子向她走近，女子一時小碎步邁著，緊趕緊。兩情相悅的世界裡，有一場生命大戲的幕布正在徐徐拉開。

讀這樣豐盛熱烈的文字在歷史裡不斷演繹，就像在看一個波瀾壯闊的歷史長卷，在死生相繼生機盎然的蕩漾中徐徐展開。四季的變化濃縮進短暫的一瞬裡，男歡女愛的激情帶著世界旋轉，就像白茅的飛羽在風中飛揚。

周朝先人的詩裡，能有如此熱烈奔放，追逐著自由心性的愛情，現代人自然會覺得驚詫。利箭中倒下的獵物，孟浪男子手忙腳亂的張惶失措，懷春女子一雙癡迷的眼，這些定格在時間裡的畫面，看似靜態的，但在人的心上又是動態的，是音樂裡跳動的音符，是生命愛欲滾燙的舞蹈。

求學美國的朋友，在她的遊記裡，記述了駕車在美國南方高速公路上趕路的情形。驅車累了，停下車，在金色陽光裡小憩。眼前小河流淌，白茅在風裡搖擺，她從車上取了隨身帶著的《詩經》，迎著風，翻開書頁，輕聲誦讀起《國風》的深情。她說，那一刻，她覺得有看不見的故鄉的音律在眼前的世界裡響起，自己似乎在陽光裡隨風飄起，一直飄到萬里之遙的黃河岸邊……她說，那一刻，她彷彿聽見了江聲浩蕩，觸摸到了青草蔓長……白茅深處讀著《詩經》的身影，深深觸動了我的心房。

說說白茅吧，禾本科裡的白茅，身子筆立如矛，成熟後的穗，潔白、溫軟而柔順，是野地裡千萬年不曾改變過容貌的植物。閉上眼睛，可以想像一個同樣潔白、柔順的女子，她不依附，也不低憐，只是歡歡喜喜地，陪你在秋涼的河岸長堤上，看風聲透過樹梢，看紅霞染透天涯。白茅的新羽，又稱「荑」，所謂柔荑，是古時美人玉手的別稱，那樣纖細潔白的手，不只是又白又嫩，還有一種內心的溫柔在撫慰，在喚醒。

杜甫作《茅屋為秋風所破歌》：「八月秋高風怒號，卷我屋上三重茅。茅飛渡江灑江郊，高者掛罥長林梢，下者飄轉沉塘坳。」從《詩經》融入心口的白茅，在這樣的詩裡，便又有了一種守護與忠貞的意味浸透到一個文明的心坎裡。滄桑動盪的時世，一個窮困潦倒的詩人，還時刻不忘掛懷天下的寒士，思慮著山河家國的甘苦。在這樣自然藝術的史詩裡，直覺得風裡的白茅，輕得飄上九霄，重得直戳進人心裡。

邶風

側柏

樹好大，風有時，人無涯

匏瓜

被細說

苦菜和薺菜

悲喜合鳴的喑啞

酸棗樹

寫給母親

地理位置

邶、鄘、衛三國均位於古禹貢冀州，這裡曾是殷商國都朝歌的所在地。西周初年，邶和鄘分別是周朝的封國，邶和鄘很小，很早被衛國吞併。《漢書·藝文志》編錄的齊、魯、韓三家詩卷目可以看出，邶、鄘、衛並未分卷，到《毛詩》才分為三家。王應麟《詩地理考》：「自紂城（指朝歌，今河南省鶴壁市淇縣）而北謂之邶，南謂之鄘，東謂之衛。」古代黃河流域的主體建築，要求面南背北而建，以利於採光。北邊就成了背，古代「北」讀「背」音。邶國，說的就是朝歌背後的國家。邶國的大概地理位置，約今河南省淇縣以北到湯陰縣一帶。

側柏

樹好大，風有時，人無涯

《邶風・柏舟》

汎彼柏舟，亦汎其流。耿耿不寐，如有隱憂。
微我無酒，以敖以遊。
我心匪鑒，不可以茹。亦有兄弟，不可以據。
薄言往愬，逢彼之怒。
我心匪石，不可轉也。我心匪席，不可卷也。
威儀棣棣，不可選也。
憂心悄悄，慍於群小。覯閔既多，受侮不少。
靜言思之，寤辟有摽。
日居月諸，胡迭而微？心之憂矣，如匪澣衣。
靜言思之，不能奮飛。

雜家題解

《柏舟》的好，好在曖昧，詩意究竟是男子的述懷，還是女子的自傷，難以捉摸，很是玄妙。因為詩意深處所立的這個朦朧背影，詩的世界便延伸出影響深遠的兩派。《毛詩序》：「《柏舟》，言仁而不遇也，衛頃公之時，仁人不遇，小人在側。」認為衛頃公時，小人當權，賢人得不到重用，寫《柏舟》以發牢騷。詩應該是一個官吏寫的。劉向《烈女傳》：「貞女不二心以數變，故有匪石之詩。」王應麟《詩考》，引《韓詩》，均認為《柏舟》是婦女之詩。朱熹作《詩序辨說》，反《毛詩序》，亦將《柏舟》當作婦女詩。此說影響之深，直到現代，程俊英《詩經注析》也認為是婦女詩。詩意倒和現代女性追求經濟、身分和地位的平等發生了演繹和關聯。

詩意雖是怨，卻並不悲，反而有一股豪氣。

「我」注《詩經》

1.
汎彼柏舟，亦汎其流。耿耿不寐，如有隱憂。微我無酒，以敖以遊。

汎彼柏舟，亦汎其流　孔穎達《毛詩正義》：「興也，汎，汎流貌。」汎，通泛。泛，浮動。流，漂流。柏舟因水而浮起，亦順水而漂流。柏舟即暗指人在世上動盪的命運，又暗合著心潮的起伏。柏舟，柏木製作的船。製作船的最好材料就是柏木。此處柏木，有對自己特別認可的意思。柏，此處為統稱，可能為柏木或側柏。詳釋見「植物筆記」。

耿耿不寐，如有隱憂　耿耿，魯詩作「炯炯」，指眼睛明亮。晚上眼睛睜著，難以入睡。總覺得有什麼不好的事情要發生。

微我無酒，以敖以遊　微，非也。《釋文》：「敖亦作遨。」與遊同意，從放，放浪。不是我沒有酒，借酒澆愁愁更愁，既然酒解不了心頭的愁緒，只有泛舟河上，來消解心中的哀愁了。在這裡可以看到古代單音字向著多音詞的變化。《詩經》裡，敖與遊是各自表意的單音字，《說文》：「敖，出遊也。從出、放。」、「遊，旌旗之流也。」可見，古時王公貴族出門，豎立旌旗開路，才談得上是「遊」字。古代敖民指遊民，普通百姓出行，使用敖字。之後，遨遊組合成為雙音詞，消解了身分的差異化。

2. **我心匪鑒，不可以茹。亦有兄弟，不可以據。薄言往愬，逢彼之怒。**

我心匪鑑，不可以茹

匪，非也。《鄭箋》：「鑑之察形，但知方圓白黑，不能度其真偽。」鑑，鏡子，古代為銅鏡。《毛詩正義》：「茹，度也。」茹，包容、忍受之意。這話表明心裡的怨氣很重。我的心不是鏡子，不會像鏡子那樣，什麼都可以鑑別，什麼都可以包容。

亦有兄弟，不可以據

《鄭箋》：「兄弟至親，當相據依。」據，依靠。兄弟，古代語境指的範圍比現代要廣，除了指同胞兄弟，還包含著家族的觀念，同族、同姓也可稱為兄弟。本來以為兄弟之間可以相互依靠，實際上都靠不住。

薄言往愬，逢彼之怒

薄言，語氣助詞，說話瑣碎慌亂的樣子。愬，同「訴」，訴苦，發牢騷。

「逢」，古音近碰，牛運震說，「逢」字妙，兄弟本不是因為聽到訴苦發怒，可是恰巧碰到他發怒的時候去訴苦，正是碰了釘子，有苦反而說不出。

3.

我心匪石，不可轉也。我心匪席，不可卷也。威儀棣棣，不可選也。

我心匪石，不可轉也 我的心不是石頭，石頭能夠到處滾動，我的心卻不是石頭，不能隨著別人的心意任意改變。《柏舟》因這一句，有「匪石之詩」的名號，意味著心靈的堅定和節操的堅守。

我心匪席，不可卷也 我的心不是席子，能夠任意捲起來，我有自己做人的尊嚴、做事的原則，不會屈從內心去做見風使舵的事情。「匪鑑」、「匪石」、「匪席」三個精彩的比喻，簡明準確地表達心聲。表達出來的心志都不是尋常的反省，有著一種覺醒的抗爭意識。三個比喻，光彩奪目，明朝安世鳳《詩批釋》：「（鑑太明而亂），石太剛而頑，席太柔而靡。」人的尊嚴和價值，每個人都可從這三個精準有力的比喻中做自己的評判和認定。

威儀棣棣，不可選也 《毛詩正義》：「棣棣，富而閑習也」。指從容自在，堂堂正正。選，古音同巽，屈服之意。這句擲地有聲，可見對被鄙視的小人，要讓人對他屈膝賠笑，這是不可能的。詩言內含著飽滿的情感的張力。

4. **憂心悄悄，慍於群小。覯閔既多，受侮不少。靜言思之，寤辟有摽。**

憂心悄悄，慍於群小 慍，《毛詩正義》：「憎恨，憤怒。」心裡飽含憂懷，卻不敢把話說出口，一旦被小人們聽到了，又會招致無端的憎恨和怒火。看似作者優柔顧慮的個性，印證著詩的溫柔敦厚。

覯閔既多，受侮不少 覯，通遘，遭遇。閔，通憫，悲憫，傷懷，憂傷。明孫鑛《批評詩經》載，「覯閔」二句是偶語祖。意思是中國最早的對偶句。流沙河說：這是漢語言特性的自然反應，後來才被人發現，成為一種特定的修辭方法。遭遇的傷懷已經很多了，受到的侮辱也不少。

靜言思之，寤辟有摽 靜言，悶在心頭。之，指憂傷和屈辱之事。寤，反向。《左傳》中《鄭伯克段於鄢》載，莊公「寤生」，就是莊公出生時是倒著生出來的。辟，掌向外推，為辟。寤辟，捶胸。摽，古音通拋。「有摽」，抓起東西摔出去。可見生氣的程度。

5\. 日居月諸，胡迭而微？心之憂矣，如匪澣衣。靜言思之，不能奮飛。

日居月諸，胡迭而微 居、諸都為虛詞。微，光線昏暗。太陽啊，月亮啊，你們一個又一個怎麼如此昏暗不明？

心之憂矣，如匪澣衣 心中難言的憂傷苦悶，就像穿了一件沒有浣洗的濕漉漉的髒衣裳。此句言身心的沉重。流沙河說，這裡所言人內心的難受，寫得如此生動傳神，是他見過的文學作品裡獨一無二的。

靜言思之，不能奮飛 上承詩意，自然而然回歸眼前。雖沒有說舟行水上，但也能讓人看到立在船頭的人，如一只難覓歸處的呆鳥。整首詩，內心山騰海嘯，但面對現實，只是「靜言」。

6\. 《柏舟》的每一個字、每一句話，都構成了詩人愁思憤懣的有機結構中不可或缺的一部分。作為想像空間完全打開的絕好詩篇，《柏舟》不僅故事、現場是活的，靈魂也是活的。

周時製作船的木材不止柏木，《竹竿》：「檜楫松舟。」《菁菁者我》：「汎汎楊舟。」可見，周朝，松木、楊木、柏木都是能做船的木材。《毛傳》：「柏，木所以宜為舟也。」柏木做舟應該是最佳材料。柏木的種類多樣，《爾雅》：「柏，椈。」《本草綱目》卷三十四柏：「椈、側柏。按魏子才《六書精蘊》云：萬木皆向陽，而柏獨西指，蓋陰木而有貞德者，故字從白。白者，西方也。陸佃《埤雅》云：柏之指西，猶針之指南也。柏有數種，入藥惟取葉扁而側生者，故曰側柏。」此柏木應該為側柏。

中國的傳統中，以樟、松、柏、楠為鎮宅四木，柏木最早與祭祀有關，通靈鬼神之事，因此，柏樹一般不會栽植於庭院宅地，而是種在廟宇、祠堂、墳地，以起到安魂守護的紀念作用。

杜甫有「孔明廟前有老柏，柯如青銅根如石」的詩句，青銅身，根如石，天下側柏樣子便與人的某些秉性相合。在人心裡，文明的殿堂，必要有側柏這樣金剛般的守護，才能安穩久長。

側柏

汎彼柏舟
亦汎其流

柏科有側柏、柏木和圓柏三個亞科。《詩經》裡七次提到柏，所指種類並不確定。柏屬植物中國境內分布有八屬，約三十種。單種屬的福建柏是中國特有，單種屬的側柏也主產於中國。

側柏，是柏科側柏屬多年生常綠喬木，也是中國園林綠化最廣泛的樹種之一，別名黃柏、扁柏、香柏、黃心柏、雲片柏、扁松、扁檜、香樹等。側柏高可達二十公尺，直徑一公尺，幼樹樹冠呈卵狀尖塔形，成樹呈廣圓形。主幹挺直，樹皮淺灰褐色，條片狀縱裂。小枝細而側扁，排列成一平面。雌雄同株異花，均單生於枝頂。花期三至四月，果期九至十月，喜光，耐乾旱，多在海拔一千五百公尺以下的向陽坡地造林。側柏壽命極長，樹姿優美，容易栽培，病蟲害少，還可淨化空氣，自古是廟堂、寺觀、墓園、庭院、紀念館、景觀園林等處的景觀樹木，是正氣、堅貞、節操、恒久的象徵。陝西黃陵縣軒轅廟的「軒轅柏」，七人才能合抱，被喻為「世界柏樹之父」。

側柏材質軟硬適中，富樹脂，有香氣且耐腐，是高級商用木材，可供於建築、器物、農具、細木工、舟船等用材。

《詩經》注我

生活瑣事壓抑胸口，周圍沒人理解，又無處傾訴，愁緒擠壓，心情不暢，收拾好家務。掩上門扉，獨自沿著青石小路，走到河邊駁船的渡口，解開系纜的繩索，坐上自家的柏木小舟，將船滑向一個唯有水聲天地幽靜的地方。在船舷邊上坐下來，取出黑瓷碗，倒上一碗家釀的米酒，空對清風。一時間，多少個不寐之夜的心事浮上心頭，湍急的江流卷著心潮的起伏，心裡的憤懣不平一點點被天地接納。

讀完《柏舟》，心頭會浮現一幅如此的行舟圖。這個借著詩意舒解內心的女子，一定豪爽、細膩、善良。她的哀而不怨讓人同情，這個動人的形象，又誘人試圖對她多上一份理解。《柏舟》的詩情，在家常女子細微的心事吐露裡，用小舟、靜水、不寐之眼，勾勒出一個充滿了矛盾衝突的時空。這種簡明清晰的圖畫式創作，是《詩經》影響後人深遠的「思無邪」的白描。和《詩經》四言詩裡衍生出來的五言詩、七言詩不同，先秦的四字詩樸實率真，內含著自然神韻的隱現，還有著溫柔敦厚的心性上的支撐。

先秦古人的詩句，和著竹絲喑啞古鐘擊鳴一起吟唱。四言的歌聲裡，韻律齊整，敘事家常，在落日草坪或者宗廟祠堂裡，粗布衣衫的百姓，靜聽這些樂聲，祈福之外，還能獲得一種內在的共鳴和審美上的愉悅。可惜，吟唱的古樂今天已經失傳，如此莊重的憂思，我們已經捕捉不到那種入耳震動心魂的韻律的生成。

《詩經》的簡約、樸拙、傳神、嚴整、自然、深意潛藏的古風流韻，總是能在不經意間，一下子攝住人的魂魄，並由此在一片神奇的土地上，去窺探天地萬物如何托起人的情致的翅膀，這翅膀翩然翻飛到植物世界的落葉和根莖上，誰能想到，一條柏舟上的心境故事，會穿越千年的時光，依然鮮活動情，心潮澎湃，詩中發生的事件，如同昨日。

回到造了小舟的那種樹木上來。那棵造船的柏樹，它的生命力或許比《詩經》更長。《詩經》裡的那個遊吟詩人拿它來做文字裡的一個裝飾，它順勢從一個自然的精靈變作陪伴心靈的夥伴，順著歲月的溝澗，一直流淌到永恆詩歌的領域裡來。

屬於柏科的柏樹，在自然災變和人類戰爭面前，總把它當作衛士的象徵。沙漠肆意的戈壁灘，它牢牢抓住浮沙黃土，來衛護家園免遭自然的吞噬；在墓園安放著英靈、至親、朋友屍骨的地方，讓參天古柏，代替人內心的敬意和永懷心底思念的傷情，來衛護雨雪風霜之下的亡靈；在持久人心的判斷上，荀子說：「歲不寒，無以知松柏；事不難，無以知君子。」這也是柏的細碎葉面和堅韌木質裡透露出來的知人智慧。

生長在陝西黃陵縣軒轅黃帝陵廟院內的黃陵古柏，高二十公尺，直徑十公尺，傳說為軒轅帝手植，距今已有四千多年的歷史，可以算是中華文化的「同齡人」。我曾在此樹下抬頭望向樹頂，古柏的樹頂上，一片藍天，藍天在靜默中，像有一個神祕世界在無限敞開。我繞著古柏，抬頭看它繁密枝葉裡透過來的陽光，走到它的陰影裡，感覺日影和歲月滄桑共同組成的畫面如何形成今日的這片清涼，想得越多，心裡就越迷糊，越是迷糊，反而蔓生一點恬靜的欣悅，好像有無知的欣喜從心裡飄出，覺得自己站立的地方，樹好大，風有時，人無涯。

杜甫作《茅屋為秋風所破歌》：八月秋高風怒號，卷我屋上三重茅。茅飛渡江灑江郊，高者掛罥長林梢，下者飄轉沉塘坳。從《詩經》融入心口的白茅，在這樣的詩裡，便又有了一種守護與忠貞的意味浸透到一個文明的心坎裡。滄桑動盪的時世，一個窮困潦倒的詩人，還時刻不忘掛懷天下的寒士，思慮著山河家國的甘苦。在這樣自然藝術的史詩裡，直覺得風裡的白茅，輕得飄上九霄，重得直戳進人心裡。

酸棗樹

寫給母親

《邶風・凱風》

凱風自南，吹彼棘心。
棘心夭夭，母氏劬勞。
凱風自南，吹彼棘薪。
母氏聖善，我無令人。
爰有寒泉，在浚之下。
有子七人，母氏勞苦。
睍睆黃鳥，載好其音。
有子七人，莫慰母心。

※「睍睆」音同「獻緩」。

雜家題解

《凱風》要算最古老的孝子詩，《毛詩序》說：「《凱風》，美孝子也。」詩本意是歌頌母愛，並自責不孝。《凱風》的詩意古今雖有闡發，但「母親之歌」的主體意思基本未變。唐代詩人孟郊作《遊子吟》：「慈母手中線，遊子身上衣。臨行密密縫，意恐遲遲歸。誰言寸草心，報得三春暉。」詩承古義，將古奧質樸的《凱風》，化成了兒子念母慈悲千古不衰的經典旁白。對「凱風」二字的解讀，清鄧翔《詩經繹參》：「凱，樂也。母以見子樂，子以見母樂，仁義洽也。……母不擇子而養，風不擇物而吹。」

「我」注《詩經》

1.

凱風自南，吹彼棘心。棘心夭夭，母氏劬勞。

凱風

和風。一說南風，夏天的風。馬瑞辰《毛詩傳箋通釋》：「凱之義本為大，故《廣雅》云：『凱，大也。』秋為斂而主愁，夏為大而主樂。大與樂，義正相因。」《毛傳》：「棘，難長養者。」又解釋，「棘，棗也。」陸佃《埤雅》：「大曰棗，小曰棘。棘，酸棗也。」酸棗，鼠李科棗屬落葉灌木或小喬木，詳釋見「植物筆記」。

棘心夭夭

棘心，古人常用「心」比嫩芽。夭夭，參考《桃夭》，生長茂盛。這裡以酸棗的嫩芽代指兒子。《詩經》中包含著強大的先人的自然哲學，以物性喻人性，以物態擬人態，詩的世界便由封閉的形式變為開放的形式。

母氏劬勞

氏，對母親的尊稱。劬，《毛傳》：「劬勞，病苦也。」受苦，辛勞。

酸棗
凱風自南吹
彼棘心

2. 凱風自南，吹彼棘薪。母氏聖善，我無令人。

棘薪 指枝幹，暗指孩子的成長。詩不言，而意萬千。《鄭箋》：「睿作聖，母乃有睿知之善德。」《正義》：「聖者，通智之名。故言睿也。」指母親通情達理，心地善良。

令人 能幹、有本事的人。

通篇自責。亦可見母親言傳身教對孩子的影響。母善，兒子亦善。

3. 爰有寒泉，在浚之下。有子七人，母氏勞苦。

爰 虛詞，為發語詞，「於」、「焉」二字相並為爰，何處。浚為衛國的一個城市浚邑，史載，浚城有寒泉岡，那裡的寒泉滋養著整個浚城。詩言反問，什麼地方有一座寒泉，潤澤著浚城人。七個兒子，卻是白養了，母親不僅沒有享福，反而要辛苦操勞，為著生計，甚至不得不改嫁他人。

4. 睍睆黃鳥，載好其音。有子七人，莫慰母心。

5.

《正義》：「睍睆，好貌。」有姣好的容貌。黃鳥，此處指音色之好，可指黃鸝。流沙河講，此處「載」，既然之意。詩意表面，黃鳥的樣子那麼好看，聲音那麼好聽，看黃鸝在樹上鳴叫，令人愉悅。緊隨後面兩句的對比。七個沒有出息的兒子，卻連母親安心生活都無法做到，真是連黃鳥都不如。對於母親改嫁這件事，整個詩意都沒有說，做兒子的也不好意思說，只是反復自責自己。

《正義》說：「言母之欲嫁，由顏色不悅，辭令不順故也。自責言黃鳥之不如也。」

流沙河講《凱風》，古人評《詩經》為「溫柔敦厚」，《凱風》的詩意包含的性情，就是「敦」，就是「厚」。

棘，古代所指就很明確，說的就是酸棗。《毛傳》：「棘，棗也。」《爾雅．釋木》：「樲，酸棗。」《爾雅注》：「樹小實酢。」陸佃《埤雅》云：「大曰棗，小曰棘。棘，酸棗也。」陳藏器《本草拾遺》載一段描述酸棗，很是詳細：「惟嵩陽子云：余家於滑台。今酸棗縣，即滑之屬邑也。其樹高數丈，徑圍一二尺，木理極細，堅而且重，可為車軸匙、箸等。其樹皮亦細而硬，紋似蛇鱗。其棗圓而味酸，其核微圓而仁稍長，色赤如丹。此醫之所重，居人不易得。今市人賣者，皆棘子也。」蘇頌《本草圖經》：「野生多在坡阪及城壘間，似棗木而皮細，其木心赤色，莖葉俱青，花似棗花。八月結實，紫紅色，似棗而圓小味酸。當月採實，取核中仁。孟子曰『養其樲棗』是也。」

棘，即今之酸棗，為鼠李科棗屬落葉灌木，現代植物分類學中將酸棗看作棗的變種，俗名有樲、樲棘、棘、小山棗、角針、野棗等，葉較小，核果小，近球形或短矩圓形，直徑〇．七至一．二公分，具薄的中果皮，味酸，核兩端鈍。花期六至七月，果期八至九月。酸棗生食炒食都有益於睡眠。可做棗的砧木，枝多銳刺，可做阻攔的綠籬。分布於遼寧、內蒙古、河北、山東、山西、河南、陝西、甘肅、寧夏、新疆、江蘇、安徽等。常生於向陽、乾燥山坡、丘陵、崗地或平原。

《詩經》注我

《凱風》裡的棘，指的是自然裡的酸棗樹，在北方四季分明的土地上，這是讓人再熟悉不過的山野植物。它長在山野林地，即使遍山荒蕪，也能見到它寒瘦骨立的身影，是個刺身盈果，固執而又難以近人的形象。把它和天下的母親之心相連，來表達愚頑之子感念慈母的一雙跪拜雙膝，在中國詩學裡，《邶風．凱風》要算是源頭。

兒遠行，而父母康健在家，讀到這首詩時，心裡總會想到一幅《母親早春晨練圖》來。遠寒山，近炊煙，薄霧輕攏四野間，胖乎乎的媽媽和清瘦的父親，相互扶攜，穿過鳥鳴露寒、彎折繚繞的河灣小路，到葫蘆河的大橋邊上，到清晨初露的陽光裡去晨練。我喜歡這幅想像裡天天出現在幾千裡外黃土高原上的鄉野情景，在我生活的世界裡，這幅畫就是一幅聖畫像。

遊蕩世界，到處尋找一個埋在地層深處的自己，尋找一個可以用自己的眼光去解釋的世界，這樣的行為，有時候覺得可笑，有時候覺得真實，但總還是覺得這份尋找是作為一個人活著的一份責任，因此，不管在生活世界裡怎樣一次又一次跌到穀底，內心總還是踏實的，風雨寒霜總還能使我笑。但是，盡著自己內心的責任在走，卻把盡人子的責任忘到腦後，雖然時有電話掛懷父母的冷暖安康，但好幾年的時間裡，沒有當著母親的面，叫上一聲媽媽，這又怎麼能算得上是盡到一個做兒子的責任？

今年，還是因為父親身體抱恙，辭了工作，回家小住了一月。幾年裡奔波勞頓，雖心神不怠，但終還是身心疲憊，平日裡人事紛雜，自己也少想及自身的狀態。回到家裡，坐在父母身旁，如同倦鳥歸巢，舉手投足，父母都喜滋滋地在身旁噓寒問暖，衣食不念，才覺得自己奔波當中內心的麻木。閒談的不經意間，看到曾經黑髮如絲的人，幾年光陰裡，已經鬢染華髮。言談中，我默然，母親卻是如孩童過年般的滿臉喜色，雙手拉著兒子的手，好像要把幾年思念時光裡的溫暖全部補還給眼前清清瘦瘦臉有倦容的兒子。

晚上，父母安睡後，回到我住的房間，打開電腦，寫《回家手記》，在清幽的一份心境之外，自問：「你的固執，算不算得上是父母心裡的一根尖刺？」剛到家時，容顏蒼老的雙親，看到兒子出現在眼前，就像突見天上降了祥瑞一樣的驚訝喜悅。小住之後，在父母剛剛才有的一點點身心安然裡，兒子又要人生遠行，去尋找自己不得不去走的人生路徑，生活裡的相離和生命裡尋找中的無奈，讓靜夜緊逼。面對電腦螢幕，內心又一次陷入對自己無法言說的悲哀裡。

母親，是個剛勁而做事快捷的人，雖沒有讀過多少書，但在要做的事情上，總是不輸於人。但對她的這個行事固執柔緩，既不在乎輸於人，也不在乎不輸於人的兒子，懂得不同兒子不同態度的母親，倒從沒有過多少不得不的催逼，電話裡總是說：「育，吃過了沒有？」、「吃的啥？」、「你吃得好嗎？」聽著這個世上自己最熟悉的聲音總會止不住像小時候環在她身側時一樣傻笑。「我和你爸都好，就是經常操心，操心你晚上回到住的地方，總是一個人……」我剛強的媽媽說到這裡，總會哽咽，而我又要說上半天的道理，嘻嘻哈哈聊點其他事，哄得老人笑了，又被她責怪幾句，叮嚀幾句，才能掛上電話。

寫這篇小文，讀到「寒泉之思」，「風過棘裡」，心裡如過電波。母親愛我們兄弟，就如同無聲的大地衛護生長其上的苗木山林。孤獨苦悶時，也曾問自己，做兒子的，遠遊之後，你可曾有過哪怕寒泉一樣的回贈，濕潤過她老人家溝壑乾裂的心房？雖然就我的性格，幾乎沒有說過任何讓母親傷心的重話，但總是一意孤行，不管不顧，總還是她老人家給我的這一份骨肉相連的性格吧……在生活裡獨自行走多年，說不懂父母的心，是假話；而懂得，卻不能讓它安然，又是一份說不出來的沉重。

酸棗樹上的酸棗，可以吃的時候，一般都有指頭肚般大小，青皮時摘了吃，酸澀；寒霜後紅了吃，甘甜。酸澀之後，想來可以將一點甘甜敬贈給父母，能用黃鳥之音，使父母心悅，這是我現在時常祈福的一點念想，希望在破繭之後的人生有時裡，能夠讓我得償所願。

匏瓜

被戲說

《邶風．匏有苦葉》

匏有苦葉，濟有深涉。
深則厲，淺則揭。
有瀰濟盈，有鷕雉鳴。
濟盈不濡軌，雉鳴求其牡。
雝雝鳴雁，旭日始旦。
士如歸妻，迨冰未泮。
招招舟子，人涉卬否。
人涉卬否，卬須我友。

※「鷕」音同「咬」；「卬」音同「昂」。

雜家題解

《匏有苦葉》是《詩經》裡少有的醇厚真摯的感情裡交融著深刻理性的傑出作品。詩意記錄了一個女子在濟水岸邊等待愛侶的惆悵，焦灼的等待中，心頭的那份思念卻由大自然的壯美烘托起來，詩行中間有著對時間流逝的感傷，如此果決敏慧的心靈，讓她的等待多了一份自由樂觀的堅持。

《詩序》脫離詩意，將《匏有苦葉》列為淫亂之詩，對現實已毫無意義。《詩經》很特別，《詩序》和《詩集傳》所說附會了歷史的淫詩，卻都是愛情詩裡傑出的好詩，解脫了儒家道德對人生的殘害和束縛。《詩經》的意義，在純詩和人性自由上，在現代社會裡，正期待著新的昇華。

「我」注《詩經》

1. **匏有苦葉，濟有深涉。深則厲，淺則揭。**

匏

《毛傳》：「匏謂之瓠，瓠葉苦，不可食。」陸璣《陸疏》：「匏葉少時可為羹，又可淹煮，極美。揚州人食，至八月葉即苦，故曰苦葉。」匏、瓠、壺互為別名，通用至今，都是葫蘆科葫蘆屬攀緣藤本。古時蔬菜很少，匏瓜的葉子都是當作蔬菜來吃的。八月葉子變苦，不能食。這個時候匏瓜成熟，風乾後可以系在腰間當渡河的浮子。詳釋見「植物筆記」。

濟有深涉

濟，一說濟水，一說渡口。涉，蹚水過河。

第一句點明季節，匏瓜葉子變苦，夏天來了。河水變深了，等待的那個人要從渡口蹚水過河不那麼容易了。《詩經》的情意總是很克制，內中深意總要讀者去體會。

厲

《說文》作砅。砅，意思是踩著石頭過河。就是在水中間豎起一溜大石頭，每塊石頭之間間距很小，高出水面，人可以踩著石頭過河。南方叫「跳腳石」，也有叫「跳蹬石」的。

揭

挽起褲腳，為揭。據《爾雅．釋水》解釋，過河，水深在膝蓋以下，挽起褲腳，稱為揭；水深超過膝蓋，挽起褲腿過河，稱為涉；如果水深超過腰帶，過河，就稱為厲。以「厲」的方式過河時，就要將葫蘆拴在腰上泅渡。

從描述中，可感受戀愛的人心思如何細密。這兩句話極為奇妙，在《詩經》裡，是極少見的，類似《道德經》的哲理語言。

2.

有瀰濟盈，有鷕雉鳴。濟盈不濡軌，雉鳴求其牡。

有瀰濟盈

瀰，古音為瀰，大水茫茫。盈，渡口已經被大水淹沒。

鷕

《正義》：「雌雉聲。」雌性野雞的叫聲，類似歎息聲。這是第二次約會，大概是夏末初秋，水勢更大，聽著野母雞長長的歎息，將一個純粹、忠貞的熱戀女子的形象躍然眼前。

濟盈不濡軌，雉鳴求其牡

《正義》：「濡，漬也。」打濕。軌、牡，上古同韻，指車輪的軸。古時車輪與現在不同，軸高，輪大。牡又指雄性，代指赴約的男子。女子認為男友的車應該還可以渡過河，來和自己約會。女子傾聽河流浩蕩，鳥鳴急迫，也在默默給自己安慰，給自己信心。內心的急迫，水勢的激流，水淹著轉動的車輪，強烈的對比中，展現著可以浸染的畫面感。詩的內在活力推動著讀者走入詩境。

3.

雝雝鳴雁，旭日始旦。士如歸妻，迨冰未泮。

雝雝

《毛詩正義》：「雁聲和也。」大雁清亮柔和的聲音。女主角從大雁聲音裡聽出了包含的柔情蜜意。這裡體現出中國古詩的一種古典創作法——物動和鳴。天地共鳴的感受顯然要比個人的抒情飽滿多元醇厚。

旭日始旦

旭日指早晨的太陽。始旦，太陽升起來，天已經大亮。可見秋日早晨的美景，朝陽初升的壯觀，正呼應著女子內心殷切的期盼。詩內在的共鳴，強烈又純粹。這種力量，當一次又一次在時空裡發生共鳴，總會有獨特的震撼心靈的力量從詩中釋放。

士如歸妻

士，古時男子統稱，這裡特指男友。從中我們可以推測，這對相愛的男女是一對貴族家庭的子女。歸，《周禮．士昏禮》解釋，指迎娶女子。這裡可以窺見歸字，不是回

匏有苦葉

娘家，多指女子出嫁。

迨冰未泮

迨，《毛傳》：「等也。」泮，合攏。河面結冰總是從兩岸向著中間逐漸合攏，才凍成一片。意思是，你要快點來娶我，不要再從秋天等到河水冰封的冬天。

4.

招招舟子，人涉卬否。人涉卬否，卬須我友。

舟子

船夫。

人涉卬否

人涉，這裡指別的過河的人。卬，《正義》：「我。」

友

指男友。帶著親密的愛稱。將詩意捲進一股又憂愁又甜蜜的氛圍裡。

船夫招手問我，大家都要過河，你要一起過河去嗎？一個果決的「否」字，不。女子很乾脆地回答：「不，我才不。我要等著我的男友過來！」這是非常精彩的對話，句子重複，段落又分割開來，這種詠歎的間隔，其中一定有音調婉轉悠長的變化，將詩中的愛意與熱戀的期盼推向無邊無際的時空。

《匏有苦葉》裡專門提到匏的用途，就是取成熟乾透的匏瓜利用其占比面積大、比重輕、質地堅固的特性，綁在腰部，當作浮水渡河的工具。這類原始的浮水工具，應該算是現代救生圈的雛形。

葫蘆科的植物，《詩經》裡提及的種類，有特別的區分。比如《匏有苦葉》中的「匏有苦葉」，應該是我們所說的葫蘆；

《豳風．七月》提到的「七月食瓜，八月斷壺」中的瓜，說的應該是甜瓜；《小雅．南有嘉魚》中所說「甘瓠累之」的瓠，應該泛指瓠子一類的菜瓜。

古代先民對匏、瓠、壺盧（也就是葫蘆）分類比較混亂，三者常常互為別名。《鄭箋》：「瓠葉苦而渡處深，謂八月之時，陰陽交會，始可以為昏禮，納采、問名。」苦葉一說，也可以看出，早期農耕時代，通過栽培的蔬菜很少。匏葉在春夏時節，曾做過蔬菜。秋天到來，葉子變老，味道變苦，就不能食用了。《毛詩陸疏廣要》載：「匏葉少時可為羹，又可淹鬻，極美。」《說文解字》遵從《毛傳》：「匏，瓠也。」陸佃《埤雅》說：「長而瘦上曰瓠，短頸大腹曰匏。」《本草綱目》：「古人壺、匏、瓠三名皆可通稱……以今參詳，其形狀雖各不同，而苗、葉、皮、子性味則一，故茲不復分條焉。」

《中國植物志》載，葫蘆科葫蘆屬植物有一個種和三個變種，分別是葫蘆、瓠子、瓠瓜和小葫蘆。葫蘆，又名瓠、匏、蒲蘆、壺盧、蒲子。此處匏，指葫蘆科葫蘆屬葫蘆最為貼切。

葫蘆為一年生攀緣草本；莖、枝具溝紋，被黏質長柔毛，老後漸脫落；葉片卵狀心形或腎狀卵形，兩面均被微柔毛。卷鬚纖細，初時有微柔毛，後漸脫落。雌雄同株，雌、雄花均單生。果實初為綠色，後變白色至帶黃色，果形變異很大，因不同品種或變種而異，有的呈啞鈴狀，有的呈扁球形、棒狀，成熟後果皮變木質。種子白色，倒卵形或三角形，長約二十毫米。花期夏季，果期秋季。

葫蘆種子稱「瓠犀」，古代常用來形容女子牙齒潔白整齊。果實成熟後中空，外殼木質化，煮曬處理後，可用來製作瓶壺、舀瓢、匙羹、藥罐等物品。古人系在腰部浮水，因此又有「腰舟」的叫法。葫蘆還是製作樂器的重要原材料，

《堯典》中，匏為八音之一，是製作笙、竽等樂器的原材料。葫蘆因枝蔓較長，藤上多結子實，因此是子孫繁盛的象徵。

《詩經》注我

《邶風．匏有苦葉》所寫，在湍急的河岸邊，正站著一個年輕女子，她癡癡地看著河流兩岸，鳥鳴物動攪擾著心意波瀾。她內心焦慮，等著遲遲未來的愛人，心頭無限悵茫，但愛的心意又是如此篤定。

匏瓜是如此決然愛戀心志的一個迷人腰飾。

「不是這河我過不去，水深的話，我腰繫匏瓜，就可以浮游；水淺了，我撩起衣襟就可以走到對岸，但我的愛人沒有到，我的愛人還沒有到我身邊來啊！」

「深則厲，淺則揭」，如此純粹客觀的白描，卻將深情厚意的滋味濃縮其中。

「匏有苦葉」的「苦」意，有伴隨歲月，逐漸枯萎，卻又固執堅貞的心情。這讓詩意內含的苦味深處，顯出一絲溫暖的熱力。詩裡最後望著空處的眼光，不是指向一個結果，而是讓情感的抒發落在沒有到來的期盼裡，倒讓這首簡短的詩，彌漫出一股千年都沒有散去相思的長詩的感觸。但等待的堅持從來沒有變過，對愛的信任沒有過一絲退讓。希望總在，只是憧憬的結果還沒有來到。這也是人面對天地蒼茫，悲喜交加的一種不止於相思的共鳴。不管已經擁有至愛，還是等待著愛的到來，讀《匏有苦葉》，品咂詩的滋味，總會有一種深沉含實的蕩漾，彷彿我們心裡的理想也正和古雅的匏音一起鳴響。

掛在藤架上憨憨的匏瓜，隨著歷史文明的河水流淌，它給予人的，除了福至心靈的淘洗，還有情喚情深的激發。

孔子和子路之間，有個和匏瓜有關的故事。有一次，孔子想到叛臣佛肸處應聘當官，子路不理解老師這樣的行為，他說：「老師你不是常教誨我們，正人君子對做壞事的人，是不屑也不能與之為伍的嗎？你現在這麼做，是什麼道理？」子路的語氣裡是深深的埋怨。孔子解釋說：「子路啊，老師我，總是個人。道德仁禮的厚度，並不會因為被磨石磨而變薄，也不會因為被淤泥汙染而變髒。這個道理，你總該明白。我總不能一天像個匏瓜一樣掛著，什麼事不幹，天天等著吃乾飯吧。」子路一聽，也對啊。子路終歸是個莽夫，但沒有子路這麼問孔子，也就不會有被稱作「於理變通」的「匏瓜理論」在社會生活裡傳播。儒家思想在匏瓜的圓肚子上跑起來，是個屈於外而直於內的世界。

小時候，在自家的院子裡種過葫蘆，葫蘆也是匏瓜的一種。春天來時，輕莖繞藤；仲夏時節，架上冒出小家碧玉似的黃色小花，我忍不住會用沾了泥巴的手指掐掉未結果實的假花。坐了果的小花，像小花生膨生長大，在門口竹架子上被我天天呵護著，像個眉眼會笑的小佛爺，一直長成秋風裡含眉帶笑的彌勒佛。等到在《匏有苦葉》裡讀到匏瓜的深情相思，到對身邊長得綠瑩瑩的菜蔬，更有一份別樣的端詳。

匏瓜在日常裡的一處妙用，就是古人做成舀水的水瓢。秋霜裡老熟後的匏瓜，一破兩半，做成水瓢，它在泥盆陶缸的水面上晃蕩，就像《匏有苦葉》裡所說的「深則厲，淺則揭」的古語一樣，飲一瓢水的取捨裡，同樣有「弱水三千，飲水一瓢」的千古況味。

苦菜和薺菜

悲喜合鳴的喑啞

《邶風・谷風》

習習谷風，以陰以雨。黽勉同心，不宜有怒。
采葑采菲，無以下體？德音莫違，「及爾同死」。
行道遲遲，中心有違。不遠伊邇，薄送我畿。
誰謂荼苦，其甘如薺。宴爾新昏，如兄如弟。
涇以渭濁，湜湜其沚。宴爾新昏，不我屑以。
毋逝我梁，毋發我笱。我躬不閱，遑恤我後。
就其深矣，方之舟之。就其淺矣，泳之游之。
何有何亡，黽勉求之。凡民有喪，匍匐救之。
不我能慉，反以我為讎。既阻我德，賈用不售。
昔育恐育鞫，及爾顛覆。既生既育，比予于毒。
我有旨蓄，亦以禦冬。宴爾新昏，以我禦窮。
有洸有潰，既詒我肄。不念昔者，伊余來塈。

※「湜」音同「石」；「讎」音同「仇」；「鞫」音同「菊」。

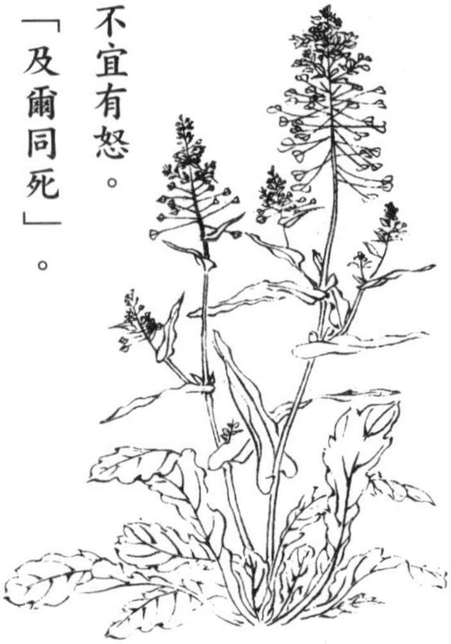

雜家題解

作為《詩經》裡表達怨憤之情的長篇佳作，《谷風》聲色相匯，渾厚深沉，纏綿悱惻，怨而不怒，將一個「德音莫違，『及爾同死』」的女子內心如泣如訴的幽怨，刻畫入微，寫到驚心。程俊英說，怨婦越是一往情深，讀者的悽愴之情越是追隨詩意蕩漾，人的憐憫之情由此越是被一次次喚醒。託名卓文君的《白頭吟》，可與《谷風》對照，兩首詩中，「願得一人心，白首不相離」的兩個女子，遭受了同樣遇到負心漢的悲慘命運，一個性情剛烈，一個幽怨纏綿，可見出中國女子追求個人幸福的兩種截然不同的態度。以《谷風》來理解《詩經》的溫柔敦厚，可察覺，中國古詩詩音的基礎，在追求生命和諧與心靈自由的基調上，同現代詩有一體的部分，但對天道的窺探中，同時又有一種自覺對秩序的遵從。正是這種遵從秩序的自覺，將「敦厚」之意滲透進了《詩經》的每一個角落。

古代女子，從一開始便被剔除於權力中心之外，男女的地位極不平等，女子在從屬性的社會地位上，總是遭受束縛和欺淩的一方。先秦男女沒有離婚一說，男子可以休妻，而女子只能被動承受婚姻的裂變。《谷風》就是以一個被丈夫休掉的妻子的口吻寫成的怨詩。《邶風．谷風》還可與另一首敘事長詩《衛風．氓》同題並舉。夫妻之間，只可同患難，不可共富貴的出處，也出自《谷風》。

「我」注《詩經》

1. **習習谷風，以陰以雨。黽勉同心，不宜有怒。采葑采菲，無以下體？德音莫違，「及爾同死」。**

習習 猶風做颯颯之聲，連綿不絕。《正義》：「習習，和舒貌。東風謂之谷風。陰陽合，而谷風至，夫婦和則室家成，室家成則繼嗣生。」嚴粲《詩緝》：「來自山谷之風，大風也，盛怒之風也。又習習然連續不絕。……又陰又雨，無清明開霽之意。」

黽勉 《釋文》：「猶勉勉也。」黽，勤勉，努力。雙聲同音。

詩一開始，妻子對丈夫說，婚姻生活本就像和風細雨，需要的是同心協力，不要動不動就發脾氣。開頭四句，詩言高度概括了世間婚姻謀得長久的本質。

采葑采菲 葑，蔓菁，葉、根可食。陸璣《陸疏》：「葑，蔓菁，幽州人或謂之芥。」北方俗名辣疙瘩菜。菲，《毛傳》：「菲，芴也。」《通釋》：「菲、芴一聲之轉，菲、菔、葩聲亦相近，蘆菔，今作蘿蔔。」

無以下體　指要葉不要根，喻丈夫喜新厭舊。下體，指根部。

德音　美言，指當初兩人戀愛時說過的海誓山盟的情話。

妻子說得苦口婆心，人對愛人的選擇，就像採收蔓菁和蘿蔔，難道只注重葉子的好看，全不看重地下根莖的大小嗎？當初情到深處的時候，不是說過，雖不是同生，但求同死。那些話，難道你都忘了嗎？

2.

行道遲遲，中心有違。不遠伊邇，薄送我畿。誰謂荼苦，其甘如薺。宴爾新昏，如兄如弟。

行道遲遲，中心有違　妻子被丈夫下了休書，趕出家門。《毛傳》：「遲遲，緩行貌。」中心，指心意。行動與心意相違背。

不遠伊邇　伊，語氣詞，加強後句「邇」的語氣。邇，近。

薄送我畿　薄，王夫之《詩經稗疏》「方言：『薄，勉也』」。好歹，勉強。畿，附近。京畿，指國家首都附近。我畿，指家門口。

此章是悲痛怨憤之言的開端。詩意是，走在路上，我實在不願離去。腳步的方向與我心意的歸宿是相互悖逆的。可是，你連一點遠送的意思都沒有，只是勉強把我送到家門口。

荼 苦菜，為菊科苦苣菜或苣蕒菜。

薺 十字花科薺屬薺菜，可生食，可炒煮，自古為鮮美野菜。詳釋見「植物筆記」。開頭兩句為對比，與被丈夫拋棄的痛苦相比，苦菜的苦，就和薺菜一樣甘甜了。心上實在是苦上加苦。

3. **涇以渭濁，湜湜其沚。宴爾新昏，不我屑以。毋逝我梁，毋發我笱。我躬不閱，遑恤我後。**

宴爾新昏，如兄如弟 宴爾新昏，之後演化為成語「燕爾新婚」，夫妻新婚，用兄弟之情形容，本不合適。這裡暗含丈夫與新婦狼狽為奸，表達了棄婦對丈夫的憎惡。

涇以渭濁 涇水、渭水源出甘肅，在陝西高陵合流。原本涇水濁，渭水清。這裡用涇水的濁，代指婦人韶華已逝，臉色憔悴；用渭水的清，代指新人韶華初上，容顏美麗。

湜湜其沚

湜，《說文》：「湜，水清見底也。」沚，指河底。這裡指，自己雖然容顏憔悴，但品德清澈無瑕。

不我屑以

這是周朝時期的表達，類似之後「不屑於我」的倒裝句式。你們新婚宴爾，對我不屑一顧，當我不存在一樣。詩行中隱隱可見新人的驕橫和丈夫對新婦的嬌寵。

毋逝我梁

逝，往也。梁，魚壩，用石頭堆疊的水渠，將水流引向放有魚笱的水口。

毋發我笱

發，拔的通假，搞亂。笱，捕魚的工具，用竹子或藤條編成，口大，頸部有倒置裝置，魚容易遊進去，卻無法遊出來。

我躬不閱

躬，自身，暗含委曲求全之意。閱，容納。

遑恤我後

遑，哪裡來得及。恤，擔憂。後，一種說法指我走後怎麼還能顧得上樑、笱的情形，一種說法是指婦人的孩子。不要到我的魚梁去，不要搞亂我捕魚的笱簍。即使我想委曲求全留在家裡，你們都不能容納我，我的孩子要在家裡生活下去，擔心他們的生活只會更加艱難。

4. **就其深矣，方之舟之。就其淺矣，泳之游之。何有何亡，黽勉求之。凡民有喪，匍匐救之。**

方之舟之

方，筏子。舟，船。都為周時古音。表面是名詞，內在又像動詞，含有渡的意義。

泳之遊之

泳、遊，《詩集傳》釋：「潛行曰泳，浮水曰遊。」《毛詩正義》：「隨水深淺，期於必渡，以興己於君子之家事，隨事難易，期於必成。」意思是，遇到水深的地方，我就紮筏子划船渡過去；在水淺的地方，我就直接遊過去。為了這個家庭，我沒日沒夜，不計辛勞。《鄭箋》：「君子何所有乎？何所亡乎？吾其黽勉勤力為求之，有求多，亡求有。」不管多艱難，什麼時候我都在為這個家庭的安寧富有想辦法。

凡民有喪

朱熹《詩集傳》：「又周睦其鄰里鄉黨，莫不盡其道也。」

匍匐救之

匍匐，手足伏地爬行之狀。救，竭盡全力。盡全力和鄰里處好關係。

5. **不我能慉，反以我為讎。既阻我德，賈用不售。昔育恐育鞫，及爾顛覆。既生既育，比予于毒。**

慉

收留。「不我能慉」為「不慉於我」的倒裝。

既阻我德

這裡「我德」的結果，與後面「賈用」相銜接。

賈用不售

賈，賣。用，通傭。有了新歡，不僅不在家中收留我，反而把我看作仇人。為了維持家庭和睦，我甚至把自己當作雇來的傭人，連這樣的好意，你們都要拒絕。

育恐育鞫

《詩集傳》：「育恐，謂生於恐懼之中。育鞫，謂生於困窮之際。」

顛覆

指患難。昔日我們在恐慌窮困的生活裡患難與共。

既生既育，比予於毒

有兩種說法，一種說法指生活越來越好，一種說法是生兒育女，生活圓滿。毒，聞一多《詩經通義》釋毒蟲。此兩句幾乎傷心欲絕。諺語有，夫妻可共患難，難以共富貴。寓意正來自此處。這種說法影響後世深遠。

6.

我有旨蓄，亦以禦冬。宴爾新昏，以我禦窮。有洸有潰，既詒我肄。不念昔者，伊余來塈。

我有旨蓄

旨，美味。蓄，儲蓄。此處為名詞，過冬的醃菜。北方冬天，全以醃菜作為過冬的儲備菜。此句悲從中來，憂憤難忍。忍不住說出了譴責的話。個性化的語言，讓詩意更貼近人心，詩言更顯靈動。詩意是，我有冬儲的醃菜，你們拿去過冬好了。你這個負心人，依靠我你才度過了那些窮困時光，現在卻在我辛苦掙來的家業裡享受你們的宴爾新婚。

有洸有潰

《說文》：「洸，水湧光也。」指水波蕩漾。《毛傳》：「洸洸，武也；潰潰，怒也。」潰，大水決堤。指婦人在家中的艱難處境。

既詒我肄

既，盡，全。詒，遺留。肄，為勩的通假字。《爾雅》：勩，勞也。指辛苦的工作。

伊餘來塈

伊，語氣詞，怒氣轉緩。來，全詩「來」字多與「是」字同義。塈，馬瑞辰《通釋》：「愛，正字作炁（愛的異體字）。《說文》，『炁，惠也。㤅，古文』。是㤅即古文愛字。此詩塈疑㤅之假借。伊餘來塈，猶言『維予是愛』也。仍承『昔者』言之。」意思是：不僅對我捶打怒罵，而且還把所有的家務留給我來做。你就不想想當初，我是怎麼愛你的。詩以塈字的愛意作結，原本應該是在怨憤怒火中的訣別，卻為一首怨憤的長詩留下一聲長長的歎息，即使這個男人如此禽獸不如，被趕出家門的妻子心底依然為他留了一絲眷戀的氣息。這份眷戀不是為一個人，而是為一份曾有的愛情。

7.

《谷風》以怨結詩，訴說了一塊婚姻的絕地。但詩真正的好，是訴盡了這個絕情世界，依然為心中絕望留下的那點餘地。詩魂由此溫暖著千百年來時間深處冰冷無望的人心。這點餘地，不是諒解，而在期盼。

1

荼，《毛傳》解釋：「荼，苦菜也。」陸璣《陸疏》：「苦菜，生山田及澤中，得霜甜脆而美，所謂『堇荼如飴』。」郭璞《爾雅注》：「《詩》曰：『誰謂荼苦』，苦菜可食。」《本草綱目》卷二十七苦菜：「荼，苦苣、苦蕒、遊冬、褊苣、老鸛菜、天香菜。苦荼以味名也。經歷冬春，故曰遊冬。《嘉祐本草》言，嶺南、吳人植苣供饌名苦苣，而又重出苦苣和苦蕒條。今並並之。」古人認為苦菜是苦苣和苦蕒。但對苦蕒和苦苣的區分比較混亂，一時認為苦苣菜和苦蕒菜是兩種植物，因為植物特徵非常接近；一時又認為兩者可能是同一種植物。《易通卦驗玄圖》云：「苦菜生於寒秋，經冬曆春，得夏乃成。一名遊冬。葉似苦苣而細，斷之有白汁，花黃似菊，所在有之。」此處所指苦菜更像是苣蕒菜。

荼的意義並非專指，《詩經》裡，荼有時指禾本科茅類植物的花，如，出其闉闍，有女如荼；有時指田間野草，如，以薅荼蓼。

現代植物分類學裡，苦蕒菜是一年生草本，顯然不是古人眼裡「經冬曆春乃成」、「冬不枯」的植物。人工栽培的苦苣菜，新葉鮮嫩時採摘，葉子已無苦味。杜甫在《園官送菜》一詩裡寫道，「苦苣刺如針，馬齒葉亦繁」，這裡所描述的苦苣，正是園中栽培的苦苣。但野生苦苣菜的葉子依舊有苦菜之實。苣蕒菜的嫩葉，味苦，採摘的嫩葉必須熱水燙過，再在涼水裡浸泡去除苦味，才可食用。隴上人常以苣蕒菜（當地俗名依舊沿襲古名苦苣菜）汆燙去苦味，用麵湯浸泡發酵，做成製作漿水麵的原湯。

苣蕒菜為菊科苦苣菜屬多年生草本植物，根垂直直伸，有根狀莖。莖直立，高三百至一百五十公分，有細條紋。基生葉多數，與中下部莖葉全形倒披針形或長橢圓形。生於上坡林地的潮濕地帶和近水旁，或村邊或礫石灘，海拔三百至兩千三百公尺，中國華北、西北、東北廣布。

2

《毛傳》：「薺，甘菜。」《本草綱目》卷二十七薺菜：「護生草。薺生濟濟，故謂之薺。釋家（指佛教）取其莖做挑燈杖，可辟蚊、蛾，謂之護生草，云能護眾生也……葉作菹（指酸菜）、羹亦佳。」

薺菜雖然長得比較袖珍，但生命力極強。自古被稱為「野菜珍品」。薺菜不僅生食甘美，做成菜羹也非常受歡迎，在中國早期艱苦的農耕時代，薺菜不僅味美，而且還承擔了救民於水火的職責。《詩經》裡「其甘如薺」的菜色，應該也是古老先民對於薺菜的如實記錄。《楚辭》：「故荼薺不同畝兮。」可見春秋戰國時期，薺菜和苦菜都已經是栽培的蔬菜。庶人有東坡羹的菜羹，便是以薺菜做成。陸遊寫他喝的一種菜羹「有食薺糝甚實美」，應該是將薺菜和五穀煮成的菜粥，雞鴨遊魚的油膩菜式中間，喝上一碗淨腸草（薺菜的別名）的菜粥，自是無上的美味。薺在中醫上有利尿、止血、清熱、明目、消積的功效，《食經》說薺菜「補心脾」，民間更有「春食薺菜賽仙丹」的說法。清明時節，不管北方還是南方，現在依然流傳有「薺菜煮雞蛋」的習俗，雖然這樣的說法有些誇大，但薺菜與中國飲食的緊密關係，一直保持了下來。與飲食相關的百草之中，薺菜能得以一個「甘」字的美名，說明了古人對薺菜的喜歡，與現代人所體會的「甘」是有所不同的。

薺菜是別名，植物分類學上稱為薺，是十字花科薺屬一年或二年生草本。別名有雞心菜、淨腸草、百歲羹、清明草、地米菜等。高十至五十公分，主根細長，莖直立，單一或自下部分枝，全株具毛。葉分基生葉和莖生葉兩種。花小，白色，花瓣四片，排列成十字形。短角果，倒三角形或倒心形，扁平，內含種子多粒。花果期四至六月。全中國廣布。

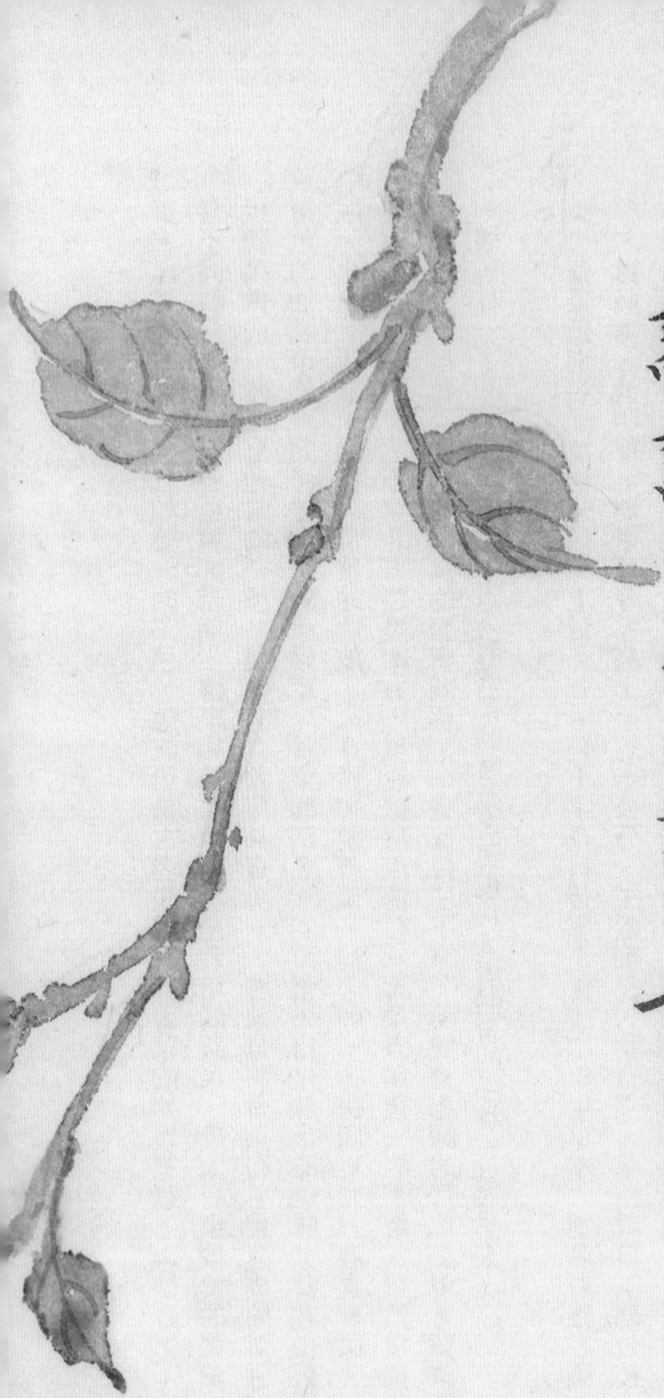

茶

誰謂茶苦 其甘如薺

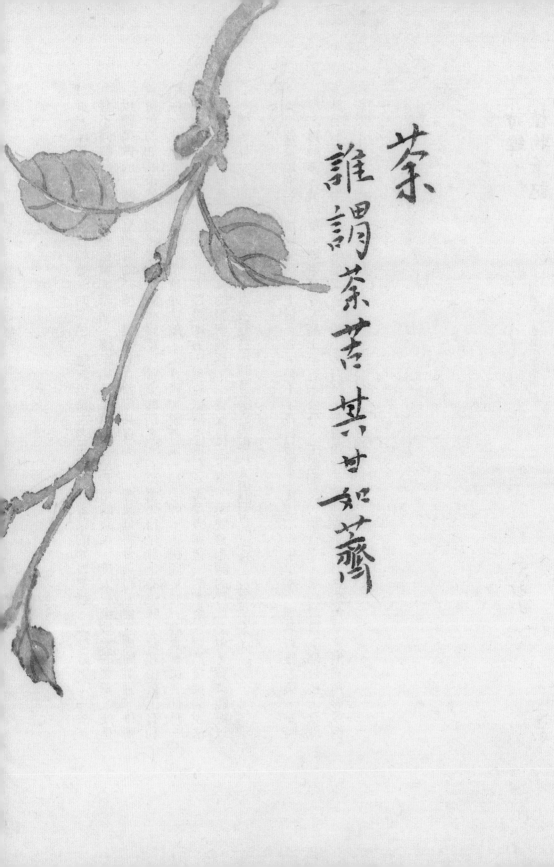

《詩經》注我

《谷風》之詩，寫出了一個憂傷、哀怨、悲情的世界。讀著千年之前的《谷風》，感覺人心的欲念是如此真實，人一出生，在動物本能裡誕生的喜新厭舊的劣根性，自古如此。共患難時相依相守，同富貴時分崩離析。

在中國的古典詩詞裡，《谷風》是怨婦詩裡讓人難忘的形象之一。這個棄婦的天性裡，軟弱勝過質直，她是哪怕自己被傷害也不願傷害別人的人。解讀這個女子的人生經歷，讀者自己也會產生一種壓抑。但詩中內含的這股不平，也正是作者的目的。生活本身就潛藏著一種特質。生活中，在人生的迷霧裡穿行，生活本就如此神祕，又被未知的苦澀滲透。被遺棄女子說，苦菜雖苦，但它的餘味也和薺菜的餘味一樣，是甘甜的。這裡頭有一種「含辛茹苦」的生命自許，雖然薄情人令她心傷，但不為自己的付出後悔。

《谷風》中淒涼慘澹的傾訴，並沒有將一顆心靈碾碎。跨越千年的時光，那個陽光映照的山谷裡，冷颼颼的風勢依然浸透著人心。

屬於菊科的苦菜，和我從小熟悉的苦蕒菜有些相似，西北鄉下將苦蕒菜也叫作苦苣菜。這種西北黃土裡生長的苦苣菜，我不僅熟悉，而且是從小吃到大的野菜。十字花科的薺菜，西北鄉下隨處可見，小男孩性情玩虐，戲耍山野，揮灑狂野的皮性，自然對苦苣和薺菜是熟悉的。春夏之交，黃土高原的陡坡畦窪間星羅棋布著蔥綠的野味，也正是採摘苦苣和薺菜的好時節。媽媽用我們採摘來的野菜，製作成醃製的漿水，很可能，這種醃製的方法是古老遺風的傳承。西北特色的麵食裡，苦苣漿水麵是其中一道獨有的麵食，苦苣給了漿水麵獨有的酸澀和清涼，那種發酵的獨特味，大概只有西北人才吃得習慣吧。在酷暑盛夏，一碗漿水麵會讓人吃得樂而忘暑。做漿水麵的漿水，最合適的選材，就是春夏長在山野上的苦苣嫩芽，將苦苣過了滾燙的開水，捏成一個個菜疙瘩，擠出苦汁，放涼了，裝進瓦缸，倒入滾燙的麵湯，發酵三四日，苦菜湯就變成了酸澀清涼的發酵過的漿水。盛夏，我總會到家中的窯洞裡，取上一瓢乳奶般清涼的漿水，一氣飲下，那種透心的淡淡苦味，是什麼冰鎮可樂、橙汁都難望其項背的。小時候，發燒感冒，或者咽喉發炎，只要病痛尚輕，媽媽外婆的常備藥劑，就是喝點漿水再說，效果總是額外地好。

苦苣因其遍布山野，又含辛苦之味，所以從來都不是宮門裡的野味佳品。黃土大地上的老百姓，幾千年來，遇上吉年便拿苦苣做小菜，遇上荒年便吃著苦苣做主食。日子就這麼熬著。從某種意義上，苦菜的韌勁，含苦，遍野得生，體現的不僅僅是植物本身的屬性，也可以算是中華農耕文化衍生背景的一部分基質。

野地裡，苦苣生長的地方，同時也有薺菜混生期間。小朵青嫩的，常被摘來當家裡桌上的青菜吃；而長的已經開了碎白小花的，則連根拔起，做了打豬草。薺菜的個性是平和的，它既像個受氣包，又像個淘氣鬼，用一副平常的面目混在滿地的綠色中間，似乎不希望讓人輕易分辨出它藏在身子裡的那種自然生我獨一無二的樣子。薺菜可以獨立做成一道主菜，清淡寡和，還可以入湯，也可以做其他菜裡的伴侶。薺菜入口甘甜，怪不得古人很早就叫它甘菜。

《谷風》的裂口不斷撕開，將人性裡隱藏的那種雄壯的悲劇性展示出來。從古希臘到黑格爾，一般都認為，必然性是悲劇的要素之一，也就是說，一個人物，從一開始，他的悲劇特色就已註定，直指一個悲劇性的結果。悲劇人物，不管他的最初人生是怎樣地輝煌迷人，最終，總是要回到一片荒涼的曠野之上，並且從骨子裡滲出必然到來的苦澀汁液來。這種苦菜的自性，正是悲中之喜中包含人性永不熄滅的救贖情懷。中國上古時代的文化裡，預埋了很多悲劇複生的種子，苦菜和薺菜作為悲劇舞臺布景的一部分，由此登上中國文學的舞臺，品味《谷風》裡的自成哀怨，那種跌宕起伏的節奏，有著人們對命運的如泣如訴。

《谷風》裡苦菜和薺菜在一個悲劇舞臺上的共同登場，讓兩種平凡草木，又有了「悲苦」和「甘甜」意象的和鳴。想想《紅樓夢》和《西廂記》，如此宏大的兩部劇作，一個如茶，一個如薺，不就是用茶薺兩種植物的習性簡妙演繹出來的愛情長詩。人生，不就是一腳踏著苦澀，一腳踩著甘甜，在這樣的交替平衡中，走完生命旅程的嗎？

薺菜

誰謂荼苦其甘如薺

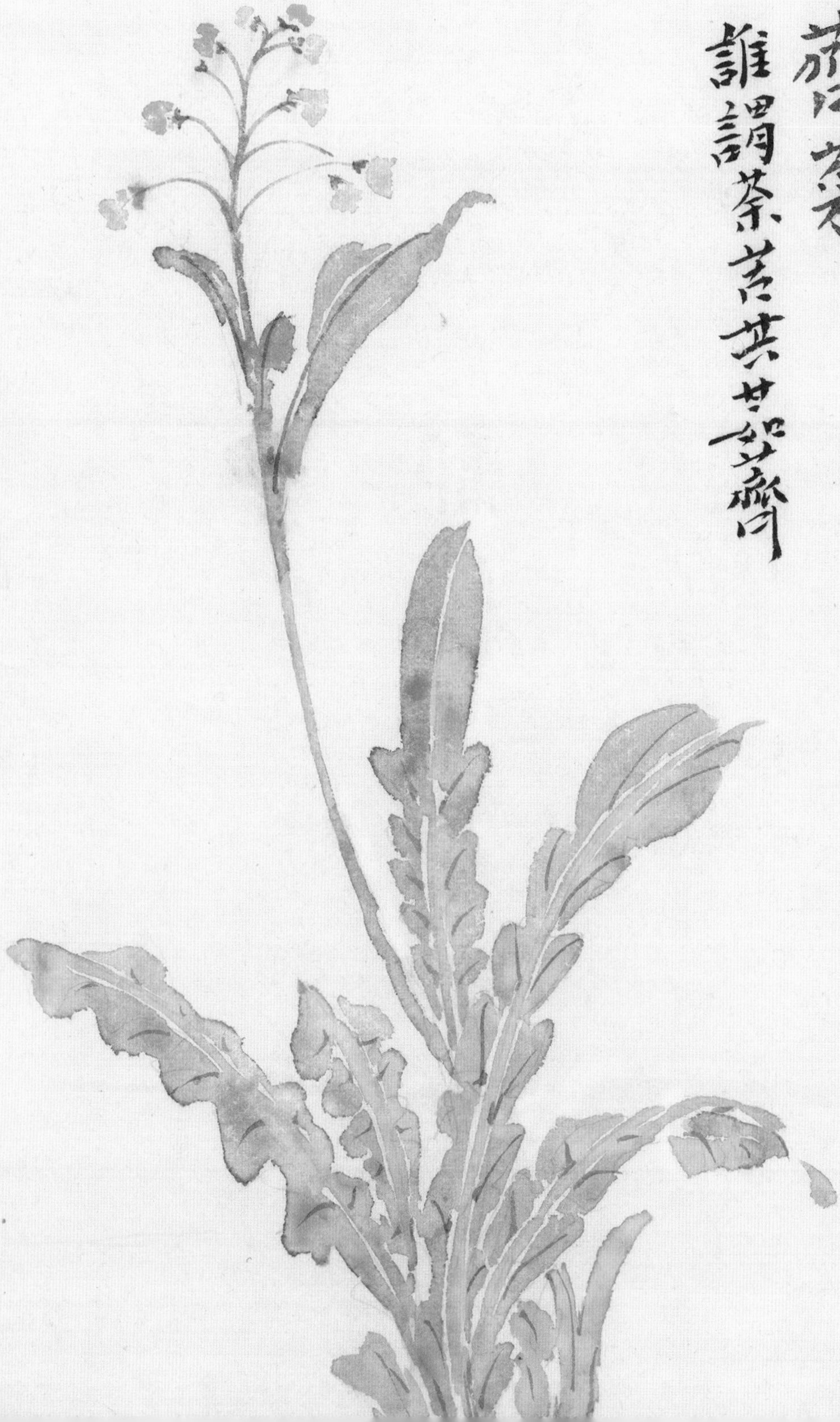

鄘風

菟絲子

解讀一點吸附和寄生的藝術

蒺藜

暗夜一激靈

毛泡桐

沉鬱和輕盈之間

地理位置

鄘為存在時間很短的古國名。周武王滅紂即位後，為安撫商朝舊族，封紂的兒子武庚管理商朝的舊都殷墟（今河南安陽），為防止武庚叛亂，又在殷墟的周圍設置了三個封國，北為邶（今河南湯陰縣東南），南為鄘（今河南衛輝市東北），東為衛（今河南淇縣附近），派自己的三個弟弟管叔、蔡叔、霍叔分別守衛三個地方，史稱「武王三監」。後來武庚果然引誘三國共同謀反叛亂，周公率兵鎮壓，殺武庚，合併三國為衛。

王應麟《詩地理考》載，鄘城在汲縣東北，位置在今河南省衛輝市。流沙河講是淇縣西南方一個很小的城鎮榮城，即古鄘國所在地。杜佑《通典》稱，「新鄉，縣西南三十二裡有鄘城，即鄘國」。有人認為，在今新鄉縣大召營鎮代店村和店後營村附近。

蒺藜

暗夜一激靈

《鄘風．牆有茨》

牆有茨，不可掃也。
中冓之言，不可道也！
所可道也，言之醜也！
牆有茨，不可襄也。
中冓之言，不可詳也！
所可詳也，言之長也！
牆有茨，不可束也。
中冓之言，不可讀也！
所可讀也，言之辱也！

雜家題解

《牆有茨》是世風淪喪之時民風的回音，哀世之悲與民怨之憤將一個國家的危機深埋詩中。中國的歷史，世代更替，《牆有茨》的憤言刺語，總能讓人察覺國之不死。《牆有茨》內含的深意在一個「憂」字。

《牆有茨》詩的內容和歷史背景都很鮮明，說的是對衛國宮室淫亂之風的諷刺。但讀《牆有茨》的態度，總還是有些複雜，從中國詩學的角度看，被《牆有茨》諷刺嘲笑的女子宣姜，是中國文學史裡有據可查的第一位女詩人許穆夫人的母親。許穆夫人不僅是一位出類拔萃的詩人，還是一位志勇不凡孤身救國的奇女子。這讓人讀《牆有茨》的嘲諷時，終歸會夾雜一絲悲憫。

西元前七百年，衛國國勢已衰，衛宣公卒，年幼的太子朔繼位，為衛惠公。《左傳·閔公二年》載：「初，惠公之即位也少，齊人使昭伯烝（與母輩淫亂）於宣姜。不可，強之。生齊子、戴公、宋桓夫人、許穆夫人。」惠公即位時年幼，齊國人為了鞏固惠公君位，保持齊、衛兩國的穩固關係，強迫衛宣公的庶子昭伯娶了後母、衛惠公的母親宣姜，即使昭伯不願意，也強迫他們在一起。這樣亂倫的事，衛國朝野沒有人不知道，只是懾於強大齊國對衛國政治的控制，不敢明說，因此做《牆有茨》，表達民眾的羞恥之心與憤懣之意。詩意背後宣姜的命運，也值得玩味。從某種意義上，宣姜的個人生命史，借由《牆有茨》的詩中陰影，亦可以窺見一二。

宣姜原為齊國公主，因美貌揚名，亦因美貌造成了她多舛的命運。原本衛宣公要為太子伋（急子）向齊國求娶宣姜，衛宣公聽回來的使臣說宣姜十分美豔，就半路上強娶了宣姜為妻，生了公子壽和朔（即後來的衛惠公）。《左傳》中關於宣姜的記錄，只有簡單的兩條，她的姓名，她的話語，沒留下任何記錄。若要說男權世界裡宣姜是紅顏禍水也罷，或從人性的角度說宣姜的悲劇人生也罷，《牆有茨》都像是後世演義、評說、快板的一個前奏曲。

「我」注《詩經》

1. 牆有茨，不可掃也。中冓之言，不可道也！所可道也，言之醜也！

茨　《毛傳》：「茨，蒺藜也。」蒺藜，又名白蒺藜，蒺藜科蒺藜屬一年生草本，果實有銳刺。普遍在地上匍匐生長，牆上生長是特殊情況。周朝的「牆有茨」，類似現代人為了防賊，在牆上插玻璃碴子，或做有刺的鐵絲網護在外牆上。詳釋見「植物筆記」。牆上的蒺藜，不要掃掉。拔掉的話，賊就進來了。

中冓　陳奐《傳疏》：「中冓與牆對稱，牆為宮牆，則中冓當為宮中之室。」內室的話，男女的枕邊話，不要拿到外面來說。

所　「是」和「若」相連，「若是」。若是拿到大庭廣眾之下說，就不夠文明，有傷風化。

2. 牆有茨，不可襄也。中冓之言，不可詳也！所可詳也，言之長也！

襄 古本作攘，《說文》：「解衣而耕。」引申為除去。

詳 詳細。

長 這個長，不讀「常」，讀「漲」。就是內室的話不能細說，如果細說，那就顯得骯髒了。流沙河先生還為「長」這個字講了個發現其意義的故事，很能說明中國文脈因延而續不至斷裂的因由。我將這個故事記錄下來，也算是我讀《牆有茨》受益於前輩學人的一份紀念。流沙河先生說：「長的這個讀音不是我發現的，是我的一個老朋友，很有名的何劍熏教授，他本來是重慶大學中文系教授，後來也成『右派』。『文化大革命』剛開始的時候我去看他，我們兩個『右派』在茶館裡聊起這個詩，我就問他，那個『言之長也』是什麼意思？當時我還讀成『常』。他說，那個長就是髒。可惜何教授八十年代中期就去世了，他沒有寫出文章來說這個問題，現在我把他的發現介紹給大家，也是借此機會紀念這位長者，我的老朋友。」《牆有茨》的這種旁枝生花，意趣敦厚，很好。

3. **牆有茨，不可束也。中冓之言，不可讀也！所可讀也，言之辱也！**

束 捆綁，收起來，收拾乾淨。王先謙《集疏》：「束是總集之義，總聚而去之，言其淨盡也，較掃、襄義又進。」

讀 整理成可讀的文字。此處流沙河說：「指點斷整理。古人讀書沒有標點符號，拿到書後，要自己用標點去『點斷』。標點符號只有兩種，畫一個圈叫句，點一個點叫逗。」這裡的讀，就是逗的意思。如果點斷整理成可以抽取閱讀的文字，那就太恥辱了。

4. 衛室衰弱，國君荒唐，以淫亂國。《牆有茨》記錄的是國家廉恥盡喪，國人悲痛難忍而發聲。故詩言不忍道，不忍詳，不忍讀。

蒺藜

牆有茨不可埽也

茨，古今名一致。《毛傳》：「茨，蒺藜也。」郭璞《爾雅》注：「布地蔓生，細葉，子有三角，刺人。」陳啟源《毛詩籍古編》：「蒺藜有二種，子有三角刺人者，杜蒺藜也；子大如脂麻，狀如羊腎者，白蒺藜也。……杜蒺藜布地叢生，或生牆上，有小黃華，《詩》『牆茨』、『楚茨』指此。」《本草綱目》卷十六蒺藜：「茨、旁通、屈人、止行、豹羽、升推。（弘景曰）多生道上及牆上，葉布地，子有刺，狀如菱而小。長安最饒，人行多著木履。今軍家乃鑄鐵作之，以布敵路，名鐵蒺藜。」此處讀蒺藜，另得一蒺藜與南北朝的觀感，能讓人想像當時長安人為避道上的蒺藜而穿木屐疾步走在城裡的情景。

蒺藜，蒺藜科蒺藜屬一年生草本。莖平臥，偶數羽狀複葉，長一．五至五公分；小葉對生，三至八對；花腋生，花梗短於葉，花黃色。果有分果瓣五，硬，長四至六毫米，中部邊緣有銳刺兩枚，下部常有小銳刺兩枚，其餘部位常有小瘤體。花期五至八月，果期六至九月。生於沙地、荒地、山坡、居民點附近。全國各地有分布，溫帶地區廣布。

《詩經》注我

「道傍布地而生，或伏牆上，有小黃花，結芒刺」的蒺藜，無豔容，無柳姿，是極普通的一種草本植物。它隨天候變換，在物競天擇的演化中，漸漸果生暗刺，長出了能和外力對抗的犄角。

即使在荒野草叢中，蒺藜也是毫不起眼的小草。秋來時，風吹枯葉落的寒風，將蒺藜的果實吹落裂開，堅硬的刺果隨風翻轉。蒺藜子的尖刺刺入皮膚，突如其來的刺痛，使人擰眉咬牙。滴血的刺痛裡，蒺藜便和跳動的經脈、暗流的血液、撕裂的筋肉，有了撕扯不斷的關聯。

蒺藜的影子裡沒有喜悅，它讓人更深地看到被認識之幕層層遮蔽的背後那個脆弱的自己，讓人想到不潔之念，隱隱滴血的暗疼，生命裡無時無刻不有的傷痕。在美滿的婚姻裡，隱忍壓抑，苦心經營著幸福的小小閣樓。在這些艱難時世的苦澀裡，漸漸懂得活著的艱難。這是蒺藜生命訴說的言語。

《鄘風．牆有茨》裡的「茨」，是蒺藜在古老先民的文字裡最早的記錄。詩意的背景裡，皇宮大院、華美裘服將道貌岸然的人與醜行惡貌的事遮蓋起來，陽光也照不進那樣的陰暗世界裡。牆外的人就從傳言裡相互描述傳遍天下的醜惡。

漂浮在欲望之海的人世，哪裡有絕對乾淨的地方？只不過，百姓大眾，總是承受著世事變換中最多最大的苦楚，他們心中的苦楚無處傾訴，便變成街頭巷尾吟唱的歌謠。記述喑啞的樂人和使人間的苦樂得以傳吟不息的遊吟詩人，收集這些幽怨憤懣的歌調，《牆有茨》的詩意由此才得以變成民眾的心聲，穿透時間、權力的捆縛。

堅硬的蒺藜子，一果分成五個分瓣，每個分果瓣上，有長短棘刺各一對，在武林的仿生學裡，是武術家生出暗器榜上「蒺藜子」的源頭。

古人說：夫樹桃李者，夏得休息，秋得食焉；樹蒺藜者，夏不得休息，秋得其刺焉。這樣的話，更進一步地說明了「種瓜得瓜，種豆得豆」的道理。但世間事，總是後知後覺者多，先知先覺者少，關於「遍布桃李，下自成蹊」，遍種善念，自會採摘和美的幸福之果。惡怨之心傷害人心，必然會為自己埋設暗伏蒺藜的驚路。

讀到一篇祭母文，看到一個兒子，寫到早年喪夫的母親，手拉肩扛，含辛茹苦，把一對兒女撫養成人，這個時候，母親卻韶華逝去，孤獨一生，到兒子懂得母親的苦心，想去撫慰摯愛的母親時，母親卻已不在，那種心上遍布的悔恨之痛，連同母親生時所受的蒺藜之痛，在兒子心上，如電擊石穿。那樣的祭母文，看得人低眉長歎。蒺藜無影鑽心，是生者面對死者無法還饋的永生之痛。

秋實的一粒蒺藜尖刺上，暗指的，縈繞的，是生命忍受煎熬的苦痛。

自然裡的蒺藜，人見了總是躲著才好。我的光腳板，就曾被蒺藜子的尖刺帶來突如其來的一個滲血痛點。

菟絲子

解讀一點吸附和寄生的藝術

《鄘風・桑中》

爰采唐矣，沬之鄉矣。
云誰之思？美孟姜矣。
期我乎桑中，要我乎上宮，送我乎淇之上矣。
爰采麥矣？沬之北矣。
云誰之思？美孟弋矣。
期我乎桑中，要我乎上宮，送我乎淇之上矣。
爰采葑矣？沬之東矣。
云誰之思？美孟庸矣。
期我乎桑中，要我乎上宮，送我乎淇之上矣。

雜家題解

《詩序》說《桑中》是諷刺貴族偷情的刺詩，此說立身經學，自然肩負了一定的政治責任。戴君恩《詩經臆評》說《桑中》為亡國之音，雖然切中衛國的實情，但就詩本身的附會，太過牽強。《桑中》立身文學，實在是美好的情詩，可算呼喚深情的傑作。而且在寫法上，不是常見的愛情獨幕戲，還是中國文學裡少有的似簡實繁的多幕劇。詩很像一首繾綣柔情的愛戀交響曲。明朝淩濛初《言詩翼》評《桑中》用字之妙，猶如「琴之泛音，曲之和聲」。三章皆用「期」、「要」、「送」，不改一字，共振和鳴，迂迴疊韻。一個期字，一期一會，盡顯初戀的竊喜和濃情；一個要字，精神肉身的大門同時打開，可見身心相悅閃耀的激情火花；一個送字，別無歸期，恍若生命正行在悲喜交集一往情深的道路上。

後人評《桑中》的地位，說它是無題詩之祖。之所以說它是無題詩，在於詩中，人、情、事都似實而虛，虛又向實，全都有所出，又全都無所指。之所以說無題詩，並不是說詩沒有一個中心，而說的是詩與題目先後存在對創作發生了何種影響的問題，說的是詩與題目誰輕誰重的問題。顧炎武說：「古人之詩，有詩而後有題；今人之詩，有題而後有詩。有詩而後有題者，其詩本乎情；有題而後有詩者，其詩徇乎物。」袁枚評價無題詩更高，他說：「無題之詩，天籟也；有題之詩，人籟也。」王國維《人間詞話》說：「詩有題而詩亡，詞有題而詞亡。」這裡說的亡，是針對藝術生命力所作的一個評價，亡者，生命力受限也。《桑中》為無題詩立了一個高遠、深闊自由成詩的標準，被稱為千古最佳無題詩的李商隱的「錦瑟」，生命對物象與世情的感應，絢爛與空疏的無垠，在中國詩裡可占到一極；要說歸於敦厚與質樸的簡約，如同鑽石一般可見可感到詩魂的，《桑中》則可占到另一極。

「我」注《詩經》

1. 爰采唐矣，沬之鄉矣。云誰之思？美孟姜矣。期我乎桑中，要我乎上宮，送我乎淇之上矣。

爰采唐矣

爰，疑問代詞。《通義》解，為「於焉」之合音，在哪裡。唐，《毛傳》：「唐，蒙，菜名。」《爾雅．釋草》：「唐、蒙，女蘿；女蘿，菟絲。」古代文獻中，常將女蘿和菟絲相互解釋，將形態相似的女蘿和菟絲看作同一種植物。陸佃《埤雅》云：「在木為女蘿，在草為菟絲。」木為女蘿者，可能是比較常見的地衣類的長松蘿。現代分類學上，女蘿和菟絲子同屬旋花科菟絲子屬的寄生植物，女蘿中文名為南方菟絲子。北方常見的草本，應為菟絲子。菟絲子為豆類植物害草。中醫上，菟絲子的種子可以入藥，有補腎、益精壯陽、止泄的功效。古人采菟絲子，主要做中藥。在烹飪肉類時，菟絲子也常做佐料。詳釋見「植物筆記」。

沬之鄉矣

沬，亦作湏，指衛都朝歌。商代又稱妹邦、牧野，今河南淇縣北。鄉，郊外。

云誰之思 在這個世上，你在思念誰呢？這個突然而生的心靈之問，飽含著甜蜜、惆悵和深情。在中國的古典文學裡，「云誰之思」是一個非常神奇的句式，妙就妙在句首只作語氣助詞的「云」字，愛戀的多重感受被這個「云」字傳遞的歎息窺探到其中隱藏的神奇。

美孟姜矣 孟，排行居長稱為孟。姜，《毛詩正義》云，鄘國並無姜姓，此處泛指。這也是《桑中》被稱為無題詩的緣由之一。

桑中 鄘國地名，在今河南滑縣東北。聞一多《詩經通義》云，商周桑社，為古人祭祀生殖崇拜的地方，也是平常男女幽會媾和的地方。

要我乎上宮 要，意義同邀。暗喻男女的媾和。上宮，馬瑞辰《通釋》：「上宮，樓名。」

淇 鄘國水名。陳奐《傳疏》：「淇之上，即淇水口也。從濮陽（今河南滑縣東北）之南，送至黎陽淇口也（今河南浚縣東北）。

2. **爰采麥矣？沬之北矣。云誰之思？美孟弋矣。期我乎桑中，要我乎上宮，送我乎淇之上矣。**

麥 這裡是泛指。《詩經》裡大麥曰牟，小麥曰來。蘇頌《本草圖經》：「大、小麥秋種冬長，春秀夏實，具四時中和之氣，故為五穀之貴。」此處指收割麥子。

沬之北

朝歌以北，為邶的舊址。

弋

古姓，亦作姒。胡承珙《後箋》云，《說文》無姒，蓋即以之轉聲。思念弋家美麗的長女。

3. **爰采葑矣？沬之東矣。云誰之思？美孟庸矣。期我乎桑中，要我乎上宮，送我乎淇之上矣。**

葑

古稱蔓菁，即今之蕪菁，俗稱大頭菜、大芥，陸文鬱《詩草木今釋》錄劉禹錫嘉話錄云：「諸葛亮所止，令兵士獨種蔓菁者，取其才出甲，可生啖，一也；葉舒，可煮食，二也；久居，則隨以滋長，三也；棄去不惜，四也；回則易尋而采之，五也；冬有根，可劚食，六也。比諸蔬，其利甚溥。至今蜀人呼為諸葛菜。」葑，蕪菁，十字花科芸薹屬二年生草本。全國各地均有栽培，根莖均可食用。

沬之東

王應麟《詩地理志》：「鄘作庸，孟庸即孟鄘。」為古鄘地。

4. 鄘

姓氏，古代亦作鄘。

從《桑中》可以看出，菟絲子、小麥、蕪菁在春秋時期都是重要的農作物，已經有人工栽培。《桑中》還是抒情詩極簡的傑作，一詩只變九個字，詩情卻如江河洪流一般洶湧。這類詩非常合乎吟唱，對應鋪排重複的歌調，更易引發心中的思念、悵茫，喚起人深度的怡情。

唐，《毛傳》：「唐，蒙，菜名。」《爾雅》：「唐，蒙，女蘿；女蘿，菟絲。」陸璣《陸疏》：「今菟絲蔓連草上生，黃赤如金，今合藥菟絲子是也。」《吳晉本草》：「菟絲一名松蘿。」陸佃《埤雅》：「在木為女蘿，在草為菟絲。」女蘿、菟絲古人常常相互解釋蘇頌《本草圖經》解釋甚為詳細：「今近道亦有之，以冤句者為勝。夏生苗，初如細絲，遍地不能自起。得他草梗則纏繞而生，其根漸絕於地而寄空中。或云無根，假氣而生，信然。」菟絲子的別名有：菟縷、赤網、玉女、唐蒙、火焰草、野狐絲、金線草。民間又叫吐血絲、兔兒鬚等。

《神農本草經》載，菟絲子的嫩莖，「汁去面皯（面上黑斑）」，能用菟絲子的汁液除去臉上的黑色素，是古人美白的佳品。《中國植物志》載女蘿為南方菟絲子，中國北方常見菟絲子和日本菟絲子。

自《桑中》始，古詩詞中菟絲與女蘿常做情愛交織和婚姻中男女相互依附關係的比喻。

菟絲子為旋花科菟絲子屬一年生寄生草本。莖纏繞，黃色，纖細，直徑約一毫米，無葉。花序側生；花梗稍粗壯，長僅一毫米許；花萼杯狀，中部以下連合，裂片三角狀，長約一．五毫米，頂端鈍；花冠白色，壺形，長約三毫米，裂片三角狀卵形，頂端銳尖或鈍；蒴果球形，直徑約三毫米。種子二至四九，淡褐色，卵形，長約一毫米，表面粗糙。

中國東北、華北、西北、西南均有分布。常生於海拔兩百至三千公尺的田邊、山坡向陽處、路邊灌叢或海邊沙丘，寄生於豆科、菊科、蒺藜科等多種植物上，是豆科植物的害草。

《詩經》注我

「情」之一字，在人心上攀附，在憂傷和喜悅裡生長，然後把心中因愛聚集而成的行雲流水和風雨雷暴灑向大地。在纏綿悱惻的迷霧裡，一直都生長著關於「愛」的詩詞文賦的廣袤森林。

《桑中》的第一句，由菟絲子牽引出來，情詩的內在特徵，也由此落地。愛著孟家長女的那個青年，看著攀附在路邊豆莢上金黃色的菟絲子，渴望相會，心上成河的相思，便在菟絲子的纏綿中滋生。他心裡憂傷，想的盡是心上人的眉目神采，他心裡想著桑林裡命運般的相會，宮牆邊幽暗光線下的歡好，淇水邊上依依不捨的分別。他腳步都忘了移動，腦海裡是另一幅童話般的景致：空氣清涼，振動著溪水清澈的聲音，這聲音一點一點把曾經各自孤獨生活黏附在心裡的渾濁洗得乾淨，兩個人一起摘花，一起看雨，一起踏碎草，一起沾霜露，一起品嘗水淹波濤一樣的思念，一起觸摸春草初長花色縈繞世界的幸福……然後，一起站在沉靜居所的視窗，聽南風漫過雲天，看淇水流逝天涯。

是突然泛起心頭的一陣悲傷，讓他對著天地生了無限的感慨。傻傻一句「云誰之思」疑問深

菟絲子

爰采唐矣
沬之鄉矣

處，答案難道不是再明白不過嗎？

詩中的「唐」，指的是旋花科菟絲子屬的寄生植物菟絲子，它繞枝附生在胡麻、花生、大豆的嫩莖上，正如情絲寄生在心上，來展開一幅愛與被愛的生命長卷。一棵菟絲子，金色鱗片包裹的細莖上，夏秋時開細微乳白的碎花，秋季結出百萬的子實，這些看似微小的生命，在對抗自然法則時，卻顯示出它強韌的生命力。肆意生長的菟絲子和人想征服自然的姿態很像，攀附，共生，吞噬，絞殺。如果合適的控制，適宜的成長，菟絲子也會成為玉瓷杯裡的清茶，清涼酒窖裡的浸泡物，家常飯桌上和雞肝一起熬製的美味湯，中藥木匣子裡的一味救世草。

生活中，兩個人因愛把生命組合成一個攻守同盟的家庭，尋找著一種心靈共鳴的愉悅，共建著一個日升日落中穩健的塔樓。

相互的吸附、攀緣和寄生，對於真心相愛的兩個人是再自然不過的事情。無時不有的思念，坦然打開的身心，共同面對著紛亂世界，相互撫慰著生活壓迫身心的倦意。不管是一起嫩綠，還是一起枯萎，都將微笑著一起面對。菟絲子的自性裡，所謂吸附和寄生的意義，由此催生的愛的期望，都是發自內心的。

當愛情裡，欲望超越了精神的契合，穿著自私的外衣去竊取一份真誠的愛，人對世界便有了深深的陌生感。上帝的伊甸園裡，以魅惑之眼，讓人在欲望面前失去判斷力的那條蛇，倒更像是上帝對人的關於欲望與愛的一種試煉。

誦讀《桑中》，自覺有一股千年不絕的情絲蔓生纏繞於天地間，那種跨越時空的寄生、攀附與纏綿，讓「云誰之思」的疑問，試圖跨越著時空的阻隔。

旅行經過一個鄉間的小餐館，村野應時的菜裡，有一道菟絲子雞肝湯，憨厚熱情的店主，特別向我們推薦，說菟絲子湯能止浮腫，還能補肝明目。不管有沒有這些功效，湯確實很美味，大家吃得意猶未盡。便有同行的詩人給店主建議他把菟絲子雞肝湯改成「唐蒙金絲」。向他說起《詩經》，他也是不陌生的。

毛泡桐

沉鬱和輕盈之間

《鄘風・定之方中》

定之方中，作于楚宮。
揆之以日，作于楚室。
樹之榛栗，椅桐梓漆，爰伐琴瑟。
升彼虛矣，以望楚矣。
望楚與堂，景山與京，降觀于桑。
卜云其吉，終焉允臧。
靈雨既零，命彼倌人。
星言夙駕，說于桑田。
匪直也人，秉心塞淵。騋牝三千。

※「騋牝」音同「來聘」。

雜家題解

十五國風是抒情詩的園地，《定之方中》是其中少有的敘事詩，明朝安世鳳在《詩批釋》中稱《定之方中》是八十四字的立國大綱。以詩言事，歌頌一個人，紀念一個國。《定之方中》有著清晰的歷史背景。《詩序》言：「《定之方中》，美衛文公也。衛為狄所滅，東徙渡河，野處漕邑。齊桓公攘戎狄而封之。文公徙居楚丘，始建城市而營宮室，得其時制，百姓說（悅）之，國家殷富焉。」又《左傳．閔公二年》記：「衛文公大布之衣，大帛之冠。務材訓農，通商惠工，敬教勸學，授方任能。元年革車三十乘，季年乃三百乘。」

衛文公，初名辟疆，後改名為燬，是衛宣公孫子，衛昭伯的兒子，母親是以美貌著稱的宣姜。衛國歷史上，衛文公是將衛國從亡國的邊緣帶上國家復興的中興之君。

西元前六六〇年，北方少數民族見衛國內亂，國勢削弱，趁機攻佔衛國，殺死了燬的堂兄衛懿公，衛國逃離的百姓不足千人，跟隨王室渡過黃河，之後在宋國和齊國的支援下，重新建國，擁戴燬的哥哥即位，是為衛戴公。衛戴公即位不到一月就病死了。弟弟燬即位，是為衛文公。

西元前六五八年，齊桓公協助衛文公遷至楚丘（今河南滑縣東），定都於此，由此開始衛國的中興之路。由詩中「騋牝三千」可推測，作《定之方中》時，衛國已經有了足夠強大的國防。詩言莊嚴虔敬，洋溢著自豪與自信，對衛國的未來充滿期望。

詩勾勒的是農耕時代國家初興的一幅全景畫卷。《定之方中》的寫作，時間的變動裡裹攜著人物敘事，全方位推陳出天地人攻守一國的宏大場景，有著鮮明的史詩特徵。詩言裡的不少妙語，比如，古人說晴天，用「星言」，觸及心靈感應物變的深透；古人去田間，不說「走」，而用「說於」，語言亮個身段的這種帶著音律的韻致，正是現代漢語內涵欠缺的營養。中國詩學物我同化境界的原初，和語言返璞歸真的精華，就在這樣簡潔的敘事詩裡，也是隨處可見。

《定之方中》說得好，一國之復興，國要定天地之方圓，音律要調順人心之疾變，行（專指主政者做事）必要以「匪直也人，秉心塞淵」（注：做事真實不虛，眼光深謀遠慮）為念，人要勤勞圖強上下一心為根本。

「我」注《詩經》

1. **定之方中，作于楚宮。揆之以日，作于楚室。樹之榛栗，椅桐梓漆，爰伐琴瑟。**

定之方中，作于楚宮 定，定星，又叫營室星。二十八宿之一，排北方玄武第二室火星，代表的動物為豬。每年農曆十月十五到十一月初，黃昏時，定星會出現在正南天空。《左傳》載：「正月，城楚丘。」按周朝曆法，正月是今天農曆十一月。方中，以定星作為方位正中。楚宮，《鄭箋》云：「楚宮，謂宗廟也。」即在楚丘（今河南滑縣東）建立衛國的宗廟，作為建設國家的開端。于，三家詩作「為」，鄭玄注《周禮‧示冠禮》：「于猶為也。」古音，于和為通用。

揆之以日，作于楚室 揆，測量。以日，孔穎達《正義》：「度日，謂度其影。」測量日升日落的影子，以定東西的方位；測量日中之影來定南北的方位。楚室，《鄭箋》：「楚室，居室也。」指在楚丘建造居住的地方。

樹之榛栗，椅桐梓漆，爰伐琴瑟

樹，種植，榛、栗，指宗廟周圍種植的祭祀之木。陸璣《陸疏》：「榛有兩種：一種大小枝葉皮樹皆如栗，而子小，形如橡子，味亦如栗，枝莖可以為燭，《詩》所謂『樹之榛、栗』者也；一種高丈餘，枝葉如木蓼，子作胡桃味，遼、代、上黨甚多，久留亦易油壞者也。」樺木科榛屬川榛最為貼合此特徵。栗，古今名一致，蘇頌《本草圖經》：「栗處處有之，而兗州、宣州者最勝。木高二三丈，葉極類櫟。四月開花青黃色，長條似胡桃花。實有房、蝟，大者若拳，中子三五；小者若桃李，中子惟一二。將熟則罅拆子出。」為殼鬥科栗屬板栗。椅、桐、梓、漆，皆樹木之名。馬瑞辰《通釋》：「琴瑟古多用桐，亦或以椅為之。……陳用之曰『琴瑟唇必以梓漆，所以固而飾之』。」可見古代椅、桐、梓、漆都為造琴瑟的材料。椅，《毛傳》：「椅，梓屬。」陸佃《埤雅》：「椅即是梓，梓即是楸。蓋楸之梳理而白色者為梓，梓實桐皮曰椅，其實兩木大類同而小別也。」椅即大風子科山桐子屬山桐子。桐，《本草綱目》：「《本經》桐葉，即白桐也。桐華（花）成筒，故謂之桐。其材輕虛，色白而有綺文，故俗謂之白桐、泡桐，古謂之椅桐也。先花後葉，故《爾雅》謂之榮桐。或言其花而不實者，未之察也。陸璣以椅為梧桐，郭璞以榮為梧桐，並誤矣。」詳釋見「植物筆記」。梓，古今名稱一致，郭璞《爾雅》注：楸也。陸佃《埤雅》：「梓為百木長，故呼梓為木王。」羅願《爾雅翼》：「室屋之間有此木，則餘材皆不復震。」梓為紫葳科梓屬梓，又名花楸、水桐、臭梧桐、黃花楸、木角豆。漆：《說文》：「漆本作桼，木汁可以　物，其字象水滴而下之形也。」《本草集解》：「漆樹高二三丈余，皮白，葉似椿，花似槐，其子似牛李子，木心黃，六月、七月刻取滋汁。」為漆樹科漆屬漆樹。爰，「於焉」之合音。伐，伐木以製。琴瑟，「琴瑟」二字均從「玨」。其形為「二玉相並」，其音為「二玉相碰」，「玉聲」為古代「悅耳之音」的代表，琴瑟都以絲繩為弦。琴最初是五弦，後改為七弦；瑟為二十五弦或二十三弦。依《周禮》，定制琴瑟音律，是為了「順暢陰陽之氣，純潔人心」。

2.
升彼虛矣，以望楚矣。望楚與堂，景山與京。降觀于桑。卜于其吉，終焉允臧。

升彼虛矣，以望楚矣 升，登高，走上。虛，《正義》：「漕虛也。」虛同墟，指荒山，無人丘陵。此處之漕邑是與楚丘相鄰的山崗。

望楚與堂，景山與京，降觀于桑 望，眺望，觀察。堂，地名，楚丘的旁邑。王先謙《集疏》：「陳蔚林云，『據士昏禮注，今文景做憬，知景、憬古通』。……泮水傳，『憬，遠行貌』。」山，自然的山崗。京，人造的高丘。降，從高處下來。觀，視察。桑，指居民耕作的桑田。古代桑樹為民本之需。

卜云其吉，終然允臧

占卜得到的結果是吉兆。終然，《毛詩》然字誤作焉字，唐石經和古書引詩都為然。陳奐《傳疏》：「終，猶既也。然，猶是也。」允，確實。臧，善，好。程俊英認為「其吉，終然允臧」是照錄卦辭上的話。占卜顯示，國家按這樣的方位建設，確實好。

3.

靈雨既零，命彼倌人。星言夙駕，說于桑田。匪直也人，秉心塞淵。騋牝三千。

靈雨既零，命彼倌人。星言夙駕，說于桑田

靈，《說文》：「靈，巫也，以玉示神。」靈雨，巫師求神得來的雨，引申為好雨。零，為霝之通假。《說文》：「霝，雨零也。」倌人，《毛傳》：「倌人，主駕者。」指負責駕車的官員。星言，《正義》云，雨止天晴，夜空上可見星星，為星言。夙，早晨。駕，駕車出行。說，說辭，指導。又一說，說通稅，歇息。《正義》意思說，好雨淅淅瀝瀝開始下時，衛文公對駕車的官員說，「雨一停歇，天氣放晴，清早就要立刻出發，到田地裡指導督促百姓進行耕作」。從中可見，君王百姓上下一心勤勞圖強的決心。

匪直也人，秉心塞淵，騋牝三千

匪直，人，百姓。秉心，操心，用心。塞，充實。淵，深也。指做事實在不虛，眼光深謀遠慮。方玉潤《詩經原始》：「懷國家根本之圖，而不事乎虛文，所以為塞實。建國家久遠之策，而不狃（拘泥）乎近慮，所以為淵深。」

騋，《毛傳》：「馬七尺以上為騋。」牝，母馬。騋牝，合稱良馬。春秋戰國時期，馬駕戰車，因此，常以一個國家馬匹的多少來衡量這個國家軍力的強弱。三千，表示良馬眾多。衛國剛剛在楚丘建國時，齊桓公資助衛國三百匹良馬，寫詩時，衛國軍力已經增長十倍有餘。

毛泡桐
樹之榛栗
椅桐梓漆

既是製琴的桐木，又是普遍栽種的經濟樹種，此桐，說的是泡桐。《詩集傳》：「桐，梧桐也。」《夢溪筆談》卷五：「琴雖用桐，然須多年木性都盡，聲始發越。……琴材欲輕、松、脆、滑，謂之『四善』。」《本草綱目》卷三十五桐：「白桐、黃桐、泡桐、椅桐、榮桐。《本經》桐葉，即白桐也。桐華（通花）成筒，故謂之桐。其材輕虛，色白而有綺文，故俗謂之白桐、泡桐，古謂之椅桐也。先花後葉，故《爾雅》謂之榮桐。或言其花而不實者，未之察也。陸璣以椅為梧桐，郭璞以榮為梧桐，並誤。……葉大徑尺，最易生長。皮色粗白，其木輕虛，不生蟲蛀，作器物、屋柱甚良。二月開花，如牽牛花而白色。結實大如巨棗，長寸餘，殼內有子片，輕虛如榆莢、葵實之狀，老則殼裂，隨風飄揚。其花紫色者名岡桐。荏桐即油桐也。青桐即梧桐之無實者。」《說文》：「榮，桐木也。」《說文解字注》：「按梧下云：『梧桐木』，榮下曰『桐木』，此即賈思勰青桐、白桐之別也。白桐華而不實，材中樂器，青桐則不中用。」古代造琴，有「桐天梓地」的說法，以泡桐為琴身，以梓木為基礎。泡桐材質疏鬆、比重低，隔熱性佳，導音性能好，自古是製作琴瑟的好材料。同時泡桐益於種植，是古代優良的經濟樹種。詩歌產生的地域，主產毛泡桐和蘭考泡桐。整個北方，毛泡桐分布比較廣泛。《中國植物志》以梧桐（即俗名青桐）為《詩經》所言桐木，青桐主產南方，北方分布稀少，與詩意並不一致。

毛泡桐，玄參科泡桐屬高大喬木，高達二十公尺，樹冠寬大傘形，樹皮褐灰色；葉片心臟形，長達四十公分。花序為金字塔形或狹圓錐形，長一般在五十公分以下，少有更長，具花三至五朵；花冠紫色，漏斗狀鐘形，長五至七．五公分，雄蕊長達二．五公分；子房卵圓形，有腺毛，花柱短於雄蕊。蒴果卵圓形，幼時密生黏質腺毛，長三至四．五公分，果皮厚約一毫米；種子連翅長約二．五至四毫米。花期四至五月，果期八至九月。

毛泡桐是中國栽培悠久的經濟樹種。樹形美觀，是廣泛種植的觀賞樹種和行道樹種。桐木材質優良，木材緻密易於加工，不翹裂彎曲變形，是製作樂器的優良木材。

《詩經》注我

桐與梧桐有別，不是同一種植物，《詩經》裡的桐，指的是毛泡桐。

二十世紀八〇年代，全國出現過「植樹造林」的熱潮，西北鄉下種的最多的是泡桐，因此對泡桐樹留下很深的印象。那時候，我還是一個懵懂少年，跟在大人身後，到公社大隊的院子裡，排著隊去領拇指粗的泡桐樹苗，在黃土坡地的邊邊角角，跟著大人們，拋挖一個個一尺見方的土坑，把像箭一樣筆直的泡桐苗種得滿山滿窪都是。來年春天，一大半泡桐樹苗都發了新枝，秋天到來，發芽的新枝已經長到胳膊粗細，這樣第一年長成的泡桐小樹，都會從離地幾寸的地方鋸掉，來年，新的嫩苗從樹墩上長出，這樣又憨又嫩的樹墩上的主枝，才會長成最具活力的大樹。不過四五年，泡桐樹的胸徑就能長到尺許，頂著藍天的泡桐樹，已能當作固土防風的可用之材。泡桐樹的生長神經十分粗大，有著彪悍的適應性，生長在貧瘠的土壤裡，會把根盡可能紮入深土；生長在肥沃的土地上，又能把根鬚擴張到老遠。泡桐的這種親和力，也正是中國古代先民將泡桐融入自身文化脈絡裡的一個重要原因。

「一株青玉立，千葉綠雲委」，能夠招引落鳳凰的桐木，說的是梧桐，又叫中國梧桐，因為樹皮青色，又叫青桐。青桐招鳳，說的是它的高聳，這也是梧桐民間又叫鳳凰木的原因。

時常說的「桐木琴」，指的是泡桐在古代樂器製作裡扮演的角色。桐木中的維管纖維物性堅韌，材質中空疏直，這正好為均衡音色發生穩定的共鳴創造了良好的物質條件。

漢末音律家蔡邕，在燃燒的木材中辨音識木，取燒焦桐木，製作了古代四大名琴之一的「焦尾琴」。焦尾琴是否真的存在，並沿著隱祕的時間通道流傳至今，沒人知道，只是由此推知，泡桐在古代樂器中廣泛應用的價值。能聽撥動焦尾琴弦的音符，懂得世界節奏的變化，如此心性，應該頗為不凡。中國的音律裡，古琴之音被稱作「大音」，七弦琴上，手指運、撚、揉、撥，飄然而起的音符，全是人世的荒涼、滄桑、不忍、愁慮和痛念。歡快如《高山流水》，驚起人心的，也是天地萬物、時間流水喚醒生命波瀾的一絲悵然。如此的桐音，帶給大家的，應該是生活的趣味和情感的寄託，是物念、人性在音律上的一種匯合吧。

江南讀書的時候，學校道路兩邊長著高大的「法國梧桐」，四季變換，樹身像水彩畫一樣，剝離出一塊一塊淡綠灰白的色塊，樹影婆娑，給路人遮擋突如其來的風雨。時常有熱戀的情侶，羞澀的，濃情蜜意的，那些身影被樹影的斑駁輕輕攏住。後來才知道，所謂的「法國梧桐」，學名叫懸鈴木，和泡桐與梧桐並不是同一個植物家族的成員。

三月到四月間，泡桐樹的花事開始盛大起來，滿樹盛裝的春意，幾乎占盡了喧騰。在首都圖書館對面松榆裡社區的入口，有一條不長的路，兩邊長滿高大泡桐樹，每到花意濃郁的那幾天，一走過路口，泡桐花的香甜氣息灑落下來，會讓人有一種走入花海、傾聽詩音的衝動。或許古琴琴弦上鳴響的沉鬱，與泡桐花海裡的輕盈，正能對照人心上多變的柔和。

麥
中華文明的秉性

《鄘風・載馳》

載馳載驅，歸唁衛侯。驅馬悠悠，言至于漕。
大夫跋涉，我心則憂。
既不我嘉，不能旋反。視爾不臧，我思不遠。
既不我嘉，不能旋濟？視爾不臧，我思不閟。
陟彼阿丘，言採其蝱。女子善懷，亦各有行。
許人尤之，眾穉且狂。
我行其野，芃芃其麥。控于大邦，誰因誰極？
大夫君子，無我有尤。百爾所思，不如我所之。

※「蝱」音同「忙」。

雜家題解

《載馳》的寫成，《毛詩序》說得明白：「《載馳》，許穆夫人作也。閔其宗國顛覆，自傷不能救也。」一詩的歷史背景記錄得也很明白。《左傳．閔公二年》載：「冬十二月，狄人伐衛。衛懿公好鶴，鶴有乘軒者。將戰，國人受甲者皆曰：『使鶴，鶴實有祿位，余焉能戰！』……及狄人戰於熒澤，衛師敗績，遂滅衛……立戴公以廬於曹。許穆夫人賦載馳。齊侯使公子無虧帥車三百乘、甲士三千人以戍曹。」齊桓公讀到《載馳》，被這個曾經愛慕過的女人的真情勇氣打動，出兵漕邑，保護衛國遭到北狄的攻擊，並幫助衛國重新建國。《載馳》後續的故事，為一首詩的背景額外增添了傳奇的色彩。

許穆夫人是衛宣公兒子公子頑（也就是衛昭伯）和後母宣姜所生的女兒，幼年就因聰慧、美麗有見識而聞名諸侯。當初，許穆公和齊桓公都向衛國求娶許穆夫人，年幼的她已經能夠從國家利益的角度出發，覺得齊國強大離衛國近，許國弱小離衛國遠，自己嫁給齊國更有益於衛國。衛懿公不聽，把她嫁給了許國。嫁給許國十年，衛國遭到北狄侵略，抗爭失敗，衛懿公被殺，許國鞭長莫及，衛國的遺民不足千人，還是依靠許穆夫人的姐夫宋桓公出兵幫助，才得以渡過濟水，在漕邑立足。擁立了衛戴公，不足一月，衛戴公病死，又立了衛文公。《載馳》一詩寫作的時間，應該是許穆夫人聽到衛國亡國滅君的消息，心焦如焚，趕往漕邑的半路上，又受到許國使臣阻攔，心中悲憤哀傷，寫下《載馳》。《載馳》一詩，可能有一個抄本，作為救援信，專門送往齊國。

許穆夫人不僅是中國文學史上有據可查的第一位女詩人，還是世界歷史上最早的女詩人之一。魏源《詩古微》認為《邶風．泉水》和《衛風．竹竿》兩首詩也是她的作品。許穆夫人是一位有文學才華、政治遠見和過人膽識的傑出女性。《載馳》的風格，沉鬱頓挫，悲而不怯，哀而不傷，詩行中有一股豪邁英氣充溢詩間。那股在危難時刻憂國忘我的赤誠，巾幗不讓鬚眉的英氣，震盪浮起一顆獨特的靈魂。這種詩意的感召，正是感動齊桓公出兵救衛的一個原因。

《文心雕龍》說寫文章的根本，其實也是一切不朽文學作品共有的一個特點：「夫綴文者情動而辭發，觀文者披文以入情。沿波討源，雖幽必顯。世遠莫見其面，覘文輒見其心。」（注：做文章，先是內心觸動情感，情感才表現在文字裡。讀者沿著文字的感受，再去尋找心靈的源頭，文字的表達即使再幽微，情意都會顯明表露出來。年代相隔久遠，作者與讀者即使無法面對面互通心聲，但讀了作品，也能理解作者的內心）《載馳》就是這樣，讀其詩，想見其人，憂慮其事，詩情自然引讀者入詩，和作者在精神上發生感應的互換，生命的感同身受彷彿有了一種新的洞察。許穆夫人「我行其野，芃芃其麥」篤定深闊的憂思，影響後人精神上的跌宕，生出「生何哀，死何泣」的勇力者，千百代以來，不可盡數。

「我」注《詩經》

1. 載馳載驅，歸唁衛侯。驅馬悠悠，言至于漕。大夫跋涉，我心則憂。

載馳載驅

載，《毛傳》：「載，辭也。」發語詞。《鄭箋》：「載之言則也。」則和載古時通用。載，《說文》釋：「乘也。」可見，「載」既有發語詞之功，又有動詞的導引之妙。馳、驅，孔穎達《正義》：「走馬謂之馳，策馬謂之驅。」歸心似箭之情，首句凸顯。

歸唁衛侯

歸，此處，女子回娘家曰歸。《詩經》裡，歸在有些地方又指女子出嫁。唁，慰問死者家屬曰唁。吊人失國也叫唁。朱熹《詩集傳》載：「範氏曰：『先王制禮，父母沒則不得歸寧者，義也。雖國滅君死，不得往赴焉，義重於亡故也』。」從這裡可以看出，許穆夫人弔唁衛君的行為，當時是越禮之舉。正是這種越禮，引來許國大夫的阻止。但救危難中尚存一線生機的衛國，這是許穆夫人愛著母國的意志，這種感情越禮發乎情而來，正是人之常情的抒發。《載馳》之壯舉，從這個「唁」字裡，便看見隱含有一個「破」的深意，許穆夫人孤身前往衛國的行為，雖然魯莽，但超禮而行的勇氣，更發人同情。衛侯，可能是衛懿公，也可能是衛戴公。胡承珙《後箋》認為是衛文公。理解為衛君為宜。

悠悠

《毛傳》：「遠貌。」道路悠遠。正與首句對應。

言至于漕

言，語氣助詞，無義。漕，漕邑。

大夫跋涉

大夫，指半路追趕許穆夫人，勸阻她到衛國弔唁的許國諸臣。跋涉，《毛傳》：「草行曰跋，水行曰涉。」此為表意。王先謙《集疏》：「謂事急時不問水之淺深，直前濟渡，視水行如陸行。」此處可見許國阻攔許穆夫人的阻力之強烈。

我心則憂

這個「憂」字，既指唁衛侯之憂，又指救衛國之憂。這一句寫出《載馳》因何寫成的本意。憂衛國最後之燈火將滅，憂自己不能以身救國。直陳胸臆，正是《載馳》詩情感應的中心。

2\.

既不我嘉，不能旋反。視爾不臧，我思不遠。既不我嘉，不能旋濟？視爾不臧，我思不閟。

既不我嘉

既，盡、都。嘉，《爾雅釋詁》：善也，美也。我嘉即嘉我。《鄭箋》：「言許人盡不善我欲歸唁兄。」

不能旋反

旋，回也。反，同返。許國人不贊同我到衛國弔唁。

視爾不臧

視，比也。相視可以知彼此的心思。臧，善。

我思不遠

我思，為衛國考慮，思念故國。不遠，不能遠離，不可捨棄。濟《正義》：「止也。」指許國大臣阻止許穆夫人渡河，回到衛國。閟《毛傳》：「閉也。」閉塞。

第二章用鮮明的對比，表明自己的想法。許國人既然不贊成我回衛國，我也不能返回許國。即使我能看出許國對衛國不友善，但我思念我的國家，在她危難的時候一定不會離棄她。許國沒人贊成我回衛國，讓我無法渡河回歸故里。即使你們對衛國不友善，但我思念故國的心也不會閉塞。在詩意強烈對比的深處，有一種通透的洞察和篤定的執念。倒讓我們見到聰靈有識見的許穆夫人在時間深處的側影。這個側影同時也是中國詩學歷史裡女詩人的鮮明形象，這個形象既不哀婉，也不自戀，和我們印象中的女詩人形象並不一樣。

3. 陟彼阿丘，言採其蝱。女子善懷，亦各有行。許人尤之，眾穉且狂。

阿丘 《毛傳》：「偏高曰阿丘。」陳奐《傳疏》：「阿丘所在未聞，疑衛丘名。」

言采其蝱 言，發語詞。置於句首，為《詩經》中一種起興句式。采，採集。蝱，魯詩為商，《說文》引詩為莔，通假於蝱。《毛傳》：「蝱，貝母也。」陸璣《陸疏》：「蝱，今藥草貝母也，其葉如栝樓而細小，其子在根下，如芋子，正白，四方連累相著，有分解。」此處蝱為百合科貝母屬川貝母。它還有一個有趣的別名空草。此處采蝱，暗含治病之意。

善 《鄭箋》：猶多也。

行 道理。王先謙《集疏》：「女子多思念其父母之國，如泉水、竹竿皆然。夫人自明我之思歸與它女子異，亦各有道耳。」

尤 《鄭箋》：「非也。」反對。

眾穉且狂 眾，古與終通用。穉，通稚。《說文》：「穉，幼禾也。」《詩集傳》解釋為「少不更事」。狂，《韓非子》：「心不能審得失之地則謂之狂。」愚妄。

這一篇的詩意頗有韌勁。女人們登上山丘，採集藥材貝母。女子的心思總是非常周密，對預防種種困境，想各種各樣的方法。許國人在救助衛國這件事上阻止我，真是太幼稚太愚妄了。第三章清晰可見許穆夫人的個性，她理解事變之理，不是一個輕易委曲求全的人，也不是一個輕易退縮妥協的人。

4.

我行其野，芃芃其麥。控于大邦，誰因誰極？

《毛傳》：「願行衛之野，麥芃芃然方盛長。」三四章首尾的情緒有著緊密連貫的銜接，第三章結尾，她對許人阻止她趕往衛國想辦法拯救衛國感到憤怒，因此直斥小小的許國人，幼稚，愚妄。當她行走在衛國的田野上，看到成熟的麥子長得蓬勃茂盛，卻無人收割，不禁心酸難過。麥在周時又與社稷相連，更讓她對衛國的命運擔憂。許穆夫人是一個格局、眼光、勇氣頗為不凡的人，她精準地知道，要救水火中的衛國，單單依靠衛國自強圖存遠遠不夠，唯一的命脈，需要有一個大國站出來作為衛國的後盾。因此才會有，向大國呼告，我們現在能夠依靠誰？誰能夠出兵拯救衛國？因，依靠。極，至也。絕望中她可能心存一絲期望，想到了齊桓公。

5.
大夫君子，無我有尤。百爾所思，不如我所之。

詩到第四章似乎結束了。就只要前四章，也可以稱為絕唱，但第五章一點都不顯得多餘。《載馳》的好，好就好在它是一個完整的對話，好在它有一個完整的清晰的女詩人的形象。第五章所顯示的，正是一個女詩人的自尊。許穆夫人即使是有些怒了，顯然那些嘈雜的說辭依舊動搖不了她趕往衛國的決心。她幾乎是正告阻攔她的許國大臣：你們這些大夫君子，平日裡我敬重你們，但現在不要再反對我了。不管你們有再多的主意，也比不上我親自到衛國走一趟。

6.

《載馳》的好，不僅講了一個救國圖存的傳奇故事，不僅展現了一個英氣勃發的女子對母國之愛的真純如一，它還展現了中國第一位女詩人是如何以詩魂展現在世人面前的。她對世界的通達，她對韻律、思想、情感的掌控和把握，她要表達的對故國養育自己回報的深情，還有決不在危難面前退縮的勇氣，不會低於當時，也不低於後世任何一位傑出的男詩人。

7.

就像我尊崇美國女詩人艾蜜莉・狄金森為現代詩中的女武神一樣，許穆夫人也是我心中尊崇的一位中國古典詩中堪稱女武神的人物。她們的詩才，以及基於詩展現出來的凝視和推動世界的那種幾近固執的勇氣，都可算握在手裡無比銳利的武器。《載馳》的詩意裡還包含著強烈的母性，這母性是後世中國詩一直在不斷綿延拓展的一個深厚的母題。

小麥
我行其野芃芃其麥

《周禮》稱五穀麻、黍、稷、麥、豆，這裡麥是一個合稱，指的是麥類糧食作物，包含了大麥和小麥。《詩經》裡對於大麥和小麥有不同的叫法。《周頌．思文》：「貽我來牟。」《詩集傳》釋：「來，小麥；牟，大麥。」《廣雅》：「大麥，麰也；小麥，麳也。」許慎《說文解字》：「天降瑞麥，一來二麰，象芒刺之形，天所來也。如足行來，故麥字從來從夊（有行而止之意）。」蘇頌《本草圖經》：「小麥秋種冬長，春秀秋實，具四時中和之氣，故為五穀之貴。」

可能，大麥和小麥在周朝都有比較普遍的種植。

大麥是禾本科大麥屬大麥，一年生草本。稈粗壯，光滑無毛，直立，高五十至一百公分。葉片長九至二十公分，寬六至二十毫米，扁平。穗狀花序長三至八公分（芒除外），徑約一．五公分，小穗稠密，每節著生三枚發育的小穗；小穗均無柄，長一至一．五公分（芒除外）；穎線狀披針形，外被短柔毛，先端常延伸為八至十四毫米的芒；外稃具五脈，先端延伸成芒，芒長八至十五公分，邊棱具細刺；內稃與外稃幾等長。穎果熟時粘著於稃內，不脫出。

小麥多指禾本科小麥族一年生草本植物，代表種為普通小麥，其特徵是，稈直立，叢生，具六至七節，高六十至一百公分，徑五至七毫米。穗狀花序直立，長五至十公分（芒除外），寬一至一．五公分；小穗含三至九朵小花，上部者不發育；穎卵圓形，長六至八毫米，主脈於背面上部具脊，於頂端延伸為長約一毫米的齒，側脈的背脊及頂齒均不明顯；外稃長圓狀披針形，長八至十毫米，頂端具芒或無芒；內稃與外稃幾等長。

麥，也是禾本科早熟禾亞科麥類糧食作物的總稱，普遍意義上多指小麥，小麥是養活了全球人類最為重要的三大穀物（稻、玉米、小麥）之一。人類馴化栽培小麥的歷史已經有一萬年以上，人類最早種植小麥開始於中亞。中國是世界最早種植小麥的發源地之一。中國文獻裡關於麥的最早記錄是甲骨文中的「正一月曰食麥」（郭沫若主編《甲骨文合集》，第八冊，第三千一百一十四頁），之後的文獻，便是《詩經．豳風．七月》中「十月納禾稼，黍稷重穋，禾麻菽麥」的記錄。據中國科學院自然科學史研究所的曾雄生教授研究（由考古中小麥種子碳同位素的時間定位），麥自中東最早傳入中國東部的時間，在西元前兩千年左右，考古還發現，西周中期，小麥已經在鎬京（今陝西西安市長安區）周圍有規模化種植。

《詩經》注我

電影《神鬼戰士》的開頭，黃昏時分，晚霞未落之前，光線將天地照得通透，在風雲漫布的廣闊田野上，麥浪像陷入古琴裡的金色水波，在大地上湧動。一雙有力的大手徐徐伸展開，五指隨麥浪的搖擺，輕輕拂過麥芒，緩緩的腳步推著金色波瀾，走向雲煙翻滾的天際盡頭。那雙浸在金色麥浪裡的手，是要去拉開怎樣一個驚心動魄的故事的序幕呢？

畫面上的麥芒觸動指尖、指節、掌心，那種瘙癢透過螢幕，帶動著人心的起伏，金色麥浪湧動一個人，就像命運在推著他走向命定的戰場。收穫與腐朽敲打著歲月，神祕莫測的命運正在展開恢宏盛大的畫面——滾滾麥浪裡潛藏著富貴與虛無的變換，那雙神祕的手，觸動著支撐生命的根基，輕拂麥芒的手指朝著無形虛空在伸展抓握，似乎要把不可見的靈魂抓得顯形。

麥子對人類具有的價值，只有那些經歷過饑荒的人，才能夠深有體會。饑餓面前，沒有道德，沒有制度，沒有人性，只有生死相搏。人類最原始的樣子就是這樣。麥子的汁液進入人的腸胃，分解吸收，營養長成血液肌肉，麥子作為人類的主食之一後，這是它們的使命。使人得安閒，生思慮，也是這麥性的熱力。人類的戰爭，從某種意義上，也可算是麥芒上的戰爭。而一個人的幸福，是不是也可以叫作麥香之福—麥香裡，有安然的、溫和的、使人陶醉的居室廚堂的氣息。

周朝，那是一個婦女無名的時代，一個弱女子，能夠有「我行其野，芃芃其麥」為家救國的心，那需要怎樣的氣度，需要怎樣的豪情，需要怎樣的勇氣？疾馳在大道上，道路兩旁起伏的麥浪，不正是生和死無法預知的波浪。孤身一人，扶轅駕車，去救危難中即將被敵人吞噬的祖國。許穆夫人捨生忘死的胸襟，最終打動了齊侯，來幫她驅除外辱，重建家園。許穆夫人的名字，才能夠在史冊的臺階上，讓讀到這些篇章的我，生出一種華夏族人原來有如此女子的自豪。

姜夔在《揚州慢．淮左名都》裡寫道：「過春風十裡，盡薺麥青青。」亂國飄零，廢池冷月，「橋邊紅藥，年年知為誰生的」的黍離之悲裡，一切盡去的光陰中，還有一點來聲的，正是這「春風十裡，盡薺麥青青」的蕎麥裡飄出的一點生機，蒼涼景色裡的死暗和「薺麥青青」的生息，才更讓行過麥浪的人，生出生死無依，人生不知歸處的蒼涼。

我生在鄉村，算是一個降生在麥垛裡的人。小時候，跟著大人，親手拋撒麥粒到黃土地裡，雨落大地的時候，在蔥綠田野上奔跑過。寒冬飄雪時節，雪被下，青綠麥苗浸透著世界，那是我所見過最為深沉的大地的祈福！春水漲船高，麥浪飛劃過，童年的夏日，便跌入到麥芒的神話裡。

用稚嫩的手拂過綠色的麥苗時，濕露的冷和柔軟的細葉，讓人喜歡上清晨和夜晚裡變幻不定的自然。少年的手掌拂過金色的麥芒時，腦海裡便深深記住了深藏不露的騷動和由地平線上升起來的人對未知世界的蒼然，也開始去探究看不見的生機將在哪裡湧動。

《時代》雜誌有過一篇專門介紹中國文化的文章，談及古老東方文化裡人性的探源，用的比喻很有東方特色，作者說東方文化的味道，很有些「麥子的味道」。

衛風

竹

堅鋼化作繞指柔

桑

鄉愁的容器

芄蘭（蘿藦）

可諧可莊

萱草

愛的使者

皺皮木瓜（貼梗海棠）

永以為好的呼喚

地理位置

衛國的地理位置前後發生過變化，最初，邶、鄘、衛三國均位於古禹貢冀州，這裡曾是殷商國都朝歌的所在地。西周初年，周武王滅紂即位，為保證國家安穩，並安撫商朝舊族，封紂的兒子武庚管理商朝的舊都殷墟（今河南安陽），為防止武庚叛亂，在殷墟周圍設置了三個封國，北為邶（今河南湯陰縣東南），南為鄘（今河南衛輝市東北），東為衛（今河南淇縣附近），封三個弟弟管叔、蔡叔、霍叔分別守衛三個地方，史稱「武王三監」。後來武庚引誘三國謀反，周公率兵鎮壓，殺武庚，合併三國為衛。

王應麟《詩地理考》載：「衛本都河北，朝歌之東，淇水之北，百泉之南。其後不知何時並得邶、鄘之地。至懿公為狄所滅，戴公野處漕邑，文公又徙居楚丘。衛故都，即今衛縣。今懷、衛、澶、相、滑、濮等州，開封大名府界，皆衛境也。」衛國最初為周武王康叔封地，之後有多次變遷，大概位置在今河北省南部及河南省北部一帶。

桑
鄉愁的容器

《衛風・氓》

氓之蚩蚩，抱布貿絲。匪來貿絲，來即我謀。
送子涉淇，至於頓丘。匪我愆期，子無良媒。
將子無怒，秋以為期。乘彼垝垣，以望復關。
不見復關，泣涕漣漣。既見復關，載笑載言。
爾卜爾筮，體無咎言。以爾車來，以我賄遷。
桑之未落，其葉沃若。于嗟鳩兮，無食桑葚。
于嗟女兮，無與士耽。士之耽兮，猶可說也。
女之耽兮，不可說也。桑之落矣，其黃而隕。
自我徂爾，三歲食貧。淇水湯湯，漸車帷裳。
女也不爽，士貳其行。士也罔極，二三其德。
三歲為婦，靡室勞矣。夙興夜寐，靡有朝矣。

言既遂矣，至于暴矣。兄弟不知，咥其笑矣。
靜言思之，躬自悼矣。及爾偕老，老使我怨。
淇則有岸，隰則有泮。總角之宴，言笑晏晏。
信誓旦旦，不思其反。反是不思，亦已焉哉！

將《詩經》「真實率真的抒情和情感化的敘事」（《中國古代文學簡史》）特徵完美凸顯的兩首詩是《谷風》和《氓》，《谷風》和《氓》同為悲劇意味濃厚的棄婦詩，兩首詩共同使用了鮮明的賦的手法，又不拘泥於賦，同時興中鳴思，比中抒情，寫實、抒情、敘事手法的和諧統一，讓兩首詩成為《詩經》敘事詩的「雙璧」。唯不同處，《谷風》重在抒情，而《氓》重在敘事。關於《氓》的標題，馬瑞辰《通釋》認為：「氓是盲昧無知之稱。」古人認為，女子對男子的稱謂隨關係親疏有別，與男子約定婚姻稱子，子者男子美稱也。婚嫁後，妻子稱丈夫為士，士為敬稱。《氓》以棄婦口吻來寫，直呼負心漢為氓，體現了女子心中的怨恨。「氓」可看為一種不屑的戲稱，同時也暗示了故事情感的發展脈絡。與《谷風》運用順敘、倒敘和補敘的跳躍性敘事不同，《氓》在敘述上更加自然連貫。從創作手法上，《谷風》注重審美，而《氓》更體現出史詩的特徵。❺

朱光潛在《中國古代美學簡史》中說：「中國古代文藝理論大半是圍繞著《詩經》而作的評論和總結。」《氓》鮮明的敘事特徵，可以總結它是中國敘事詩的源頭和最佳範本。

《毛詩序》說《氓》：「刺時也。宣公之時，禮義消亡，淫風大行，男女無別，遂相奔誘。華落色衰，複相棄背，或乃困而自悔，喪其妃耦，故序其事以風焉。美反正，刺淫佚也。」朱熹《詩集傳》也稱《氓》為淫詩，這兩種說法在封建時代的經學系統裡影響深遠，但對現代人認識「詩風」，理解男女平等和人性自由，影響不大。

《詩經》裡選取的棄婦詩，多認為是隱喻著君王與大臣之間的關係，深層表達了臣子得不到重用的怨詞。這也可以看為是對棄婦詩的一種別解。

❺ 李曉雯。《〈氓〉與〈穀風〉敘事風格與藝術特色比較探析》。東北師大學報（哲學社會科學版），2013，（5）：104。

「我」注《詩經》

1. 氓之蚩蚩，抱布貿絲。匪來貿絲，來即我謀。送子涉淇，至於頓丘。匪我愆期，子無良媒。將子無怒，秋以為期。

氓之蚩蚩　氓，古音讀「盟」，現代漢語讀「忙」。《周禮》「新氓之治」注：「新徙來者也。」《孟子》中指離開本地寄居他國的人為氓。石經中氓為甿，指失去田地的農民、佃農。此處指一個喪失田地流亡到衛國的人。蚩，《毛傳》：「敦厚之貌。」韓詩作「嗤嗤」，嬉笑貌。為「意志和悅貌」。嗤笑，語含譏諷以惑目。男女之間，挑逗，調情之態，類似嬉皮笑臉。

貿　馬瑞辰《通釋》：「古者市朝而無刀幣，各以其所有易無，抱布貿絲而已。」指以布匹交換絲麻。

匪　非，不是。

來即我謀 即，接近。謀，指醉翁之意不在酒，有預謀，謀劃婚約，古音ㄇ一。

送子涉淇 子，馬瑞辰《通釋》：「詩當與男子不相識之初，則稱氓。約與婚姻，則稱子。子者，男子美稱也。嫁則稱士。士者，夫也。荀子非相篇，『處女莫不願得以為士』。是足見立言之序。」淇，衛國河名，今河南淇河。

頓丘 地名，今河南清豐縣。魏源《詩古微》：「淇水頓丘皆衛未渡河故都之地。」

匪我愆期 愆，《毛傳》：「過也。」過失，過錯。指拖延。期，此處指婚期。

良媒 指好媒人。

將子無怒 將，願，請。無，通「毋」，不要。是女子安慰氓的話，她對男子說，你不要生氣，我們就把婚期定在秋天吧。

2\.
乘彼垝垣，以望復關。不見復關，泣涕漣漣。既見復關，載笑載言。爾卜爾筮，體無咎言。

以爾車來，以我賄遷。

乘彼垝垣

乘，登上。垝，毀壞殘缺。垣，土壁。

復關

復，返。關，在往來要道所設的關卡。女望男到期來會。他來時一定要經過關門。王應麟《詩地理考》說「復關」為地名，「澶州（今河南清豐縣西南）臨河縣復關城在南，黃河北阜也。復關堤在南三百步……」《詩集傳》云：「復關，男子之所居也。不敢顯言其人，故托言之耳。」用復關代指男子。

泣涕漣漣

涕，眼淚；漣漣，涕淚下流貌。她初時不見氓回到關門來，以為他負約不來了，因而傷心淚下。

載

動詞詞頭，無義。

這六句寫女子陷入情網，《鄭箋》：「用心專者怨必深，則笑則言喜之甚。」錢鍾書《管錐編》說此處「層次分明，工於敘事」。

爾蔔爾筮

爾，你，指氓。燒灼龜甲的裂紋以判吉凶，叫作「蔔」。用蓍草占卦叫作「筮」。

體無咎言

體，指龜兆和筮兆，即蔔筮的結果。咎，不吉利，災禍。無咎言，就是無凶卦。

以我賄遷

賄，財物，指嫁妝，妝奩。遷，搬走。

以上四句是說，你從龜筮看一看吉凶，只要龜筮的結果好，你就和車子一起來迎娶，將我和嫁妝一起搬走。王先謙《集疏》：「此婦自恨卒為情誘，違其待媒訂期之初念。」如「齊詩」言，女子暗悔自己「棄禮急情」。

3.

桑之未落，其葉沃若。于嗟鳩兮，無食桑葚。于嗟女兮，無與士耽。士之耽兮，猶可說也。女之耽兮，不可說也。

桑

古今名同一。徐鍇《說文解字系傳》：「叒，東方自然神木之名，其字象形。桑乃蠶所食，異於東方自然之神木，故加木於叒下而別之。」《詩經》中的桑都與女性和愛情有關。桑為桑科桑屬落葉喬木或灌木，原產中國中部和北部。詳釋見「植物筆記」。

其葉沃若

沃，浸潤豐盛的狀態。若，然。沃若猶「沃然」，像水浸潤過一樣有光澤。以上二句以桑的茂盛，比女子戀愛中美貌豐潤，幸福美好的模樣。

於嗟鳩兮 於，通「籲」，本義為驚怪、感慨，此處與嗟皆表感慨。鳩，斑鳩。古代傳說斑鳩吃桑葚過多會醉，甚至會傷害到性命。告誡女子不該沉溺於愛情。

耽 《說文》：「耽，耳大垂也。」過分沉溺於愛情。

說 通脫，《鄭箋》：「說，解也。」解脫之意。孔穎達《正義》：「士有百行，可以功過相除。至於婦人無外事，維以貞信為節。」

這四句話即警示女子在愛情裡要保持自我，不能迷失。同時也點出古往今來女子陷入愛河中的軟肋，沒有女子在愛河裡不是迷失自我的。

4.

桑之落矣，其黃而隕。自我徂爾，三歲食貧。淇水湯湯，漸車帷裳。女也不爽，士貳其行。士也罔極，二三其德。

其黃而隕 黃，變黃。隕，墜落，掉下。這裡用桑葉變黃落下，比喻女子年老色衰。

自我徂爾 徂，往；徂爾，嫁到你家。

三歲食貧　三歲，三為虛數，多年。貧，過貧窮的生活。

湯湯　水勢浩大。

漸車帷裳　漸，浸濕。帷裳，《毛傳》：「帷裳，婦人之車也。」帷裳，車窗兩旁如裙幔一樣的裝飾物，車旁的布幔。王先謙《集疏》：「此婦更追溯來迎之時，秋水尚盛，已渡淇徑往，帷裳皆濕，可謂冒險，而我不以此自阻也。以上四句皆『不爽』之證。」

女也不爽　女也，女子自指，強調女子對待感情的忠貞。爽，《毛傳》：「差也。」指差錯。

士貳其行　貳，應是「貣」的誤字。「貣」就是「忒」的同音假借字，和「爽」同義，偏差。這裡指愛情不專一。行，行為。以上兩句是說，女方沒有過失，而男方行為不端。

士也罔極　罔，無，沒有；極，標準，準則。

二三其德　倒裝句式，《詩經》有一類句式，常將主語置後。指男子品德三心二意，言行不一。

5. 三歲為婦，靡室勞矣。夙興夜寐，靡有朝矣。言既遂矣，至于暴矣。兄弟不知，咥其笑矣。靜言思之，躬自悼矣。

三歲 虛指女子結婚初期。

靡室勞矣 靡，《鄭箋》：「無也。」沒有。室勞，家務活。指氓在婚後再無家務之勞，所有家務事全都由妻子承擔。

夙興夜寐，靡有朝矣 早起晚睡，看不到頭，沒有一天不是如此。

言既遂矣 言，發語詞，無意義，隱含詩意的轉折。遂，《毛傳》：「安也。」《鄭箋》：久也。度過貧苦的日子，生活逐漸安定下來。

暴 《正義》釋：「酷暴。」指態度越來越惡劣，也指家暴。

咥 哈哈大笑，譏笑。可見兄弟對她嫁給氓並不滿意。她回娘家，兄弟不知她生活的底細，只是看到她衣衫粗陋，臉色焦慮，出言相譏，嘲笑她當初怎麼會嫁給那樣的人，現在有你的苦受了。

靜言思之

靜下心來好好想一想。言，語氣助詞，無實義，是靜的心意的延伸。

躬自悼矣

躬，《鄭箋》：「身也。」自己。悼，哀傷。只有自己獨自哀傷。

及爾偕老，老使我怨。淇則有岸，隰則有泮。總角之宴，言笑晏晏。信誓旦旦，不思其反。反是不思，亦已焉哉！

6.

及爾偕老，老使我怨。淇則有岸，隰則有泮。總角之宴，言笑晏晏。信誓旦旦，不思其反。反是不思，亦已焉哉！

及爾偕老

及爾，與你。此句可能是氓當初說給女子的愛情誓言。愛情正濃時，兩人當初相約，要生活到老。老，容顏老了。老而被棄。一想到你曾說的「及爾偕老」的謊言，心中翻起陣陣的怨恨。王先謙《集疏》：「言淇水之盛尚有岸以為障，原隰之遠尚有畔以為域，今複闞之心略無拘忌，蓋淇隰之不足喻矣。」

隰則有泮

隰，低濕處。當作「濕」，水名，指漯河，黃河支流，流經衛國境內。泮，通「畔」，水邊，邊岸。

以上二句，程俊英認為是女子站在淇水岸邊，觸景生情的吟唱。朱熹評此兩句「賦而興也」。由此可見《氓》的寫作手法，豐富，多變。淇水浩蕩還有堤岸，濕地漫漫尚且有涯岸的阻擋。世上的一切事物都有一個邊際，而我的愁思無盡卻看不到盡頭。言外之意，和這樣的男人偕老，那就苦海無邊。

總角之宴

總，紮。總角，古代男女未成年時，把頭髮紮成丫髻，稱總角。這裡指少年時代。孔穎達《正義》：「男子未冠，婦人未笄，結其髮，聚之為兩角。」宴，快樂。

晏晏

歡樂和悅。少年兒童時期，是多麼的友愛。與開頭對比，兩人相識應該都已成年。暗指兩人曾有過如少年兒童一樣純真爛漫的相愛時期。陳啟源《毛詩稽古編》認為，女子嫁給氓時年齡尚小，而氓棄婦時，婦人已老。

信誓旦旦

是《氓》留給後世重要的一個成語。誰能想到它最初的容顏，背景會是如此悲痛。旦旦，怛怛的假借，本意是痛苦貌，性情傷痛。引申為誠懇、迫切之義。信誓，非得誠懇，誓言才能可信。

不思其反

不思，想不到。反，變心。沒有想過有朝一日會違背當初的誓言。這四句的對比，反襯出婦人心中的怨恨之深。

反是不思

上下句意義相同，變換句式，與詩韻的音律有關。指氓把誓言忘得一乾二淨。

7. **亦已焉哉**

已，了結，終止。焉哉（古讀「茲」），語氣詞連用，加強語氣，表示感歎。

末句最有一種果決的氣勢，能讓人見到在《詩經》時代，已經表現了中國女性對男權社會的一種抗爭姿態，有一種即使遭受婚姻中的壓迫，也有承擔生存困境的勇氣，其中閃耀著一股獨立人格的光芒。那就算了罷！毫不拖泥帶水，轉身離去。與《谷風》的結尾「不念昔者，伊餘來塈（不想想當初，我是怎麼愛你的）」的不捨，形成了鮮明的對比。

叒木

桑之未落其葉沃若

于嗟鳩兮無食桑葚

桑與人民的生活和中國文化關係之緊密，在《詩經》裡可見一斑。桑在《詩經》裡出現有二十次之多，是《詩經》裡出現次數最多的植物。《詩經》中的桑都與女性和愛情有關。桑作為一種植物，有什麼重要性？孔穎達《正義》云：「桑，女功之所起。」古代女子成人出嫁，製作裁剪衣裝是必須學會的基本功課之一，而育蠶製絲是女功的必備材料。在古代，對一個家庭來說，有桑田也就意味著有生活。因此，《毛傳》解釋：「地勢宜蠶，可以居民。」可見，有人居處，必有桑田。《書．禹貢》：「桑土既蠶，是降丘宅土。」古籍裡說到桑，一定說到蠶。養蠶栽桑，繅絲織帛，人民在絲綢上的辛苦勞作和獨立超然的創造，逐漸開拓出溝通世界的商道——絲綢之路，至今依舊在煥發著新的生機。當今世界，正在經歷一個「滄海桑田」的巨變，「桑田」的意義與價值也正需要新的開拓與定義。中國文化的綿延深處，可見桑文化沉澱下來的獨特底色。司馬遷的《史記．五帝本紀》載：「黃帝居軒轅之丘，而娶於西陵之女，是為嫘祖。」這是典籍裡最早記錄的關於嫘祖的故事，雖系神話傳說，從中可以推想種植桑田的歷史。《孟子．梁惠王上》：「五畝之宅，樹之以桑，五十者可以衣帛矣。」可見先秦時期，宜居之地，種植五十棵桑樹，就可以基本滿足一家人的穿衣。北魏時期頒布有均田令，規定十五歲以上男子，每人授桑田二十畝。桑田不僅是家傳的祖業，還是國家穩定的指標，每個男子必須依制種植桑田，不足者需補足。桑田還是國家稅收不可缺少的來源。《詩集傳》：「桑、梓二木，古者五畝之宅，樹之牆下，以遺子孫，給蠶食、具器用者也。」蘇頌《本草圖經》：「俗間呼桑之小而條長者，皆為女桑。其山桑似桑，材中弓弩。」桑有別名：家桑、荊桑、桑葚樹、白桑等。

桑作為中國古代的祭祀神木，商周時期，種桑林結社，桑社中，男女幽會，男歡女愛，展現著與祭祀有關的中國原始的生殖崇拜。考古發現，漢朝的石刻畫像上，有不少「桑林勞作圖」和「桑林男女生殖圖」，正是當時先民勞作和國家興盛的一種象徵。

桑為桑科桑屬落葉喬木或灌木，高三至十公尺，樹冠豐滿，倒卵圓形。樹皮灰黃色或黃褐色，有淺縱裂。葉互生，正面鮮綠色，無毛有光澤；背面綠色，沿葉脈具疏毛、葉脈間簇生毛。花與葉同出，雌雄異株，黃綠色，雄花葇荑花序。聚花果（桑葚），卵狀橢圓形，黑紫色或白色。花期四至五月，果熟期五至八月。桑原產中國北部和中部，已有四千多年的栽培歷史，周代，採桑養蠶已經是廣泛而普遍的農事活動，與國家民生緊密相關。桑樹常種植在庭院中，「桑梓」一詞更成為故鄉的代稱。

除家桑之外，桑還有魯桑、白桑、湖桑、女桑等變種。

《詩經》注我

《氓》是一個剛強女子被薄幸男人遺棄後，寫下來的痛心之詞。詩雖然形式上是敘事，內核卻全是用情而寫。錢鍾書《管錐編》說《氓》「皆具無往不復，無垂不縮之致」，這個烈女子，戀愛時敢愛敢恨，遭遺棄了也不在自傷哀怨中沉淪。

詩裡說，女子用情，如鳩食桑葚而醉，很容易傷了自己。男子的戀情則很容易移情別戀，從別的事得到解脫。女子一旦用情，就很難掙扎出來。《氓》專說女子在愛情裡的傷心故事，說得那麼通透，說得那麼無望，癥結全在「情深」。錢鍾書引法國十九世紀浪漫主義文學運動先驅斯黛爾夫人的話：「愛情於男只是生涯中一段插話，而於女則是生命之全書。」這話就像是從《氓》中「士之耽兮，猶可說也。女之耽兮，不可說也」借用來的。

先秦時，女子沒有任何社會地位，感情的投入裡得到一顆男人的心，便成了生命重要的寄託，即使知道自己是感情投入裡的弱者，也依然飛蛾撲火一樣投入愛情。既然這樣的付出是自己的選擇，那麼被這樣的負心人拋棄的悔恨，也要自己承擔。詩的最後一句「反是不思，亦已焉哉（既然你把當初的海誓山盟丟到腦後，那麼就此算了吧）」！詩意痛切的坦然，更讓人同情她多舛的命運。

《氓》雖然是兩千五百年前發生的愛情悲劇，其戀愛的形式依然可做現代愛情劇本的一面鏡子。現代社會，男女在社會中的角色越來越均衡，戀愛也是以個人的選擇作為主導。現代社會裡不再有棄婦這個概念，但失戀的女子總還是有，現代女子雖沒有古代女子這麼悲切，甚至有比古代女子更強大的來自物質和精神的獨立性做支撐。但辨別和什麼樣的人共築一份幸福的生活，這門功課古往今來都是一道難題。《氓》最基本的意義大概還是愛情要有，但就婚姻不要輕易作衝動的選擇。

《詩經》裡桑樹出沒的篇章很多，我們可以由此想像先秦農耕時代的生活，那個時代，桑已經是普遍栽種的經濟植物。

桑最早的記述出現在甲骨文當中，人類智識蘇醒，開始創立文字，在乾枯獸骨和竹木平面上記錄自己的歷史，以保存和自然爭鬥的經驗，讓自己的智慧能夠開始有形的延續。從自然野蠶的身上得到啟發，由蠶食桑，得輕便柔韌的絲帛，這應該算得上是人類生活品質飛躍的一個特徵。

蠶母，古代被尊為神母；而桑，在商周時代，已經是宗廟祭祀的神木。到先秦時代，農桑遍野，文字記述當中古樸的自然畫面裡，桑蠶飼養在農事裡的普及，讓桑與人之間的關係展現出一種輕柔和華美的質地。男子的朝服，已經由絲綢編織，以配合王權的莊重威儀；女子的體態之美，寫「落花入領，微風動裾」，那種綢衣飄飄裡的風情萬種，更讓女子的性感與美豔，表達得不可方物。

「桑梓」作為家園的象徵，是中國文化獨有的特色。它不僅是大自然塑造家園文化的一道風景，也成了遠行遊子記憶花架上的一個盛載鄉愁的容器。

我從小生活在西北的鄉下，周秦故地上，桑樹自然是再熟悉不過的樹木。春天裡，桑葉初長，總是蠶寶寶們美食的供應站。夏秋的酷熱時節，和冥頑不靈的夥伴，拿上竹竿，把桑葚敲落，做無人抓得住的偷兒，那種一驚一乍的竊喜，則是童年難忘的刺激。

現代都市裡生活的人，養蠶的樂趣已經很少了。工業時代似乎將農桑時代的趣味隔離了，隔離的不僅是人與自然的距離，隔離的還有隱藏在不同生活節奏中的人心。

記得小時候養蠶的樂趣。在落了蠶卵的牛皮紙鋪上棉花，蠶子孵出蠶寶寶的季節，真是能讓一個孩子夜晚失眠的季節。

在靜靜的春潮翻湧的夜晚，守著蓋了桑葉的團匾，蠶啃吃桑葉的「沙沙」聲響，和跳動在鋼琴鍵上芭蕾舞蹈演員腳尖的變奏有著相似的韻律。到蠶在桑葉的枝莖下面由小蟲變作白娘子，由白娘子成為麥稈上的修禪身，之後，開悟，成蛾種下來生果。蠶一生的精靈舞，桑葉是一個多麼寬厚廣闊、愛意無限的舞臺。

吃過兩種顏色不同的桑葚，一種紫色，被稱為「玉紫」，果肉甘甜，耐人尋味的餘味後面，還有滿嘴沾染的紫紅色。還有一種玉白桑葚，俗稱「珠玉」，算是桑葚裡的貴族，果實就像淨潔豐潤的女子。

竹

堅鋼化作繞指柔

《衛風．竹竿》

籊籊竹竿，以釣于淇。
豈不爾思？遠莫致之。
泉源在左，淇水在右。
女子有行，遠兄弟父母。
淇水在右，泉源在左。
巧笑之瑳，佩玉之儺。
淇水滺滺，檜楫鬆舟。
駕言出遊，以寫我憂。

※「籊」音同「替」。

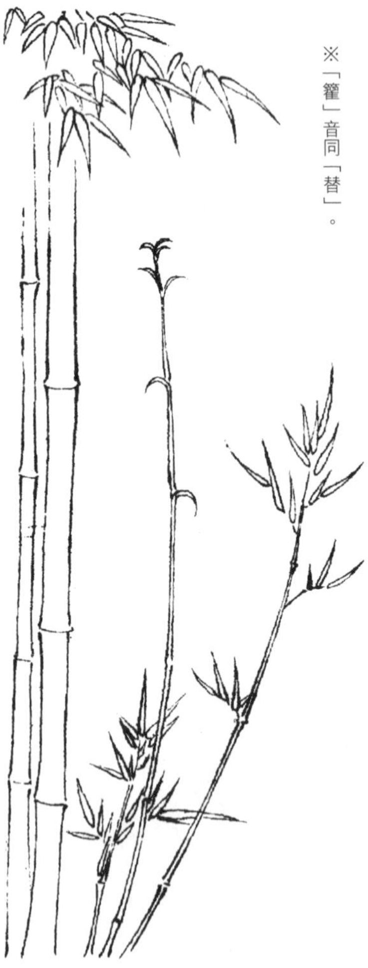

雜家題解

《竹竿》寫得極簡妙，讓人想到會是怎樣一個人，能夠駕馭如此超凡的感受和寫作技巧（在《詩經》時代，這樣的感受其實是世界觀，而不是文學性），在白描的物象圖畫裡，編織出如此悠遠深闊的憂愁的網格。《竹竿》的詩意，原本很顯明，是一首遠嫁女子的思鄉詩，它最早就是這麼解釋的，《毛詩序》：「竹竿，衛女思歸也。適異國而不見答，思而能以禮者也。」那種浮於山水之上含蓄、縹緲又純淨的深情，讓人無話可說，又似乎有無數愁思正要從心裡湧出。這悠遠深沉的思鄉曲，一旦有了歷史的綿延，有了時間的腳步，便不再只是一個人心頭的念想，不再只是她一個人獨斟憂愁思鄉的醇酒。千千萬萬人飲這思鄉的酒液，那憂愁與思念的點滴，便會像大海一般波瀾壯闊起來。

每個離家的遊子，心裡總會懷有一個雖然不聞不見卻又清晰如畫的鄉愁世界，那個世界決然不是空想，而是養成一個人性情稟賦根脈的源頭，是魂魄從虛無誕生為創造的故鄉，在血脈相連、骨肉情深中與大地緊密地依附著。能浸透鄉愁的，正是清晰認識自我時生成的回望中大海般的思念，能感知這思念的博大與寬厚，便如感受到自己立於世上，不是孤零零無所憑依，而是有一根來自血脈的支柱在支撐。一個人智慧、勇氣的原初，正是在感應著鄉愁、思念著親人的基點上才有一種不著痕跡的勃然生髮。

《竹竿》的詩學藝術，就像是喚醒這鄉愁和思念的範本。我們不知道那鄉愁和思念的體積在一個人心上究竟有多大，這個大小，大概就像《莊子．齊物論》所說的一動念。雖然很多理論都談及《竹竿》不凡的想像力，談及將不可見的思念愁情用山河流水化成清晰動感的影像和線條的那種極致的天賦與才華。實際上，《竹竿》真正依靠的不是想像力拓展滋生的異能，《竹竿》依託的是心底的真情，依託的是刻在心頭永難消去痕跡的記憶圖畫，依託的是一顆莊重敏動的靈魂在天地間突然感到一陣傷悲的沉重。所有這些並不需要特別想像力的誘導，要的只是浮起在心頭默默的悄悄的一聲呼喚。只這呼喚，是任何想像力無法勾勒的，真情質樸的留白總是自帶巨大無聲的魔力，這魔力，呼，心神呼；喊，天地喊；應，江河應；答，血肉答。

猜想，魏源讀《竹竿》，定是與作《載馳》的許穆夫人的心魂通聯了，他在《詩古微》中說：「蓋衛自渡河徙都以後，其河北故都胥淪戎狄，山河風景，舉目蒼涼……望克復以何時，思舊遊兮不再。一篇之中，三致意焉。詞出一人，悲同隔世。」許國的天地間，能夠如此呼應感念忠愛衛國的人，還會有誰呢？如此壯闊細膩的靈魂，不是許穆夫人，又會是誰呢？雖然詩不能像歷史考證一樣，需要用刀筆一樣刻在石頭上，落字生根為許穆夫人的筆調，才能算詩屬於誰家。但詩有靈魂的想像，詩有招魂的魔力，會洞察作者消失在時間裡的祕密。所以，魏源言之鑿鑿《竹竿》為許穆夫人所作，這說法歷史裡暫時雖無實證，但每個詩意讀到深處的人，總會願意用這份應答去窺探時間深處傳來的回音。誰能知道，詩詞作者的祕密會藏在哪一條地層深處的竹簡上？

「我」注《詩經》

1\. **籊籊竹竿，以釣于淇。豈不爾思？遠莫致之。**

籊籊竹竿

籊籊，《毛傳》：「長而殺也。」陳奐《傳疏》：「殺者，纖小之稱。」王先謙《集疏》：「淇水衛地，此女身在異國，思昔日釣游之樂，而遠莫能致，此賦意。」馬瑞辰《通釋》說，卓文君《白頭吟》「竹竿何嫋嫋，魚尾何簁簁（魚跳躍之貌）」，正意取《竹竿》開頭兩句。「籊籊」二字展現了無限的動感，挑動起無限的詩意。開頭兩句賦興交匯，打開了人與天地的感應，又引人到達思念的現場。竹，詳釋見「植物筆記」。

爾思

想念你。太遠無法即刻到達故鄉。詩中可見心意難以跨越的時空深淵。

2. **泉源在左，淇水在右。女子有行，遠兄弟父母。**

泉源 水名，即百泉，在朝歌西北，自東南流入淇水。陳奐《傳疏》：「水以北為左，南為右。泉源在朝歌北，故曰在左。淇水則屈轉於朝歌之南，故曰在右。」此兩句比喻人生分離聚散的無常。

女子有行，遠兄弟父母 行，指遠嫁。遠，遠離。按一般情況，「父母」應該在「兄弟」之前。馬瑞辰《通釋》：「按古音右與母為韻，當從唐石經及明監本作『遠兄弟父母』。」此兩句又見於《泉水》、《蝃蝀》，可能是當時常用在風歌中的句子。

3. **淇水在右，泉源在左。巧笑之瑳，佩玉之儺。**

當水流之態與人的情緒相互交織，詩句看似重複，詩意卻是如浪趕浪一般更顯激越。胸潮的澎湃便與流水的激行有了鮮明的對照。

瑳 玉色潔白，指笑而見齒，為巧笑。

儺 通「娜」，婀娜。《毛傳》：「儺，行有節度。」指女子身掛佩玉，走起路來更添腰身曼妙和婀娜有致。這種情形其實是遠嫁女子回想自己的少女時代，一派天真爛漫的模樣。回憶未出嫁前，和兄弟姐妹們在水邊笑語遊戲的情景。

4. **淇水滺滺，檜楫松舟。駕言出遊，以寫我憂。**

滺 河水蕩漾緩流之狀。滺為俗本假借字。

檜楫松舟 檜，木名，檜柏，又叫圓柏。檜楫，檜木製作的船槳。王先謙《集疏》：「古之小國數十百里，雖云異國，不離淇水流域。前三章衛之淇水，末章則異國之淇水也。」只寫物象，卻寫出了一種歸心似箭的感受。

駕言出遊 駕，錢鍾書《管錐編》：「按駕為『或命中車』之意。……操舟曰駕，禦車亦曰駕。」言，語氣助詞，相當於「而」字。

以寫我憂 寫，消除。《毛傳》：「寫，除也。」段玉裁《說文解字注》：「凡傾吐曰寫，俗作瀉者，寫之俗字。」、「駕言出遊，以寫我憂」別見一份千古詩人的骨骼，沉睡的詩意，在如此喚醒中，虎軀為之一振。

5.

《竹竿》的詩言輕靈通透，詩意又鬱滯深沉。人與天地相互生成，又相互排解，彷彿共有了一個時空。對同一個作者，也許「駕言出遊，以寫我憂」是同一種思鄉之情的書寫。《泉水》一詩和《竹竿》一詩的結尾兩句完全相同，才會讓魏源把《泉水》、《竹竿》和《載馳》的作者許穆夫人合為一人。我很喜歡「駕言出遊，以寫我憂」的言辭中展露出來的生命側影，那是一個將命運悲喜把握在自己手心裡的心靈愉悅之貌，就連沉甸甸的鄉愁，那幽深難以排解的思念，一時間被一種心靈感受上和天地同在的愉悅所招引。《竹竿》是姿態優雅、心態莊重、詩情雄健的思鄉詩。《竹竿》的思鄉，是一堵難以超越的高牆。

中華文化同竹的關係究竟有多深？這個寬泛的問題看起來不好簡單概括，但至少已知最早的《詩經》、《尚書》、《論語》、《周禮》、《春秋》是刻在竹簡上的「竹書」。著《中國科學技術史》的李約瑟稱東亞文明為竹子的文明，稱中國為竹子文明的國度，除了普查中國竹子種類之多，竹林面積之大，竹書記事、記物、記年的傳統，也是其中至關重要的一個原因。

《詩經》中的竹，雖同一名，據古籍考證可知，指的是兩類植物。如《衛風・淇奧》的「綠竹」，指的是萹蓄。《衛風・竹竿》指的就是「直而有節」的竹子。

李時珍《本草綱目》載：「竹惟江河之南甚多，故曰『九河鮮有，五嶺實繁』。大抵皆土中苞筍，各以時而出，旬日落籜（竹筍外層一層一層的殼）而成竹也。莖有節，節有枝；枝有節，節有葉。葉必三之，枝必兩之。根下之枝，一為雄，二為雌，雌者生筍。其根鞭喜行東南，而宜死貓，畏皂刺、油麻。以五月十三日為醉日。六十年一花，花結實，其竹則枯……其中皆虛，而有實心竹出滇廣；其外皆圓，而有方竹出川蜀。其節或暴或無，或促或疏……其幹或長或短，或巨或細……

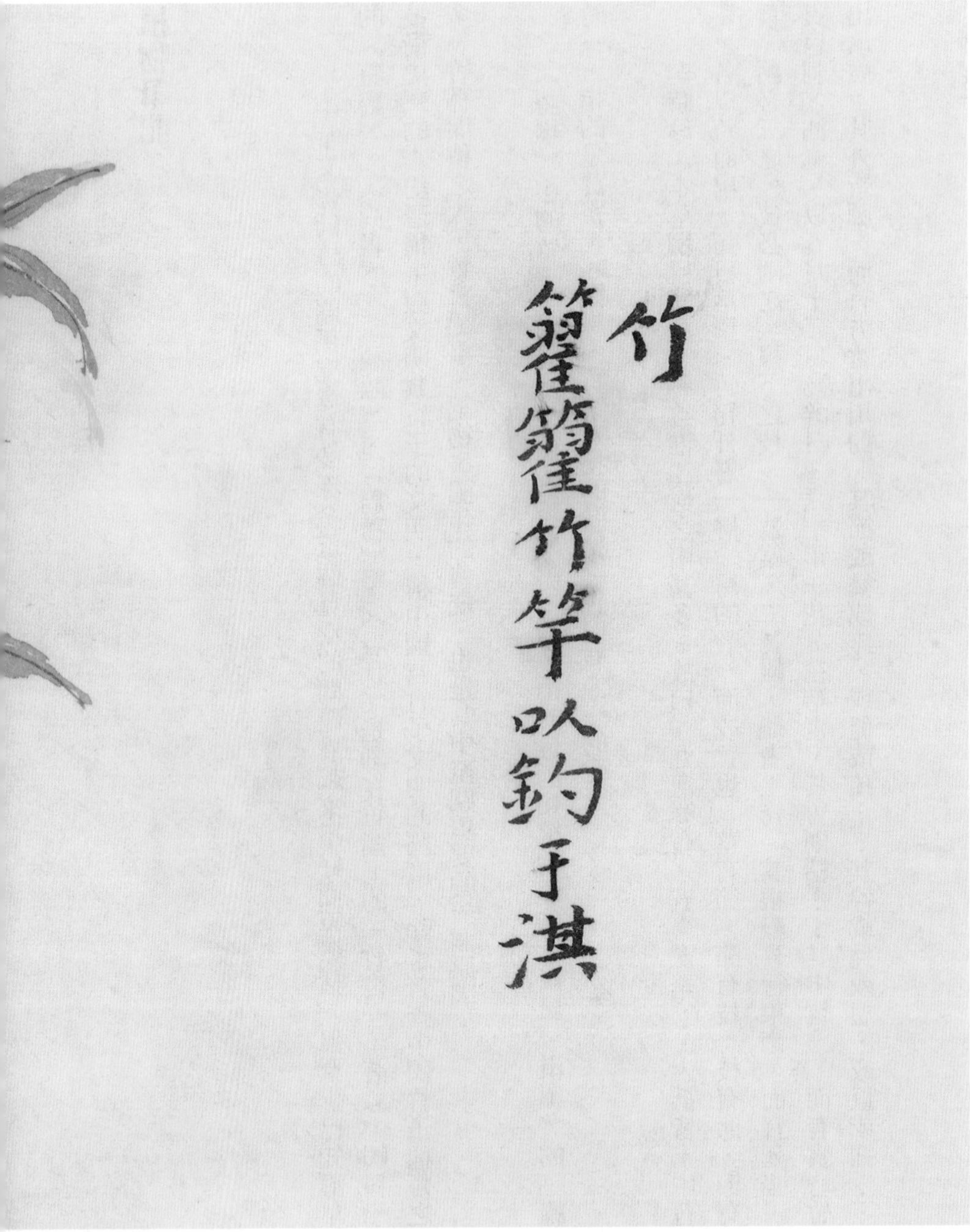
竹
籊籊竹竿以釣于淇

衛風
竹・堅鋼化作繞指柔

其葉或細或大……其性或柔或勁，或滑或澀……其色有青有黃，有白有赤，有烏有紫……」可見中國的竹子種類繁雜，形色多變。

《隋書》所錄《竹譜》云：「植類之中，有物曰竹。不剛不柔，非草非木。小異空實，大同節目……質雖冬蒨，性忌殊寒。九河鮮有，五嶺實繁。」許慎《說文解字》：「竹，冬生艸也。」

平常所說的竹，指的就是禾本科竹亞科的植物，竹亞科就狹義而言計有七十餘屬一千種左右，一般生長在熱帶和亞熱帶，尤以季風盛行的地區分布最多，但也有一些種類可分布到溫寒地帶和高海拔的山嶽上部；亞洲和中、南美洲竹的屬種數量最多，非洲次之，北美洲和大洋洲很少，歐洲除栽培外則無野生的竹類。在產地通常與其他植物伴生，但亦可形成純群。中國除引種栽培者外，已知有三十七屬五百餘種，分隸六族；其自然分布限於長江流域及其以南各省區，少數種類還可向北延伸至秦嶺、漢水及黃河流域各處。

像《竹竿》中所指的華北地區適宜製作釣竿的竹類，種類應該很多。毛竹為中國種植面積最大的竹類，但適宜製作釣竿的竹子，一般以淡竹、紫竹等為佳。以淡竹的特徵為例，淡竹為禾本科剛竹屬多年生草本，竿高五至十二公尺，粗二至五公分，幼竿密被白粉，無毛，老竿灰黃綠色；節間最長可達四十公分，壁薄，厚僅約三毫米。末級小枝具二或三葉；葉舌紫褐色；葉片長七至十六公分，寬一．二至二．五公分，下表面沿中脈兩側稍被柔毛。筍期四月中旬至五月底，花期六月。原產中國黃河流域至長江流域，是常見的栽培竹種。

人們在長期的生產實踐和文化創造的活動中，將竹子的生命形態與中華文明樸素的自然哲學觀念相結合，總結出了一種竹性與人性相融合的為人處世的道理，將虛心、氣節的內涵融匯到社會道德的參照系統裡。竹子的不畏逆境、不懼艱辛、中通外直、寧折不屈的品格，成為精神品格借用自然之物取之不盡的財富源泉。

《詩經》注我

《竹竿》雖沒有確鑿證據證明是許穆夫人的作品，詩寫作的時間並不清晰，但詩意的內在同許穆夫人的心境有很好的吻合。何楷《毛詩世本古義》和魏源的《詩古微》將《竹竿》看作許穆夫人的思鄉作。

《竹竿》本身就是一首絕佳的純詩，完全可以脫離作者，獨立存在於文明的河流上。文中竹木挺立，正如強烈的鄉愁萬箭齊發。在詩的背景裡，衛國的情勢其實岌岌可危，這樣的情況時時令許穆夫人擔憂，眼前竹子生命力的鋒芒，投入眼簾，印刻到意識的深層，正如尖刺，戳到詩人滋生著鄉愁的心坎上。她一時含著悲喜，回憶和親人一起生活的往昔。兄弟姐妹們在淇水上垂釣，竹林裡傳來脆響，河邊泛起陣陣歡笑聲。鄉愁溶在了眼前的水波裡，「淇水滺滺，檜楫松舟。駕言出遊，以寫我憂」，無言的悲切和隱隱的心痛背後，倒讓人感慨人世間竟然有一個靈魂如此壯美的奇女子。

大自然裡的竹子，色澤青雅，身子修長，有節常綠，筋骨如鋼，韌而難折，中空有度。竹所生成的樂音裡，笛聲動人情絲，簫聲催人傷懷。竹子的身上，很好地反映了儒、釋、道三家交融一體的文化傳統，那種一個人立身向世的風骨，那個抒情治性的身影，體現著精神雕刻的痕跡。

說竹子，「何可一日無此君」的晉人書聖王徽之，「可使食無肉，不可居無竹」的文豪蘇東坡，骨子裡都兼著竹癡的身分。後人鍾愛他們超凡絕代的創作，那些創作的根基，骨子裡都有竹子之性。

現代社會，隨著高樓大廈林立，瓦房院落逐漸消失，竹子只有在公園裡才能一見。柳宗元寫《竹》，說「今日南風來，吹亂庭前竹」，來表達自己的不折性情。常入我心的「庭前竹」幾乎很少見了，現代人性情的依附之物，那種詩意幽密的物影，怕是在焦躁的車流中難以留存了。人們為物欲奔走，孤獨和黯然擠壓著人心。現代人精神的失落，其實需要一份竹性來支撐，去收復鋼筋水泥森林裡變得日漸荒蕪的失地。

竹看起來是剛硬之物，但人們用自己的智慧，將竹子引入生活的各個角落。蜀地農家滲了蜂蜜的竹桶飯，麻油薑絲的涼拌筍片，煙筍雞，青筍辣椒牛肉絲……食文化裡有著一道竹文化的細小分支，如涓涓細流，一直以來依舊在營養著人和自然的親密關係。

坐於竹椅上，桌上擺幾杯濁酒，和三五友人論天時漸變，聊愛恨不散的雲煙。每個人的人生裡總有成長並焦灼的一個艱難階段。寫這些文字時，自己人生的竹林還是一片亂影，月下竹影裡愁緒和腐土裡的新筍之勢，蠢蠢欲動，又不見回音。不知道這樣的竹林會給予自己的堅持以怎樣的饋贈。

用幾個夜晚的時間，在蔓生著竹林的文字世界裡穿行尋覓，對城市裡如螞蟻一樣忙碌的人來說，不管燈下的寫作之事是喜是憂，都是一件奢侈的事。

芄蘭（蘿藦）

可諧可莊

《衛風・芄蘭》

芄蘭之支，童子佩觿。
雖則佩觿，能不我知。
容兮遂兮，垂帶悸兮。
芄蘭之葉，童子佩韘。
雖則佩韘，能不我甲。
容兮遂兮，垂帶悸兮。

※「觿」音同「西」；「韘」音同「社」。

雜家題解

《芄蘭》生動、形象、傳神的語言，將一種岌岌可危、悚動不安的氣息彌漫在詩中。詩的語言直露而顯明，但詩意的映射則是含蓄的。詩描述的是一個有錢有勢人家的紈絝子弟，吃喝玩樂，不務正業，德不配位，正在讓這個趾高氣揚的愚頑之子失去身體的協調和內在的莊重，混亂著心底留存不多的一點自知之明。但詩中並沒有情感上關於愛恨的清晰表露，因為詩意背景的模糊，後人讀《芄蘭》，便有了分歧很大的種種猜測。《毛詩序》：「芄蘭，刺惠公也。驕而無禮，大夫刺之。」孔穎達《正義》說得更詳細：「惠公以幼童即位，自謂有才能而驕慢於大臣，但習威儀，不知為政以禮。」《詩說解頤》：「世俗父兄不能教童子習幼儀，而躐（超越）等（超越級別）以騖高遠也，故時人作此以刺之。」高亨《詩經今注》說：「周代統治階級有男子早婚的習慣。這是一個成年的女子嫁給一個約十二三歲的兒童，因作此詩表示不滿。」近人徐紹楨《學壽堂詩說》：「當是惠公初即位，以童子而佩成人之觿，行國君之禮，其大夫作詩美之，欲勉其進德耳。」現代人多在「能不我甲」的「甲」（狎，過分親近，態度輕佻。以為古人狎戲）字上推測，認為《芄蘭》是愛情遊戲的文章，是年長女子閨房裡戲弄、挑逗情人的話。《芄蘭》的詩語準確抓住了一個任性的貴族童子，因驕蠻而失矩，容裝佩飾上的錯位，正是心態錯位的映射，我們彷彿看到眼前走

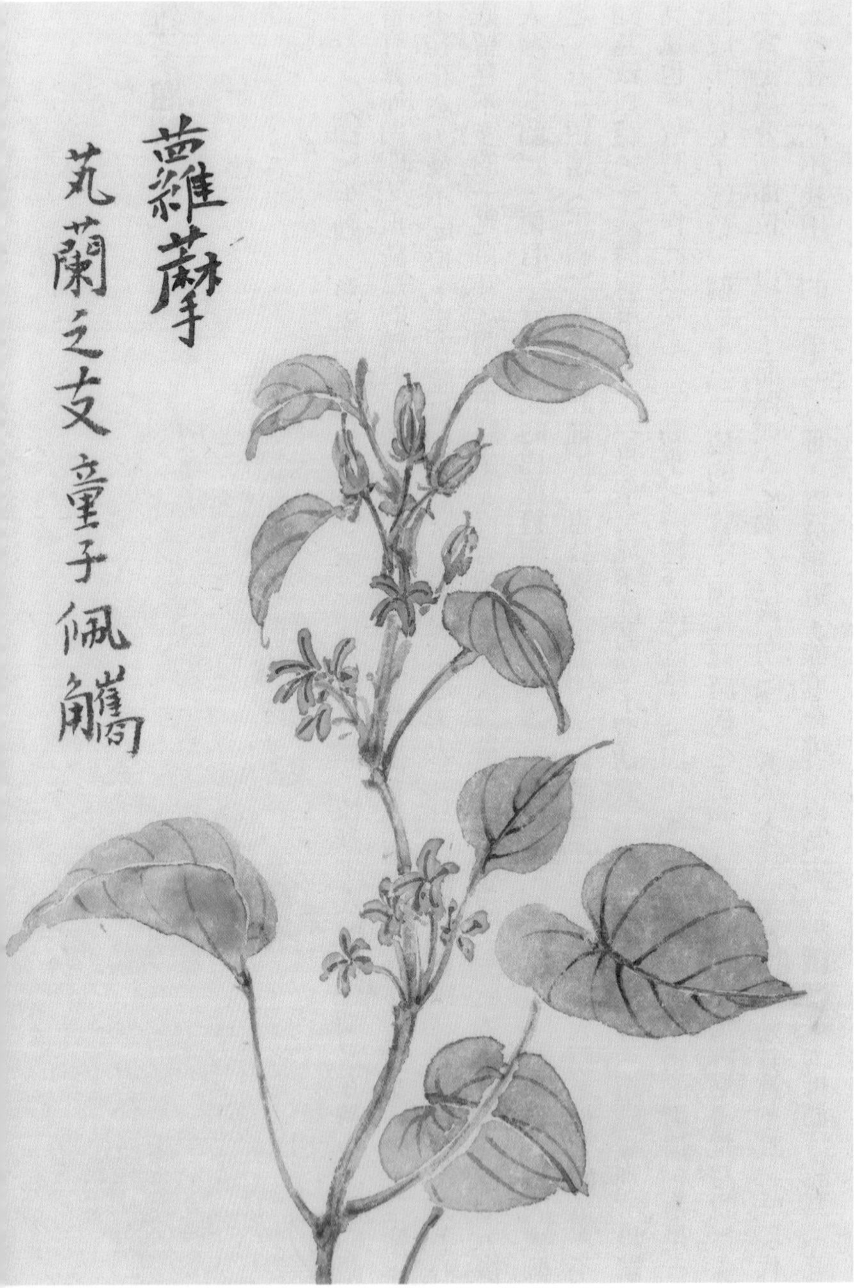

著一個刁蠻、任性、凶頑的幼童，他的叵測命運投下的陰影，正將一個國家的命運帶入叵測的動盪之中。歷史記錄中的衛惠公形象（也就是公子朔）與這個孩童的形象是能夠重合的。

「我」注《詩經》

1. **芄蘭之支，童子佩觿。雖則佩觿，能不我知。容兮遂兮，垂帶悸兮。**

芄蘭之支

芄蘭，《毛詩》：「草也。」莢實倒垂如錐形。為蘿藦科蘿藦屬蘿藦，多年生草質藤本。詳釋見「植物筆記」。支，魯詩做枝，唐石經作枝。為「枝」的假借字。《黃帝內經‧素問》：「枝，莖也。」

童子佩觿

童子，《鄭箋》：「未冠之稱也。」觿，象骨製成的小錐，解衣帶結的用具，又叫「解結錐」，是古代貴族成年後常帶的佩飾。解結錐與蘿藦莢果形制相似，因此用以為詩的起興。《說苑》云：「能治煩決亂者佩觿，能射御者佩韘。」

雖則佩觿

雖則，詩意的轉折，語調暗含諷刺。佩觿，以佩觿代表成年人的身分。

能不我知　為「不能我知」的倒裝句式，《詩經》中的這類倒裝，與用韻有關。能，寧、豈。知，智。依然不瞭解自己，不明白自己。內含童子的莽撞、驕蠻。

容兮遂兮　容，儀容姿態，指走路的樣子。遂，指佩玉搖動的樣子。

悸　本指因害怕而劇烈地心跳。這裡指垂帶抖動。《正義》：「言惠公佩容刀與瑞，及垂紳帶三尺，則悸悸然行止有節度。」詩意表面看似贊，實際是嘲諷。明陳組綬《詩經副墨》釋詩意「傲然自遂，帶動若驚」。可想這個童子如何傲慢，如何輕薄，如何無君子之德器。

2.　**芄蘭之葉，童子佩韘。雖則佩韘，能不我甲。容兮遂兮，垂帶悸兮。**

芄蘭　《正義》：「君子之德當柔潤溫良。」對「芄蘭之葉」的葉，《毛詩陸疏廣要》解釋比較特別：「葉青綠色而厚，斷之有白汁，鬻為茹，滑美」。可見在古代，芄蘭嫩葉是家常蔬菜。

韘　玦也，與決，抉通假。《正義》：「能射禦則佩韘……玦，挾矢時所以持弦飾也。著右手巨指。」指象骨或玉石製作的扳指，在缺口處聯上獸皮，古人射箭時套在右手大

3. 甲

拇指上，用以鉤弦。童子佩韘，也是成年的標誌。

韓詩為狎，甲為狎的通假。《毛傳》：「甲，狎也。」整首《芄蘭》，因「甲」一字，而意義紛爭。

《芄蘭》的絕妙，是將一個紈絝童子，外形牽動內心的變化，將兩者融滙一體，入微的細節、神態的勾勒，逼真如現眼前。牛運震《詩志》評《芄蘭》：「極妍雅，卻極形容不堪。」《芄蘭》之詩，於君子之德，是極灰暗的一首。於愛情爛漫，又是極情動的一首。

植物筆記

芄蘭與蘿藦雖指同一種植物，其音形變化巨大。蘿藦的名字最早出現在《唐本草》（正名《新修本草》，是中國第一部由政府頒布的藥典，也是世界最早的藥典，編撰完成於西元六五九年）。《毛傳》：「芄蘭，草也。」《鄭箋》：「芄蘭柔弱，恒蔓延於地。」陸璣《陸疏》：「芄蘭，一名蘿藦，幽州人謂之雀瓢。」《本草綱目》卷十八蘿藦：「雚、芄蘭、白環藤，實名雀瓢、斫合子、羊婆奶、婆婆針線包……其食嫩時有漿，裂時如瓢，故有雀瓢、羊婆奶之稱。其中一子有一條白絨，長二寸許，故俗呼婆婆針線包……三月生苗，蔓延籬垣，極易繁衍。其根白軟。其葉長而後大前尖。根與莖葉，斷之皆有白乳如構汁。六七月開小長花，如鈴狀，紫白色。結實長二三寸，大如馬兜鈴，一頭尖。……商人取其絨作坐褥代綿，云『甚輕暖』。」

芄蘭為蘿藦科蘿藦屬蘿藦，多年生草質藤本。長達八公尺，具乳汁；莖圓柱狀。葉膜質，卵狀心形，長五至十二公分，寬四至七公分，頂端短漸尖，基部心形，葉面綠色，葉背粉綠色，兩面無毛。總狀式聚傘花序腋生或腋外生，具長總花梗；總花梗長六至十二公分，被短柔毛；花梗長八毫米，被短柔毛，著花通常十三至十五朵；花蕾圓錐狀，頂端尖；花冠白色，有淡紫紅色斑紋，近輻狀，花冠筒短。蓇葖叉生，紡錘形，平滑無毛，長八至九公分，直徑兩公分，頂端急尖，基部膨大；種子扁平，卵圓形，長五毫米，寬三毫米，有膜質邊緣，褐色，頂端具白色絹質種毛；種毛長一・五公分。花期七至八月，果期九至十二月。分布於東北、華北、華東和甘肅、陝西、貴州、河南和湖北等省區。生長於林邊荒地、山腳、河邊、路旁灌木叢中。

蘿藦全株可藥用，果實可治勞傷、虛弱、腰腿疼痛、缺奶、白帶、咳嗽等；根可治跌打、蛇咬、疔瘡、瘰鬁、陽痿；莖葉可治小兒疳積、疔腫；種毛可止血；乳汁可除瘊子。莖皮纖維堅韌，可造人造棉。

《芄蘭》在歷史上流傳，隨人心和政事的不同，演繹出多種被解讀的圖畫。第一個畫面裡，少女埋怨少年對情事的懵懂，說，你雖然穿得像個大人，可你懂我心嗎？你看起來像個可以彎弓騎射的人，可是你怎麼不懂得疼愛我呢？可能是古時候年輕夫妻之間，在內室裡小媳婦耍小脾氣時說的私房話。這些洗練傳神的描述，我們雖然看到一個孩童的懵懂情態，背景裡卻是一個皺著眉、跺著腳、嘟著嘴的姑娘，她的青春像河流一樣流淌，眼神水汪汪的靈動，對愛情有那麼深的渴望，不能說她不幸福，而且，這個女孩子還這麼有情趣、有才華。

詩意背後自然還藏有一個更大的歷史回聲。我們不能推知這個趾高氣揚的紈綺子弟究竟是誰，在一個國家的中心事件裡，他顯然是招來眾人惡感的人物。如果他是衛國的最高統治者，這樣的國家定然會藏有未來不安的隱憂。人民對統治者驕橫的態度，幼稚的指令，裝腔作勢的作風，不稱其職的憤怒，敢怒而不敢言。文學的作用這個時候便展現出來了。《芄蘭》看似簡練，對一個國家的諷刺，記錄衛國動盪的時局，幾千年來都如此清晰。

《芄蘭》的好，還在它一詠一歎的音韻節奏，正是這個節奏，帶動了簡明如畫的白描，白描裡又將深沉繁複的情緒隱藏了。無數言外之意，好像正從這個洋洋自得的孩童舉手投足的細節裡流露出來。

開啟這首詩音律的初音，便是芄蘭。

「芄蘭」這個詞，把它從實指的意義中抽離出來，又在詩意本身遊戲調侃的語調裡增加了一份無形的高貴。我們要從一支「芄蘭」裡知道些什麼？就連作者都沒有告訴你。但是你且把這詩讀下去，每一個衛國的百姓都會心領神會吧。

植物世界裡的芄蘭，作者對這種植物的脾性像是已經熟透了。它的心形綠葉，它的蜿蜒攀緣的細莖，已經被稱為一個叫作「蘿藦」的名字，在作者是信手拈來的。我們可以猜測，或者想像，那是一個歌者的遊戲之詞，還是歌者的讚歎之語。

戰國時期，燕王喜有一個女兒芄蘭（歷史上又叫莞蘭）公主，她用身體誘惑荊軻，期望荊軻能替她去報家仇國恨，後來又難以抑制地愛上了荊軻。荊軻赴秦刺王，她為不枉這場愛情，以身殉了情。這個傳奇故事的剛烈，頗不像是一個叫作芄蘭的姑娘去承擔一份悲壯而又神聖的命運。但作為芄蘭公主的身分，又背負著非常人所能理解的巨大的沉重，讓她的攀緣，讓她的愛恨，讓她的抉擇，都更顯一種物動的嬌媚與豔麗。

萱草

愛的使者

《衛風・伯兮》

伯兮朅兮，邦之桀兮。
伯也執殳，爲王前驅。
自伯之東，首如飛蓬。
豈無膏沐？誰適爲容？
其雨其雨，杲杲出日。
願言思伯，甘心首疾。
焉得諼草？言樹之背。
願言思伯。使我心痗。

※「殳」音同「書」；「杲」音同「搞」。

雜家題解

《伯兮》是一首妻子思念遠征丈夫的行役詩，同時也是戰爭年代中國古典情詩的典範之作。《毛詩序》：「伯兮，刺時也。言君子行役，為王前驅，過時而不反焉。」春秋時期，周室羸弱，諸侯爭強，各國間恃強淩弱，導致戰爭頻發。故《詩經》裡多有行役詩，敘夫妻、家庭離散的憂愁苦痛。詩中，妻子說，丈夫是統帥戰車兩旁承擔守護責任的侍衛，統帥侍衛的首領，官職等級可到中士，級別雖不高，但能做近侍、親衛，本身必須為王族親信，地位定然不低。丈夫能做到親衛，身分必須是皇家貴族子弟中傑出的人物才行。能作《伯兮》的女子，應該也是出身貴族之家。

《伯兮》的特別之處，就是只在首章輕輕一筆帶過遙遠戰爭的一個場景，其餘三章，則將妻子對丈夫思念的煎熬以反襯筆法寫到了極致。也正因為有這樣的極致，它才捕捉到了思念在心理上的微妙，才成為化育中國情詩的一個源頭。

方玉潤《詩經原始》：「始則首如飛蓬，髮已亂矣，然猶未至於病也。繼則甘心首疾，頭已痛矣，而心尚無恙也。至於使我心痗，則心更病矣。其憂思之苦何如哉！」

《詩經注析》：「這首詩寫室家怨思之苦，情意至深，對後世閨怨思遠之作有很大影響。如李清照《鳳凰臺上憶吹簫》的『起來慵自梳頭』、《永遇樂》的『如今憔悴，風鬟霧鬢』，都從『自伯之東，首如飛蓬』化出。徐幹雜詩『自君之出矣，明鏡暗不治』、杜甫《新婚別》『羅襦不復施，對君洗紅妝』很明顯地繼承『豈無膏沐，誰適為容』之意。歐陽炯《賀明朝》『終是為伊，只恁偷瘦』、柳永《鳳棲梧》『衣帶漸寬終不悔，為伊消得人憔悴』，則是『願言思伯，甘心首疾』的發展。」

《伯兮》的好，在於詩意寫出了深情的多態與純粹，但一層又一層外顯的思念，猶如棱鏡的聚焦，無一不在映襯詩行中深埋的那場沒有顯形的戰爭的殘酷。《伯兮》之歎在技巧上高明的地方也正在這裡。相思之苦的詠歎激發著人們對於戰爭之苦的警惕，同時，這相思之苦並非哀而自傷，反倒是越發擦亮了一份衛國的深情。《伯兮》複雜感情的底色，厚重與灰暗之間，又被明亮與純淨托舉。

「我」注《詩經》

1. 伯兮朅兮，邦之桀兮。伯也執殳，為王前驅。

伯兮朅兮

伯，《禮記．士冠禮》鄭注：「伯、仲、叔、季，長幼之稱。」《毛傳》：「伯，長也。」兄弟姐妹年長者稱伯，周代女子稱丈夫為伯，類似現代人稱呼阿哥。朅，魯詩作偈，朅為偈的通假，離去，暗指丈夫是個視死如歸的勇士。

邦之桀兮

邦，國家。桀，韓詩作傑，《鄭箋》：「桀，英桀，言賢也。」開頭兩句正是後面兩句的原因。

殳

古代兵器，竹製，形如竿，杖類，無刃，以周時的丈量尺度衡量，有一丈二尺。據《考工記》，古時守護戰車的兵器有戈、殳、戟、矛。

前驅

在戰車兩旁包圍統帥。馬瑞辰《通釋》：「執殳先驅，為旅賁之職。」旅賁是天子的侍衛，首領可做到中士級別。作戰時，旅賁披甲執殳，守衛在統帥戰車兩旁。

2. 自伯之東，首如飛蓬。豈無膏沐？誰適爲容？

自伯之東，寫分離。首如飛蓬，寫失神。極簡的白描中，又深埋著複雜的心理活動。離別的悲傷，內心的無力，全都沒有實寫，卻遠超實寫震動人心千萬倍。這裡面有《詩經》最常使用的寫作手法的展現，興與比的關聯（隱喻），賦與興的激發（明喻）。倒不像現代漢語，多用直接的賦與比的表達（比喻）。劉勰《文心雕龍》和蘇軾所說「言有盡而意無窮」的文法，便是從《詩經》中概括出來的。

之

往。

飛蓬

菊科飛蓬屬二年生草本，中國分布極廣。陸佃《埤雅》：「其葉散生，末大於本，故遇風輒拔而旋。雖轉徙無常，其相遇往往而有，故字從逢。」四散紛飛的蓬草，喻頭髮因為懶得梳理，逐漸蓬亂，天地人共感一份思念，妙極。

膏沐

王先謙《集疏》：「澤面曰膏，濯發曰沐。」描述婦女潤膚潤發的細節。細節見神，這是理解《詩經》的方式。保持容貌的光鮮、青春、靚麗，是古代女子的功課之一。「豈無」的反問，更顯出思念之悲。

誰適為容

適，取悅。容，女容，修飾容貌。俗言「女為悅己者容」之發端，正在此處。結尾的兩句，隱含著戰爭的殘酷，正是從戰場上傳來的消息，一個接著一個壓迫著心口，才會讓人「首如飛蓬」。

3.

其雨其雨，杲杲出日。願言思伯，甘心首疾。

其雨其雨

其，語氣助詞。雨為實指，同時又興著淚水與思念。可見盼望丈夫早日歸來的心思多麼急切。

杲

光明顯耀，馬瑞辰《通釋》：「杲對杳言，《說文》『杳，冥也，從日在木下；杲，明也，從日在木上』。《說文》又曰『榑桑（即扶桑），神木，日所出也』。日出神木之上，故日出謂之杲杲。」與相思的晦暗相比，日出光明更見出內心的焦慮。這裡用反襯手法，見出妻子內心的失落。

願言

聞一多《風詩類鈔》，眷眷，反顧，依依不捨之貌。念念不忘地思念著你。

甘心首疾

甘心，甘與苦相對。《方言》：「苦，快也。」郭璞《爾雅》注：「苦而為快者，猶以臭為香，治為亂，徂為存。」此處也用了反襯，用反襯刺激悲傷，寫出了人在壓抑狀態下的本能反應，原本因思念的壓抑之情由此釋放出來。意思本身表達的是「痛心疾首」，但「甘心首疾」顯然比「痛心疾首」更多元、豐饒，更顯心理上的幽微，更有文學的意蘊。《詩經》何以為鮮明的文學，就在於它的句式韻律始終不失一顆心的真純、絕念與意志的突顯。

4. 焉得諼草？言樹之背。願言思伯。使我心痗。

焉得諼草

焉，何處？諼草，《毛傳》：「諼草，令人忘憂。」諼本義為欺詐、忘記。《說文》為 ，忘記。《康熙字典》釋， 為萱本字。古人對花葉比較相似的百合科植物不可能像現代植物分類學上分辨得那麼詳細，《本草綱目》載古時萱草有紅、黃、紫三色，黃色花的花梗晾乾可食，稱為黃花菜。可見詩中萱草，可能指萱草，也可能指黃花菜。但在現代植物分類學上，萱草和黃花菜同屬百合科萱草屬，卻是兩種不同的植物。詳釋見「植物筆記」。

言樹之背

言，語氣詞。樹，種植。背，古通「北」，指北堂，即北房的屋簷下。姚際恆《詩經通論》：「背，堂背也。堂面向南，堂背向北，故背為北堂。」古來北堂，都是一家主母的居所，因此諼草又被稱為母親花。詩中指的是妻子憂思難以自遣，因此想要在北堂種萱草來幫自己暫時忘憂。

使我心痗

痗，病。什麼事能夠讓人憂思成病？一個痗字，隱含妻子擔驚受怕，擔心丈夫戰死疆場，再也無法歸家的恐懼。男人奔赴邊疆，可以有唐詩人王翰《涼州詞》所言「醉臥沙場君莫笑，古來征戰幾人回」的豪情，但家中妻子「願言思伯，使我心痗」膽戰心驚的相思成病，更有一份堅實厚重的真意。與為國捐軀的忠義相比，顧念生的憂思同樣令人惆悵和動容。

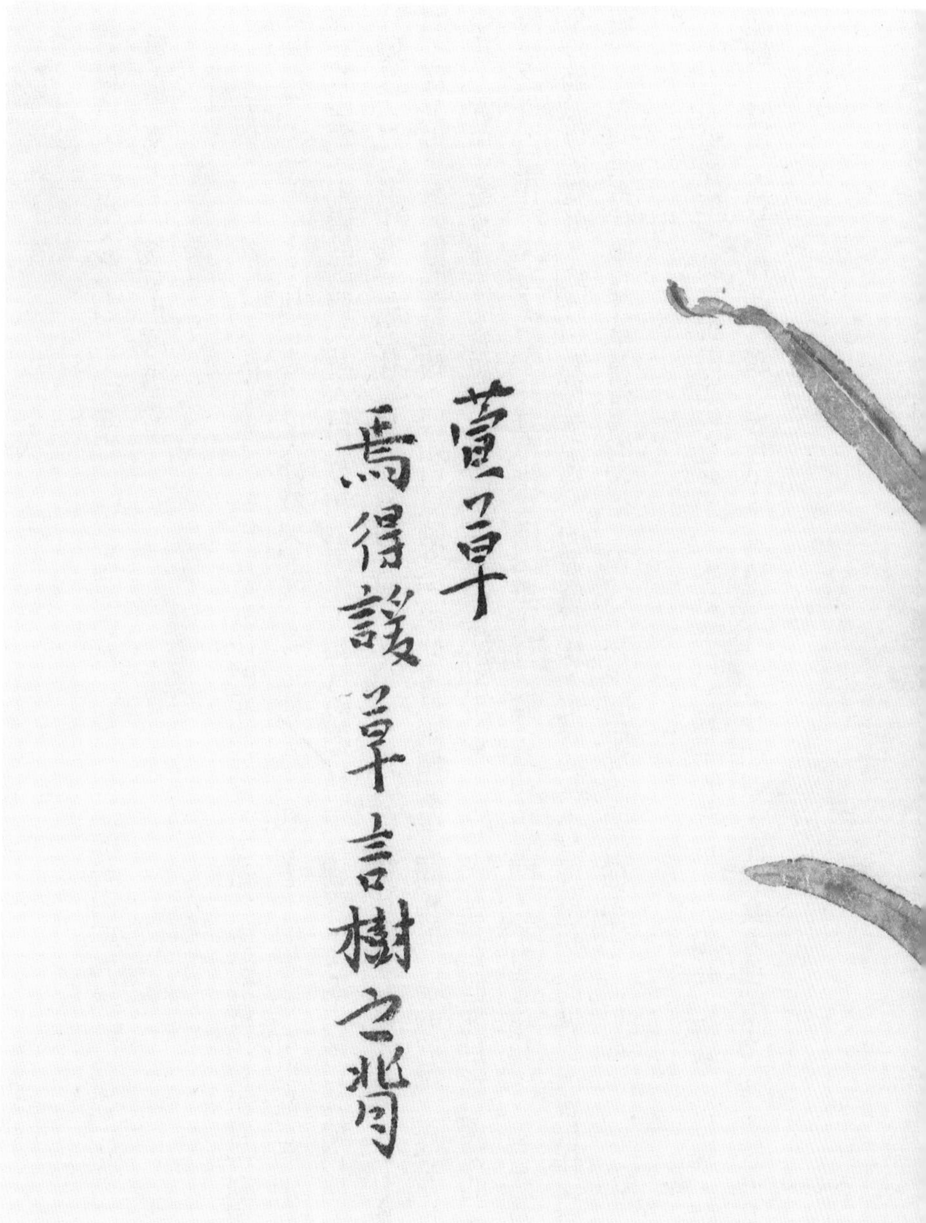
萱草
焉得諼草
言樹之背

諼草，《說文解字》：「藼也。」為忘憂之草。要言忘記，皆引申為藼。《康熙字典》釋：「藼，萱本字。」諼草也就是萱草。

《毛傳》：「諼草，令人忘憂。」至於萱草為什麼能夠忘憂，古籍各處的解釋比較紛雜，蘇頌《本草圖經》：「萱草……利心志，令人好歡樂無憂。」這種萱草「利心志」的說法，可以從它的別名「丹棘」看出來。中唐的兩個大詩人白居易和劉禹錫，相互的酬答詩中寫到萱草。劉禹錫曾寫給白居易一首《贈樂天》，其中有「唯君比萱草，相見可忘憂」，白居易以《酬夢得比萱草見贈》作答：「杜康能解悶，萱草可忘憂。借問萱逢杜，何如白見劉？」由此可見兩個知己之間相逢一笑的欣悅。將萱草比作母親花，萱草忘憂實難忘的意思，正是從《詩經》裡引申出來。唐詩人孟郊在他那首影響深遠的《遊子吟》之外，還作了《遊子》：「萱草生堂階，遊子行天涯；慈親倚堂門，不見萱草花。」兩首詩算得上是吟誦慈母的雙璧，或許「慈母手中線」的通俗質樸，更勝於「不見萱草花」的惆悵。曹植作《宜男花頌》，說的是古代服食萱草益得男的習俗。現代生物學的研究證明這種說法並無根據。

古人說萱草，其實說得比較寬泛。《本草綱目》卷十六萱草：「忘憂、療愁、丹棘、鹿蔥、鹿劍、益男。萱本作諼。諼，忘也……其苗烹食，氣味如蔥，而鹿食九種解毒之草，萱乃其一，故又名鹿葱。」蘇頌《本草圖經》：「萱草……五月採花，八月採根用。今人多採其嫩苗及花，跗作菹。」嵇含《宜男花序》云：荊楚之士號為鹿葱，可以存菹，尤可憑據。今東人採其花跗乾而貨之，名為黃花菜。」李時珍描述萱草：「萱宜下濕地，冬月叢生。葉如蒲、蒜輩而柔弱，新舊相代，四時青翠。五月抽莖開花，六出四垂，朝開暮蔫，至秋深乃盡，其花有紅黃紫三色。」所有這些描述，都將萱草和黃花菜相混。也就是說，古籍中所說的萱草，既包括了萱草，也包括了黃花菜。清人陳淏子的《花鏡》，倒記錄了重瓣萱草，並且指出它有毒性，不可食用。

在現代植物分類學中，萱草為百合科萱草屬多年生草本。雖然不能完全確定，但近代植物學分類大師林奈對萱草本種的描述，曾說歐洲的萱草來自中國。萱草由野生到人工栽培，經歷幾千年，種類繁衍得極多，《中國植物志》將它的大概特徵歸納如下：根近肉質，中下部有紡錘狀膨大；葉一般較寬；花早上開晚上凋謝，無香味，橘紅色至橘黃色，內花被裂片下部一般有 形采斑。這些特徵可以區別於本國產的其他種類。花果期為五至七月。萱草因為含有大量秋水仙堿，為有毒植物，不管是否汆燙，基本都不能食用。而作為百合科萱草屬的另外一種植物檸檬萱草（也就是俗稱的黃花菜、金針花），是中國自古以來有名的乾菜美食，萱草與黃花菜，因花朵的形態自然相近，特別容易混淆。所以，萱草與黃花菜的討論，大概從一些細節上還是可以區分。細節上，黃花菜花朵瘦長，花瓣較窄，花色嫩黃。觀賞用萱草的花淺漏斗狀，花色一般呈橘黃色，甚至接近紅色。萱草含大量秋水仙堿，毒性大。黃花菜含有少量秋水仙堿，一定要經過高溫烹飪才可食用。

《詩經》注我

從先秦到今天，萱草最初落在人心上的，是一個女子思念遠方愛人的一點相思，愛而不能相見，只能背靠秋樹，對著失落的天空喃喃自語，天長日久，相思竟然在心上落下沉疾，無論是應對古代的倫常戒律，還是今時欲望浮泛的道德影子，自古癡情總動人。

《詩經》裡的諼草，指的是百合科的萱草，「諼」本身就有忘憂之意，萱草又有忘憂草的名字，一種植物便與人心上的一種悵然呼應合拍。愛，本是生命相遇心靈相撞濺起火花使然，別離又使愛面臨巨大時空撕扯人心的考驗，生活的瑣碎原本會將愛的脆弱基石碾得粉碎，但正是通過考驗，那份相思更加拓展強化了愛的深度。

萱草盛開的花朵，明豔而熱烈，它在《詩經》時代就種在家中女眷主母居住的北堂，它代表著女性忠貞、慈愛的美德，是孕育和忠愛之花的代表。浮在陽光和煙塵之間盛開的萱草，意味著背負與堅守。那一點點試圖忘而難忘的憂，突顯著深沉厚重的母性。中國文化裡的忘憂草，代表的不僅是慈母的守護，也是一個家庭的安寧與幸福。

西方文化裡的母親花是康乃馨，而中國文化裡的母親花，兩千多年前就已經常指為萱草。中國的文化秉性內斂、含蓄，並無獻花感激母親這樣直陳心意的習慣。在世界日漸相融、全球文化越漸共同的當下，祝福、感念母親的重要日子裡，為母親獻上一束花，已經不再顯得刻意。讓萱草的盛開，慰安慈母的心房，倒會讓家庭的溫暖，更添一份和諧。

皺皮木瓜（貼梗海棠）

永以為好的呼喚

《衛風．木瓜》

投我以木瓜，報之以瓊琚。
匪報也，永以為好也！
投我以木桃，報之以瓊瑤。
匪報也，永以為好也！
投我以木李，報之以瓊玖。
匪報也，永以為好也！

雜家題解

不管被看作情真意切的定情詩，還是簡樸深刻的酬答詩（情侶之間的酬答或朋友之間的酬答），《木瓜》試圖把握著理性空間（禮的規矩）和感性空間（情的本性）伸張變換的微妙平衡，將中國文化裡「以物酬答，所重在情」的特質，通過物的交換和情的詠歎兩個層次往復迴旋的共鳴，表現得淋漓盡致。

《孔子詩論》裡，孔子所講《木瓜》緊貼著現實，他說：「《木瓜》有藏願而未得達也，因《木瓜》之報，以喻其悁者也。」（注釋：《木瓜》詩裡包含著心願未能達成的心意，因此才會給送自己木瓜的人以更大的回報，來表達心意未達成的憤懣情緒。）❻

❻晁福林。上博簡《詩論》研究。北京：商務印書館，二〇一三：一七三，一七八。

孔子又說：「（吾以《木瓜》）得幣帛之不可去也，民性固然，其隱志必有以喻也。其言有所載而後納。或前之而後交，人不可干也。」（注釋：我從《木瓜》詩中得到人際交往中幣帛之理不可缺少的道理，人的本性就是這樣，他內心想法要讓人明白，人際交往時，先行禮，說明心意，然後獻上幣帛作為心意的表達，請別人收下。如果先獻上幣帛，再行禮交往，這就是對別人的不尊重。）❼

透過《毛詩序》我們所看到的是《木瓜》展開的歷史一頁：「《木瓜》，美齊桓公也。衛國有狄人之敗，出處于漕，齊桓公救而封之，遺之車馬器服焉。衛人思之，欲厚報之而作是詩也。」歷史上，衛國並未有報答齊國，《毛詩序》的解釋有些虛情假意，解詩不通。但若以男女之情互贈，或以朋友之誼互贈，都貼合詩意。《木瓜》的簡潔，猶如只剩下靈韻之魂魄的言語。若作酬答的歌韻，迴旋往復的變調，深情、悠遠、清澈。既是美好的歌，又是極好的詩。

明朝人鍾惺點評《木瓜》為傳奇的合唱。

每章詩，首兩句心意忠厚，後兩句情意真誠。對錙銖必較的風俗世情，《木瓜》詩幾乎含著一種溫情的批判。正如孔子所說：詩意中包含著未能達成的心願。

❼ 晁福林。上博簡《詩論》研究。北京：商務印書館，二〇一三：一八二。

「我」注《詩經》

1. **投我以木瓜，報之以瓊琚。匪報也，永以為好也！**

投我以木瓜

投，《鄭箋》：「猶擲也。」即給予、贈送之意。投字，可見「我」當時身處在困境。

木瓜，即薔薇科蘋果亞科木瓜屬的皺皮木瓜，開花時又叫貼梗海棠。詳釋見「植物筆記」。

報之以瓊琚

報，報答，贈送。「報」與「投」意義關聯，承接著一種地位、境遇、姿態的變化。同時發生著一種平衡的關聯。正是最初有過「投」的動機，才會有之後「報」的回饋。在困境中所給予的木瓜，看似物輕，其實質重。因此，之後報的盛情，雖以美玉，看似物重，實則看輕。而這種前後輕重的變換，都合於道德、禮法的約定，也合於人本性的體現。這樣的行為，所體現出來的和諧，自然而然表達出重情勝於重物的人際交往的哲學。瓊，《說文》：「璚，瓊（瓊之繁體）或從矞」。本義為赤玉，此處專指玉之美質。《詩經》中據「瓊」形容美玉的詞很多，如瓊琚、瓊瑤、瓊玖、瓊華、瓊瑩、瓊英、瓊瑰等。古代男女，衣帶上裝飾美玉，以表明德之所重，暗示著身分地位的尊貴。琚，原產地出產的玉，雜玉的一種，稱雜佩，也稱佩玉，此種玉由好幾種玉石組成。如《鄭風．有女同車》有「佩玉瓊琚」，《秦風．渭陽》有「瓊瑰玉佩」，均指為琚。

匪

通非，否定。

最後兩句是心意的陳述，這種陳述語氣表達的情感很難捉摸。孔子說，《木瓜》陳述的是「投」與「報」之間的心意沒有達成，因此，「匪報也，永以為好也」表達的是一種憤懣的情緒。後世詩家多認為，《木瓜》陳述的心意，在「投」與「報」之間已經達成。詩意表達的是永結同好的期盼，是情重於物的表達。

2\. **投我以木桃，報之以瓊瑤。匪報也，永以為好也！**

木桃

陸佃《埤雅》：「圓而小於木瓜，食之酸澀而木者，謂之木桃。」李時珍《本草綱目》：「木桃、和圓子。木瓜酸香而性脆。木桃酢澀而多渣，故謂之樝。」中國古代四大農書之一，王禎的《農書》：「楂似小梨，西川、唐、鄧間多種之。味劣於梨與木瓜，而入蜜煮湯，則香美過之。」由古人在古籍中記錄的木桃的性狀、形制和致用，可知，木桃為薔薇科蘋果亞屬木瓜屬毛葉木瓜，《群華譜》稱木瓜海棠，落葉灌木或小喬木。木桃自古是有名的觀賞植物，早春先花後葉開放，與貼梗海棠橘紅的花色有別，木桃的花色多紫色、粉紅或乳白，枝密多刺，常植為綠籬。皺皮木瓜的果實為橢圓形；毛葉木瓜的果實，前端有明顯凸起，耐寒不及木瓜和皺皮木瓜。

瑤

本意為美好、珍貴，光明潔白。段玉裁《說文解字注》：「瑤，石之美者。」此處為美石。

3. **投我以木李，報之以瓊玖。匪報也，永以為好也！**

木李

《本草綱目》：「木瓜可種可接，可以枝壓。其葉光而厚，其實如小瓜而有鼻。津潤味不木者為木瓜。圓小於木瓜，味木而酢澀者為木桃。似木瓜而無鼻，大於木桃，味澀者為木李，亦曰木梨。」此木李特徵，《中國植物志》載為木瓜。木瓜為薔薇科蘋果亞科木瓜屬木瓜。小枝無刺，花單生葉腋，先花後葉。小果味澀，水煮或糖漬可食用，入藥解酒、祛痰、順氣。果皮乾燥後仍光滑，因此又叫光皮木瓜。木質堅硬，古人常做床柱。

玖

似玉的黑色石頭。《說文》：石之次玉黑色者。玖從石頭品質上次於瑤。詩意從第一章的瓊琚（雜玉），到第二章的瓊瑤（美石），到第三章的瓊玖（黑石），品質次第降落，詩意隱含的情緒，不是愉悅，而是不滿，因此孔子說，《木瓜》的心意極好，但心願並未達成。「永以為好也」，便還沒有成為既成的事實，而只是潔白無瑕的心意的表白。

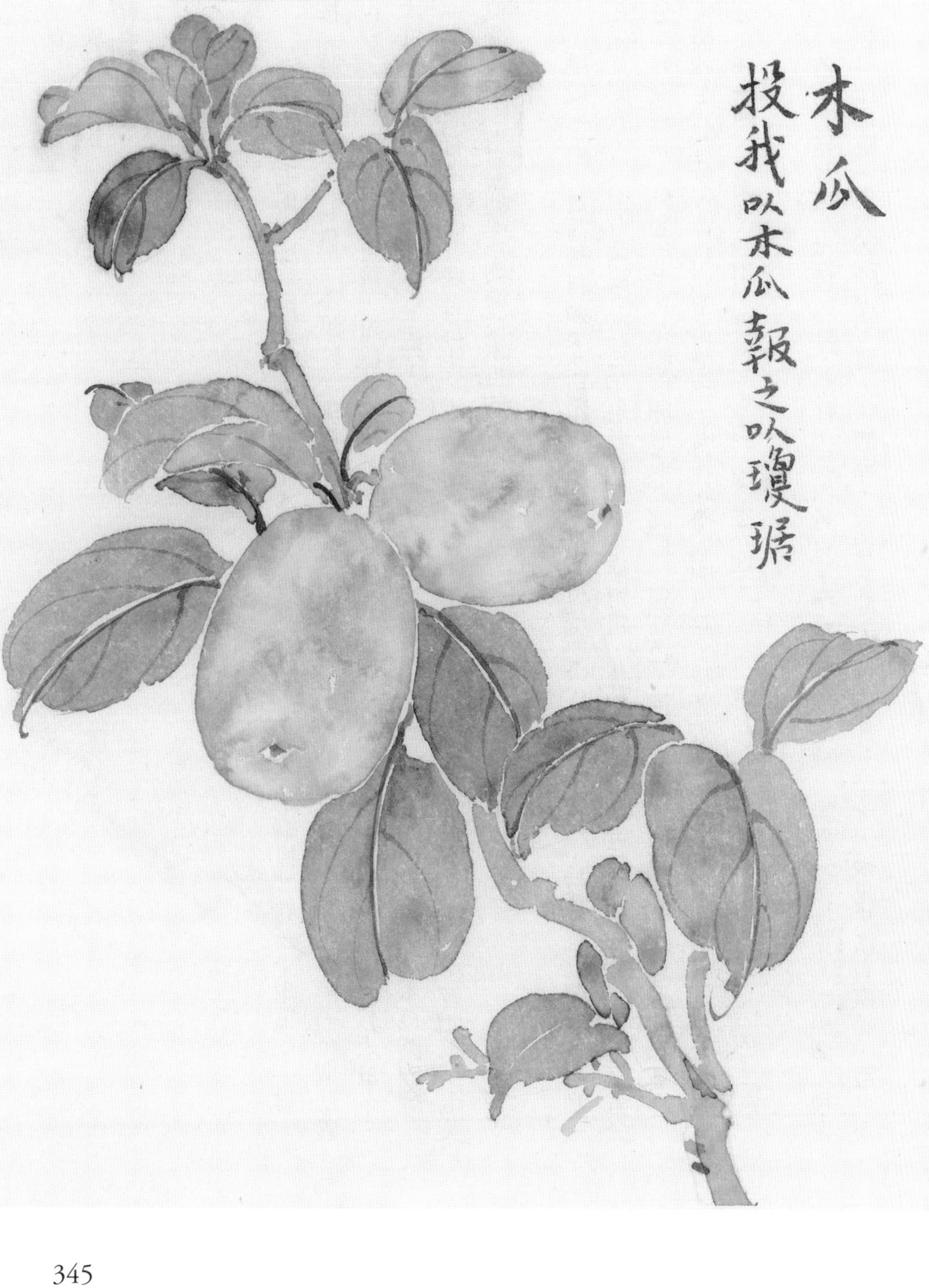
木瓜
投我以木瓜報之以瓊琚

木瓜，《毛傳》：「楙（林木茂盛）木也，可食之木。」《本草綱目》卷三十木瓜：「楙。按《爾雅》云，『楙，木瓜』。郭璞注云，『木實如小瓜，酢而可食。則木瓜之名，取此義也』。……木瓜可種可接，可以枝壓。其葉光而厚，其實如小瓜而有鼻。津潤味不木者為木瓜……木瓜性脆，可蜜漬之為果。去子蒸爛，搗泥入蜜與薑作煎，冬月飲尤佳。」蘇頌《本草圖經》：「木瓜處處有之，而宣城者為佳。木狀如柰。春末開花，深紅色。其實大者如瓜，小者如拳，上黃似著粉。」這些描述正與皺皮木瓜的特徵相符。

皺皮木瓜，為薔薇科蘋果亞科木瓜屬植物，落葉灌木，高達兩公尺，枝條直立開展，有刺。花先葉開放，三至五朵簇生於二年生老枝上；花梗短粗，長約三毫米或近於無柄；花直徑三至五公分；萼筒鐘狀，外面無毛，花瓣倒卵形或近圓形，猩紅色，稀淡紅色或白色。果實球形或卵球形，直徑四至六公分，黃色或帶黃綠色，有稀疏不顯明斑點，味芳香。花期三至五月，果期九至十月。分布在陝西、甘肅、四川、貴州、雲南、廣東等地。

各地習見栽培，花色大紅、粉紅、乳白且有重瓣及半重瓣品種。早春先花後葉，很美麗。枝密多刺可作綠籬。果肉堅硬近木質，味酸澀，芳香濃烈，果實成熟七至十天後果皮微有皺縮，故名皺皮木瓜。別名有秋木瓜、鐵腳梨、貼梗木瓜（貼梗海棠）、川木瓜、土木瓜等。

《詩經》裡提及的木瓜與熱帶地區普遍種植的番木瓜是完全不同的兩種植物。

《詩經》注我

一首《木瓜》，隨心而變，詩的筋骨亦有巨大的不同。作為友誼詩來體會，詩意因同盟、志向與信念的守護，顯出剛烈與堅固。作為愛情詩來感受，心的柔媚與欣悅，又似乎不要表達太多，只想要「永以為好」的呼喚，就已經無比美好。

你給我木瓜，我給你美玉，木瓜和美玉，物的互換形成的均衡和諧恬靜的世界，人心的期盼，是「永以為好」的情意，是不屬於任何人的「你和我」的心靈融合成的永生世界。詩中反復強調的，是一種心喜而不是物喜，彷彿有某種箭一樣的東西要從詩意裡射出，那箭射進心靈相互應答的縫隙，一瞬間，有光會在心上點亮起來。

讓心靈因滿足而觸動的，是禮物酬答之外的東西，是「匪報也」的無謂。

喜歡詩中的「投」字、「報」字，行動的應答，開啟的是善念的果實和欣喜的花，是相遇時知心的笑，是琴鍵上彈奏出的流暢歡快的音符，是木瓜的溫軟和美玉的通透，是愛所能成型的起始節拍。

古衛國的屬地在今河南省淇縣，周朝生長的皺皮木瓜，現在應該也是常見的植物。仲春時節，我總會到清華園西門進去不遠的綠園，去找貼梗海棠的花兒和剛剛長出小果的皺皮木瓜。我在南方工作的時候，容易見到的是番木瓜。秋風起時，在深圳路邊的水果攤上，常能見到這種橙紅果肉的水果，有一段時間，我曾將番木瓜誤作《詩經》裡的木瓜，錯付了深情。皺皮木瓜與番木瓜的這場誤會，多年之後，我才認識到自己的無知。在我心裡，我深愛的南方和給予我寫作根脈的北方，因木瓜的誤會，互挽起手來。我寫作的世界，倒也因此，一點點打通南北的視界。

參考書目（含書中簡稱與全稱對照）

《毛傳》——【漢】毛亨《毛詩故訓傳》

《鄭箋》——【漢】鄭箋《毛詩傳箋》

《陸疏》——【晉】陸璣《毛詩草木鳥獸蟲魚疏》

《正義》——【晉】孔穎達《毛詩正義》

《集傳》——【宋】朱熹《詩集傳》

《陸疏廣要》——【明】毛晉《毛詩草木鳥獸蟲魚疏廣要》

《稽古編》——【清】陳啟源《毛詩稽古編》

《通論》——【清】姚際恆《詩經通論》

《小學》——【清】段玉裁《詩經小學》

《後箋》——【清】胡承珙《毛詩後箋》

《通釋》——【清】馬瑞辰《毛詩傳箋通釋》

《傳疏》——【清】陳奐《詩毛詩傳疏》

《名物圖說》——【清】徐鼎《毛詩名物圖說》

《集疏》——【清】王先謙《詩三家義集疏》

《毛詩多識》——【清】多隆阿《毛詩多識》

《品物圖考》——【日本】岡元鳳《毛詩品物圖考》
《詩草木今釋》——陸文鬱《詩草木今釋》
《詩經注析》——程俊英《詩經注析》
《詩經匯評》——張洪海《詩經匯評》
《詩經二南匯通》——劉毓慶《詩經二南匯通》
《詩地理考》——【宋】王應麟《詩考詩地理考》
《本草圖經》——【宋】蘇頌《本草圖經》
《本草綱目》——【明】李時珍《本草綱目》
《名實圖考》——【清】吳其濬《植物名實圖考》
《名實圖考長編》——【清】吳其濬《植物名實圖考長編》
《爾雅》——《爾雅》
《爾雅》郭注——【晉】郭璞《爾雅注》
《埤雅》——【宋】陸佃《埤雅》
《爾雅翼》——【宋】羅願《爾雅翼》
《說文》——【漢】許慎《說文解字》
《說文》段注——【清】段玉裁《說文解字注》
《廣雅》——【漢】張揖《廣雅》

詩經植物筆記

古典文學 × 自然科學經典讀本，發現詩經裡的植物之美

作者　韓育生
插圖　南穀小蓮
執行編輯　顏妤安
行銷企畫　劉妍伶
封面設計　周家瑤
版面構成　綠貝殼資訊有限公司

發行人　王榮文
出版發行　遠流出版事業股份有限公司
地址　104005 臺北市中山區中山北路 1 段 11 號 13 樓
客服電話　02-2571-0297
傳真　02-2571-0197
郵撥　0189456-1
著作權顧問　蕭雄淋律師

2024 年 2 月 20 日　初版一刷
定價　新台幣 450 元（如有缺頁或破損，請寄回更換）

ISBN　978-626-361-440-6
遠流博識網　http://www.ylib.com　E-mail: ylib@ylib.com

遠流出版公司

國家圖書館出版品預行編目（CIP）資料

詩經植物筆記／韓育生著 . -- 初版 . -- 臺北市：遠流出版事業股份有限公司，2024.02
352 面；17×23 公分
ISBN 978-626-361-440-6（平裝）
1. CST：詩經　2. CST：研究考訂　3.CST：植物學
831.18　　112022003